삼나무 관

애거서 크리스티 추리 문학 25

삼나무 관

신용태 옮김

해문

■ 옮긴이 **신용태**

전 동국대학교 일문학과 교수

삼나무 관

초판 발행일	1986년 12월 05일
중판 발행일	2011년 02월 10일
지은이	애거서 크리스티
옮긴이	신 용 태
펴낸이	이 경 선
펴낸곳	해문출판사
주 소	서울시 서초구 서초동 1328-11 도씨에빛 2차 1420호
TEL/FAX	325-4721 / 325-4725
출판등록	1978년 1월 28일 (제3-82호)
가격	6,000원
ISBN	978-89-382-0225-3 04800 978-89-382-0200-0(세트)

※ 잘못된 책은 구입하신 곳에서 바꾸어 드립니다.

피터 맥러드, 페기 맥러드 부부에게

차　례

차 례

어서 오라 죽음이여, 어서 오라.
그래서 나를 슬픈 삼나무 관에 고이
누워 있게 해다오
사라져 다오 숨결이여, 사라져 다오.
몹시도 잔인한 하녀가 목숨을
앗아가고 말았구나.
흰 수의와 주목은 이미 준비해 두었네.
육신은 갔지만 영혼은 남아 있다네.
그것은 처음부터 둘로 나뉘어 있었네.

— 셰익스피어 —

"엘리노어 캐서린 칼리슬. 당신은 지난 7월 27일 메리 제러드를 살해한 혐의로 기소되었소. 당신에게 죄가 있소, 없소?"

엘리노어 칼리슬은 머리를 든 채 아주 꼿꼿하게 서 있었다. 윤곽이 뚜렷한 골격을 가진 우아한 머리였다. 그리고 검은 머리카락에 반짝거리는 푸른 눈을 하고 있었다. 이마에는 가느다란 주름살이 한 가닥 희미하게 잡혀 있었다.

침묵이 흘렀다—대단히 주목을 끄는 침묵이.

피고 측 변호사인 에드윈 벌머 경은 어찌할 바를 몰라 부르르 떨고 있었다.

'이거 야단났군. 저 여자가 죄를 인정하려나 본데⋯⋯. 용기를 잃고 만 거야⋯⋯.'

엘리노어 칼리슬은 입을 열었다.

"죄가 없어요."

피고 측 변호사는 뒤로 털썩 기대었다. 그는 손수건으로 이마를 훔치며, 정말 아슬아슬했다고 생각했다.

검사인 새뮤얼 어텐버리 경이 일어나 사건의 개요를 말했다.

"존경하는 재판장님, 배심원 여러분, 7월 27일 오후 3시 반에 메리 제러드는 메이든스퍼드 마을의 헌터버리 저택에서 죽었습니다⋯⋯."

그의 목소리는 낭랑하고 듣기 좋게 계속 울려 퍼졌다.

엘리노어는 거의 무의식 상태에 빠졌다. 그 간단명료한 이야기에서 이따금 한 구절씩만 그녀의 의식 속으로 파고들어 왔다.

"⋯⋯이상할 정도로 단순한 사건⋯⋯동기와 기회를 밝혀내는⋯⋯검찰의 의무입니다⋯⋯지금까지 살펴본 바로는, 피고를 제외하면 아무도 이 불행한 메리 제러드라는 처녀를 죽일 만한 동기를 가지고 있지 않았습니다. 그녀는 호감이 가는 성격을 지닌 젊은 처녀로서, 누구든지 그녀를 좋아했고……어떤 사람한테 물어봐도, 세상에 그녀를 싫어할 사람은 아무도 없었을 거라고 합니다……."

메리, 메리 제러드! 이제는 정말 아득히 먼 옛날 일처럼 느껴져 도무지 실감이 나질 않아…….

"……여러분은 특히 다음 사항에 주목하실 겁니다. 첫째, 피고가 음식에 독약을 넣으려고 어떤 기회와 수단을 이용했는가? 둘째, 그녀는 어떤 동기로 그렇게 했는가? 여러분이 이 문제들에 대해 올바른 결론을 내릴 수 있도록 돕기 위해 여러분 앞에 증인들을 부르는 것이 제 의무일 겁니다……메리 제러드의 독살에 대해, 저는 피고 외에는 이 죄를 저지를 만한 기회가 있었던 사람이 없다는 것을 입증하기 위해 노력을 다할 것입니다……."

엘리노어는 짙은 안갯속에 둘러싸인 것처럼 느껴졌다. 단어들이 모두 따로 떨어져 안갯속을 떠돌아다니는 것 같았다.

'……샌드위치…….'

'……생선 페이스트…….'

'……텅 빈 집…….'

이러한 단어들이 두껍게 층을 이룬 엘리노어의 머릿속에 파고들었다―두껍게 싸인 장막을 핀으로 콕콕 찌르는 것처럼.

법정. 얼굴들. 줄줄이 늘어서 있는 얼굴들! 특히, 커다란 콧수염과 날카로운 눈을 가진 한 얼굴, 에르퀼 포와로. 그는 머리를 한쪽으로 약간 기울이고 매우 주의 깊게 그녀를 지켜보고 있었다.

그녀는 곰곰이 생각에 잠겼다.

저 사람은 내가 왜 이렇게 되었는지 아주 세세하게 알아내려 하고 있어……. 내가 무엇을 생각하고, 무엇을 느끼는지 알아내기 위해 내 머릿속을 꿰뚫어보려 하고 있어. 느낀다고……? 오명, 충격으로 생긴 메스꺼움, 로디의 얼굴―긴 코와 날카로운 입매를 한 사랑스러운, 사랑스러운 얼굴. 로디! 항상 로디였어―항상, 그녀가 기억할 수 있는 이후로는……, 나무딸기에 둘러싸여 위로는 양토장(養兎場)이 있고, 아래로는 시냇물이 졸졸 흐르는 헌터버리 저택에서의 그 시절 이후로는: 로다—로다—로다…….

다른 얼굴들! 오브라이언 간호사, 그녀는 입을 약간 벌린 채 주근깨투성이의 건강한 얼굴을 앞으로 쑥 내밀고 있었다. 새침해 보이는 홉킨스 간호사—독선적이고도 무자비한 태도. 피터 로드의 얼굴, 피터 로드—너무나 사리에 밝고, 너무나—너무나 위안이 되는 사람! 그러나 지금의 표정은—그게 뭐더라, 망연자실? 그래, 망연자실! 신경 쓴 탓이야. 온통 이 일에만 신경을 쏟았으니까! 정작 주인공인 나 자신은 전혀 걱정을 하지 않고 있는데!

여기 그녀는 살인 혐의로 피고석에 서 있었으나 아주 침착하고 냉정했다. 그녀는 법정에 있었다.

무언가가 꿈틀거렸다. 그녀의 두뇌를 겹겹이 싸고 있는 층들이 점점 희미해지면서, 단순한 환영으로 바뀌었다. 그래, 법정이었구나! 사람들…….

사람들은 몸을 앞으로 쑥 내밀고 입을 약간 벌린 채 엘리노어를 뚫어지게 쳐다보며 아주 잔인하게 즐기고 있었다. 그리고 귀(耳)로는 유대인 같은 코를 가진 키 큰 남자가 그녀에 대해 하는 말을 듣느라고 무자비한 흥에 겨워 있었다.

“이 사건의 진상은 아주 이해하기 쉬워서 논쟁을 일으킬 만한 것이 없습니다. 그것들을 여러분 앞에 간단하게 보여 드리겠습니다. 맨 처음부터…….”

엘리노어는 이렇게 생각했다.

‘처음……, 처음? 그 끔찍한 익명의 편지가 온 날! 그게 바로 사건의 발단이었지…….’

1

익명의 편지!

엘리노어 칼리슬은 그것을 손에 펼쳐든 채 내려다보며 서 있었다. 그녀는 그런 것을 한 번도 본 적이 없었다. 불쾌감을 주는 편지였다. 값싼 분홍색 종이에 철자도 엉망인데다 글씨도 형편없었다.

이것은 당신에게 경고해 두려는 겁니다.

이름은 밝히지 않겠지만 누군가가 당신의 고모에게 알랑거리고 있으니, 만일 당신이 조심하지 않으면 모든 것을 몽땅 다 잃게 될 것입니다. 여자들은 아주 요물이니까요. 늙은 부인네들은 젊은 것들이 알랑거리며 아첨을 하면 너그러워지게 마련이지요. 내 말은 당신이 가서 당신 자신을 위해서라도 일이 어떻게 되어 가는지 살펴보는 게 좋을 거라는 뜻입니다. 당신과 젊은 신사가 속임수로 말미암아 당신들의 몫을 빼앗긴다는 것은 부당한 일이니까요—그리고 그녀는 대단히 교활하니까 그 노부인이 언제 죽을지 모르는 일입니다.

당신의 행복을 비는 사람

엘리노어가 불쾌감에 젖어 가지런한 눈썹을 찌푸린 채 편지를 한창 노려보고 있을 때 문이 열렸다. 하녀가, "웰먼 씨예요"라고 알린 뒤 로디가 들어왔다.

로디! 로디를 보면 항상 그러했듯이, 엘리노어는 충동적인 기쁨으로 흥분한 나머지 약간의 현기증을 느끼곤 했으나 이러한 느낌은 의식적으로 그녀를 아주 사무적이고 냉정하게 만들었다. 그것은 로디가 그녀를 사랑하긴 하지만, 그녀가 그에 대해 느끼는 것과 같은 깊은 감정이 아니라는 것이 너무나도 확실하기 때문이었다.

그를 처음 보는 순간부터 그녀의 심장은 소용돌이쳐 터질 지경이었다. 이렇게 평범한, 정말이지 이렇게 평범하기 이를 데 없는 청년 때문에 사람이 이렇게까지 될 수 있다니! 그를 보기만 해도 세상이 빙빙 돌고, 그의 목소리만 들어도 소리치고 싶을 정도라면, 사랑은 확실히 즐거운 감정이어야 한다—그 열렬함으로 상처받지 않는 감정……

한 가지 분명한 것은 아주아주 조심스럽게 그 모든 것을 즉석에서 무시해버려야 한다는 것이다. 남자들은 열애와 숭배를 좋아하지 않는다. 로디도 확실히 그랬다.

그녀는 태연한 말투로, "안녕, 로디!" 하고 말했다.

로디가 말했다.

"안녕, 안색이 안 좋아 보이는데. 청구서인가 보지?"

엘리노어는 머리를 흔들었다.

로디가 말했다.

"나는 또, 한여름이라서—요정들이 춤을 출 때니까 말이야. 지급한 계산서들이 뭔가 잘못되어 돌아온 줄 알았지!"

"좀 꺼림칙한 거예요. 익명의 편지거든요." 엘리노어가 말했다.

로디의 눈썹이 추켜세워졌다. 그의 민감하고 까다로운 얼굴이 굳어지며 안색이 변했다. 그는 불쾌한 듯이 날카롭게 소리를 질렀다.

"설마!"

엘리노어가 다시 말을 이었다.

"정말 끔찍해요……."

그녀는 자기 책상 쪽으로 한 걸음 옮겼다.

"차라리 찢어 버리는 게 낫겠어요."

그녀는 그렇게 할 수도 있었을 것이다(그렇게 할 뻔했다). 로디와 익명의 편지들은 함께 있어서는 안 될 두 가지였기 때문이다. 그녀는 그것을 찢어 버리고 더 이상 생각하지 않았을지도 모른다. 그도 구태여 그녀를 말리지 않았을 것이다. 그는 호기심보다 까다로움이 훨씬 더 많았다.

그러나 엘리노어는 충동적으로 마음을 달리 먹었다. 그녀가 말했다.

"아니, 어쩌면 당신이 읽어 보는 게 좋을지도 모르겠군요. 그런 다음 태워 버리죠. 로라 고모에 대한 거예요."

로디의 눈썹이 놀라서 불쑥 솟았다.

"로라 아주머니!"

그는 편지를 받아 읽고는 불쾌한 듯이 얼굴을 찌푸리며 되돌려주었다.

"그래, 정말 태워 버려야겠어! 별 이상한 사람들 다 보겠군!"

"하인 중 하나가 아닐까요?" 엘리노어가 말했다.

"그런 것 같은데……." 그는 머뭇거리며 말했다.

"편지에서 말하는 사람이 누구인지 궁금하군. 누굴까?"

엘리노어는 생각에 잠겨 있다가 말했다.

"메리 제러드가 틀림없을 거예요."

로디는 기억을 더듬으며 얼굴을 찌푸렸다.

"메리 제러드? 누구지?"

"별채 집 딸이에요. 어렸을 때 모습은 기억이 날 텐데요? 로라 고모가 그 애를 좋아해서 늘 관심을 두고 있었죠. 학비도 대주고 그 밖에도 피아노 교습이다 프랑스어다 해서 뭐 여러 가지 비용도 대주었잖아요."

로디가 말했다.

"오, 맞아, 이제야 기억이 나는군. 팔다리가 길쭉하고 숱이 많아 헝클어진 금발에 야윈 애."

엘리노어가 머리를 끄덕였다.

"그러고 보니 당신은 어머니와 아버지가 외국에 살고 있었을 때의 그 여름 휴가 이후로는 그녀를 본 적이 없었겠군요. 당신은 나만큼 헌터버리 저택에 자주 갔던 것도 아니고, 최근에 그녀는 외국어도 배울 겸 무보수 하녀로 독일 에도 갔다 왔으니까요. 하지만, 우리가 어렸을 때 우리 둘이서 그녀를 쫓아내 기도 하고 함께 놀기도 했잖아요."

"그녀는 지금은 어때?" 로디가 물었다.

엘리노어가 말했다.

"대단히 아름다워졌어요. 태도 같은 것도 훌륭하고, 교육을 잘 받아서 이제는 정말 옛날 제러드 딸 같지가 않아요."

"완전히 숙녀티가 난단 말이지?"

"예. 그래서인지 별채에서는 그리 잘 지내고 있지 못한가 봐요. 알다시피 제러드 부인은 몇 년 전에 죽었고, 메리와 그녀의 아버지는 사이가 안 좋거든요. 그는 그녀가 받은 학교 교육이나 '고상한 태도'를 우습게 여기고 있죠."

로디는 신경질적으로 말했다.

"사람들은 한 인간을 '교육하는 것' 때문에 끼치게 되는 해로움이 무엇인지 결코 생각해보지 않는단 말이야! 그것은 잔인한 행위일 때도 있어. 모두 다 그렇게 친절한 게 아니라고!"

엘리노어가 말했다.

"그녀는 대개 저택에 가 있나 봐요……. 로라 고모한테 책을 읽어 주는 걸로 알고 있어요, 고모가 발작을 일으킨 이후로는."

로디가 말했다.

"왜, 간호사는 책을 읽어 줄 수 없나?"

엘리노어는 웃음 지으며 말했다.

"오브라이언 간호사는 아일랜드 사투리가 너무 심해서 어떻게 할 수가 없나 봐요! 그러니, 로라 고모가 메리를 더 좋아하는 것도 이상할 게 없죠."

로디는 잠깐 초조한 듯이 잰 걸음걸이로 방을 왔다 갔다 했다.

"아무래도, 엘리노어, 우리가 한번 내려가 봐야 할 것 같아."

엘리노어는 약간 움찔하며 말했다.

"이것 때문에—?"

"아니, 아니, 천만에. 오, 제기랄, 솔직해져야지, 맞아! 그 편지가 아무리 불쾌하다고 하더라도, 그 뒤에는 어쩌면 진실이 들어 있는지도 모르잖아. 이를테면, 아주머니가 아주 편찮으시다든가……?"

"맞아요, 로디."

그는 속기 쉬운 인간 본성을 인정한다는 듯이 매력적인 미소를 지으며 그녀를 쳐다보았다. 그가 말했다.

"그리고 당신과 나한테는 말이야, 엘리노어, 돈도 상관이 있어."

그녀는 재빨리 그것을 시인했다.

"오, 그래요."

그는 심각하게 말했다.

"나는 돈이 탐나서 그러는 것은 아니야. 하지만, 로라 아주머니는 당신과 나 밖에는 가족이 없다는 것을 누누이 말해 오셨으니까. 당신은 아주머니의 친조카이자 아주머니 오빠의 딸이고, 나는 아주머니 남편의 조카라고 아주머니는 돌아가시면 자신이 가진 모든 것을 우리 중 한 사람이나 아니, 우리 둘 다에게 남기겠다고 늘 말해 오셨어. 게다가—아마 그것은 아주 막대한 액수일 거야, 엘리노어."

"그래요, 틀림없이 그럴 거예요." 엘리노어가 생각에 잠긴 채 말했다.

"헌터버리 저택을 보존하는 일은 웃을 일이 아니야."

그는 잠시 말을 멈추었다가 다시 이었다.

"헨리 아저씨는 로라 아주머니를 만날 당시 형편이 괜찮은 편이었지, 아마. 하지만 아주머니는 상속녀였어. 아주머니와 당신 아버지는 둘 다 굉장한 재산을 물려받았으니까. 유감스럽게도 당신 아버지는 투기로 재산을 거의 다 날려 버리고 말았지만 말이야."

엘리노어는 한숨을 쉬었다.

"가엾게도 아버지는 사업적인 재능이 전혀 없었죠. 그래서 돌아가시기 전에 걱정을 많이 하셨죠."

"맞아, 로라 아주머니는 그분보다 그분의 두뇌를 훨씬 더 좋아했었어. 아주머니는 헨리 아저씨와 결혼해서 헌터버리 저택을 샀는데, 아주머니가 투자할 때마다 굉장히 운이 좋았다고 요 전날 나에게 말씀하시더군. 실제로, 아무것도 손해 본 것이 없었대."

"헨리 아저씨도 돌아가실 때 아주머니에게 전 재산을 남겼다죠?"

로디는 머리를 끄덕였다.

"응, 그분이 그렇게 일찍 돌아가셨다는 것도 비극이지. 하지만, 아주머니는 재혼을 하지 않았어. 정숙한 사람이야. 그리고 우리한테는 늘 친절하게 대해 주셨어. 아주머니는 나를 마치 친조카처럼 대해 주셨거든. 내가 궁지에 빠져 있을 때 건져 주시곤 했었지. 다행히도 자주 그러진 않았지만.”

“고모는 나에게도 굉장히 친절하시답니다.”

엘리노어가 감사함을 느끼며 말했다.

로디는 머리를 끄덕이며 말했다.

“로라 아주머니는 멋있는 사람이야. 그렇지만, 엘리노어, 우리는 일부러 그런 것은 아니지만 상당히 낭비가 심한 편이지. 우리가 가진 것이 무엇인가를 가만히 생각해 보면 말이야.”

그녀는 비참하게 말했다.

“그런 것 같아요. 모든 것이 너무너무 비싸니까……. 옷도 그렇고, 화장품도 그렇고, 영화나 칵테일 따위도 심지어 레코드판까지도 말이에요!”

로디가 말했다.

“당신은 들판의 백합과 같은 존재잖아? 애써 일도 않고, 그렇게 바쁜 일도 없고 말이야!”

엘리노어가 말했다.

“내가 꼭 그렇게 해야만 하나요, 로디?”

그는 고개를 저었다.

“나는 당신의 섬세하고, 무관심하고, 풍자적인 지금 그대로가 좋아. 아주 성실한 사람이었다면 싫어했을 거야. 내 말은, 만일 로라 아주머니가 없었다면 당신도 아마 끔찍한 일을 했을 거라는 얘기야.”

그가 말을 계속했다.

“나도 마찬가지지. 나는 보잘것없는 것이기는 하지만 직업이 있어. ‘루이스 앤드 험’ 사무실에서 하는 일은 그렇게 힘든 것은 아니야. 나한테도 맞는 일이고, 그런 일이나마 하고 있으니 자존심이 유지되는 거지. 하지만, 중요한 것은, 내겐 유산이 있기 때문에 앞일을 걱정하지 않고 있다는 거야—로라 아주머니가 물려줄 유산 때문에.”

엘리노어가 말했다.

"우리는 마치 남의 돈을 빨아먹는 사람들 같군요!"

"그렇지는 않지! 우리는 언젠가 돈을 갖게 된다는 것을 잘 아는 것뿐이라고. 그 사실이 우리의 행동에 영향을 주는 것은 당연한 거지!"

엘리노어가 생각에 잠긴 채 말했다.

"로라 고모님은 정작 어떤 식으로 재산을 남길 것인지에 대해서는 한 번도 정확하게 말씀하신 적이 없잖아요?"

로디가 말했다.

"그건 문제 될 게 없어! 아마 아주머니는 우리한테 나누어 놓았을 거야. 그러나 만일 그렇지 않다면―전 재산 아니면 대부분의 재산을 자신의 혈육인 당신에게 남긴다면, 그러면 나도 공유하게 되는 거지. 나는 당신과 결혼할 거니까. 그리고 아주머니가 대부분의 재산을 웰먼 가(家)를 대표하는 남자인 나에게 주어야 한다고 생각한다면, 그것 역시 괜찮아. 당신은 나와 결혼할 거니까."

그는 그녀를 보고 다정하게 웃으며 말했다.

"우리가 서로 사랑한다는 것은 다행스러운 일이야. 당신 정말 나를 사랑하는 거지, 엘리노어?"

"그럼요."

그녀는 냉정하고 새침하게 말했다.

"그럼요!" 로디는 그녀를 흉내 냈다.

"사랑스러워, 엘리노어. 당신의 그 귀여운 태도 말이야. 초연하고, 완전무결해―루앵탱 공작부인 같아. 당신의 그런 점 때문에 내가 당신을 사랑하는 걸 거야."

엘리노어는 놀라서 숨을 죽이며, "그래요?" 하고 말했다.

"응." 그는 눈살을 찌푸렸다.

"어떤 여자들은 너무―오, 뭐라고 해야 하지. 너무너무 소유욕이 강하고, 개처럼 너무 복종적이야. 자기감정을 주체하지를 못해! 나는 그런 건 딱 질색이야. 당신은 결코 한 순간도(내가 확신하기로는), 냉정하고 초연한 태도를 바꾸거나 뻔뻔스럽게도 눈 한 번 깜짝 안 하고, '마음이 변했어요' 하고 말하는 것을 못 봤어! 당신은 정말 매력적인 아가씨야, 엘리노어. 당신은 아주 훌륭한 예술품 같아!"

그가 계속 말했다.

"당신도 알겠지만, 우리들의 결혼은 지극히 이상적이야. 우리는 지나치지 않을 만큼 적당히 사랑하고 있고, 또한 좋은 친구 사이이기도 하지. 우리는 취미나 공통점이 많아. 서로 잘 알고 있고, 사촌이라는 혈연관계로 인한 단점은 하나도 없고, 오히려 장점만 가지고 있어. 나는 절대 싫증 내지 않을 거야. 당신은 정말 알 수 없는 사람이거든. 하지만, 당신은 어쩌면 나한테 질려 버릴지도 모르지. 나는 너무나 평범한 사내라서—."

엘리노어는 머리를 흔들며 말했다.

"아니요. 그렇지 않을 거예요, 로디—절대로."

"사랑스러워!" 그는 그녀에게 키스했다. 그러고는 말했다.

"로라 아주머니는 우리가 어떻게 지내는지 잘 알고 계실걸. 비록 뵌 지 오래되기는 했지만, 그것을 구실삼아 내려가 봐도 되지 않을까?"

"그래요. 요 전날 가만히 생각해 보았더나—."

로디가 그녀 대신 말을 이었다.

"우리가 그다지 자주 내려가 보지 못했단 말이지? 나도 그런 생각이 들더군. 아주머니가 처음 발작을 일으켰을 때는 거의 2주에 한 번씩 주말마다 내려갔었는데, 지금은 거기에 가본지도 거의 두 달이 다 되었지 아마."

엘리노어가 말했다.

"고모님이 불렀다면 내려갔을 텐데—당장."

"그렇지, 물론. 그리고 우리는 아주머니가 오브라이언 간호사를 좋아하고, 또 간호를 잘 받고 있는 것을 아니까. 하지만, 우리가 좀 무심했던 건 사실이야. 돈이라는 관점에서가 아니라 단순히 인간적인 면에서 말이야."

엘리노어가 머리를 끄덕였다.

"알고 있어요."

"그러니 그 상스러운 편지가 어느 정도는 좋은 일을 한 셈이지! 우리는 우리의 권리를 보호해야 하고, 또 아주머니를 좋아하니까 내려가 봐야겠어."

그는 성냥불을 켜서 엘리노어한테 받은 편지에 불을 붙였다.

"누가 이것을 썼을까? 신경 쓸 건 없겠지만……, ‘우리 편’이겠지, 우리가
어렸을 때 말하던 식으로 하자면. 친절한 일을 했군. 짐 패링턴의 어머니는 리
비에라(남프랑스의 휴양지)로 가서 살았는데, 잘생기고 젊은 이탈리아인 의사가
그녀를 돌보았대. 그러던 중 그에게 아주 미쳐 버려서 자기가 가진 전 재산을
그에게 남겼다는군. 짐과 그의 누이들이 그 유언장을 바꾸려고 갖은 애를 다
썼지만, 어쩔 수 없었다는 거야."

엘리노어가 말했다.

"로라 아주머니는 랜섬 박사의 일을 인계받은 새 의사를 마음에 들어 하긴
하지만—그 정도는 아니에요! 어쨌든 그 끔찍한 편지에 여자라는 언급이 있었
으니까. 그건 메리임이 틀림없어요."

로디가 말했다.

"우리 자신을 위해서라도 내려가 봐야겠어……."

2

오브라이언 간호사가 웰먼 부인의 침실에서 나와 욕실로 뛰어들어 가며 어
깨너머로 말했다.

"주전자를 얼른 얹어 놓을 테니 기다렸다가 차 한잔 마시고 계속할 수 있
겠죠?"

홉킨스 간호사가 선뜻 말했다.

"글쎄, 나는 차 한잔이라면 항상 참고 기다릴 수 있어. 항상 하는 말이지만,
차 한잔만큼 근사한 건 없다니까—진하게 한 잔!"

오브라이언 간호사는 주전자를 채우고 가스풍로를 켜면서 말했다.

"이 찬장에 전부 다 있어요—찻주전자, 찻잔, 그리고 설탕. 그리고 에드나가
하루에 두 번씩 신선한 우유를 갖다 줘요. 가스풍로가 좋죠. 불꽃을 내서 물을
끓여요."

오브라이언 간호사는 키가 큰 서른 살의 여인으로 빨간 머리에 반짝이는
하얀 치아를 가지고 있었고, 주근깨가 난 얼굴로 웃는 표정이 꽤 매력적이었

다. 그녀는 늘 생기발랄해서 환자들의 사랑을 받고 있었다. 공인 구역 간호사인 홉킨스는 매일 아침에 와서 침대 정리와 몸이 불편한 노부인의 몸단장을 도와주었다. 그녀는 평범하게 생긴 중년 여인으로, 유능하고 활달한 성격을 지니고 있었다.

그녀가 수긍하는 듯한 태도로 말했다.

"이 집에는 모든 것이 잘 갖추어져 있어."

오브라이언 간호사가 머리를 끄덕였다.

"그래요, 구식도 좀 있고 중앙난방은 아니지만. 난로도 아주 좋고, 하녀들도 모두 말을 잘 듣더군요. 비숍 부인이 그들을 잘 감독하고 있어요."

홉킨스 간호사가 말했다.

"그 애들이 요즈음은—나는 도저히 그 애들을 가만히 두고 볼 수가 없어. 대체 원하는 게 뭔지, 거의 다 그래. 그래선 일을 제대로 할 수가 없지."

"메리 제러드는 좋은 아가씨더군요." 오브라이언 간호사가 말했다.

"그녀가 없었더라면 웰먼 부인이 어떻게 됐을까요. 지금도 부인이 얼마나 그녀를 찾고 있는지 보았죠? 아, 정말 사랑스러운 아가씨예요. 그리고 그녀는 처신을 잘하고 있거든요."

홉킨스 간호사가 말했다.

"나는 메리가 가엾다는 생각이 들어. 그녀의 늙은 아버지는 오로지 그녀를 괴롭히려고만 한다니까 글쎄."

"친절함이라고는 조금도 없는 심술꾸러기 영감이에요."

오브라이언 간호사가 말했다.

"저런, 물이 펄펄 끓고 있네요. 끓자마자 차를 넣어야지."

차가 다 끓여졌다. 뜨겁고 진하게 만든 차였다. 두 간호사는 웰먼 부인의 침실 옆에 딸린 오브라이언 간호사의 방으로 그것을 가져가 앉았다.

"웰먼 씨와 칼리슬 양이 온다더군요." 오브라이언 간호사가 말했다.

"오늘 아침에 전보가 한 장 왔던데."

홉킨스 간호사가 말했다.

"그래서 그런지, 웰먼 부인이 무언가에 흥분해 있는 것 같아. 저 사람들이 내려온 지도 꽤 되었지?”

“두 달은 넘었을걸요. 웰먼 씨는 정말 젊고 훌륭한 신사예요. 하지만, 아주 거만해 보여요.”

홉킨스 간호사가 말했다.

“며칠 전 테이틀러 지(誌)에 그 여자의 사진이 실렸던데—뉴마켓에서 친구와 함께 찍혔더군.”

오브라이언 간호사가 말했다.

“그녀는 사교계에서는 아주 유명하다죠? 옷도 화려한 것으로만 입잖아요. 그녀가 정말 예쁘다고 생각하세요?”

홉킨스 간호사가 말했다.

“요즈음·처녀들은 화장하기 전 얼굴이 어떤지 말하기가 곤란해. 내가 생각하기로는, 메리 제러드만큼 예쁘지는 않을 것 같아!”

오브라이언 간호사는 입을 다문 채 머리를 갸웃했다.

“당신 말이 옳을지도 몰라요. 하지만, 메리는 그렇게 세련되지 못하잖아요!”

홉킨스 간호사가 격언조로 말했다.

“옷이 날개지.”

“한잔 더 마시겠어요?”

“고마워, 그랬으면 좋겠어.”

김이 모락모락 나는 찻잔 위로 두 여자는 조금 더 바싹 다가앉았다.

오브라이언 간호사가 말했다.

“어젯밤 이상한 일이 있었어요. 여느 때와 마찬가지로 두 시쯤에 웰먼 부인 방에 들어갔는데, 노부인은 잠들지 않은 채로 누워 있더군요. 하지만, 노부인은 꿈을 꾸고 있었던 게 분명해요. 내가 방에 들어가자마자, ‘사진……, 사진을 가지고 있어야 하는데.’ 하고 말했거든요.

그래서 내가, ‘그러세요, 웰먼 부인? 아침에 보여 드리면 안 될까요?’ 하고 말했죠. 그랬더니, ‘아니야, 지금 당장 보고 싶어.’ 하고 말하지 않겠어요. 그래서 내가, ‘그런데, 사진이 어디에 있죠? 로더릭 씨의 사진 말씀이세요?’ 하고 물었죠. 그랬더니 그녀가, ‘로더—릭? 아니, 루이스 말이야.’ 하잖아요. 그러면서 막 일어나려 하길래 내가 일으켜 주었더니, 침대 옆에 있는 조그만 상자에서 열쇠를 꺼내어 주면서 다리가 높은 2층장 두 번째 서랍을 열어 보라고 하더군요. 그랬더니 정말 은틀에 끼워진 커다란 사진이 거기에 들어 있는 거예요. 너무나 잘생긴 남자였어요. 그리고 한쪽 구석에 '루이스'라고 쓰여 있더군요. 구식인 것으로 봐서 오래전에 찍은 게 분명해요. 내가 그것을 노부인에게 갖다 주었더니, 부인은 그것을 받아 오랫동안 들여다보고 있었어요. 그리고 '루이스, 루이스' 하고 나지막한 목소리로 말하더군요. 그러더니 한숨을 내쉬며 내게 주면서 도로 갖다 놓으라고 했어요. 그런데 내 말을 못 믿을 거예요. 내가 다시 돌아다보았더니 노부인이 어린아이처럼 기분이 좋아져 있더군요."

홉킨스 간호가 말했다.

"노부인의 남편이 아니었을까요?"

오브라이언 간호사가 말했다.

"아니었어요! 오늘 아침, 내가 비숍 부인에게 그냥 지나가는 말투로 돌아가신 웰먼 씨의 이름이 무엇이었느냐고 물어보았는데, 헨리였다고 하더군요!"

두 여인의 시선이 마주쳤다. 홉킨스 간호사는 콧등이 길었는데, 그 끝이 만족스럽다는 듯이 약간 실룩거렸다. 그녀는 생각에 잠긴 채 입을 열었다.

"루이스, 루이스라. 이상한데. 이 부근에는 그런 이름을 가진 사람이 없는데……."

오브라이언 간호사가 말했다.

"오래전이었을 거예요."

"그렇겠지. 하기야, 나는 여기에 온 지 겨우 2년밖에 안 됐으니까. 궁금한데—."

오브라이언 간호사가 말했다.

"아주 잘생긴 남자였어요. 꼭 기병대 장교같이 생겼던데요!"

홉킨스 간호사가 차를 한 모금 마신 뒤 입을 열었다.

"정말 흥미있는 일인데."

오브라이언 간호사가 감상에 사로잡혀 말했다.

"어쩌면 소년 소녀 시절에 알던 사이였는데, 노부인의 아버지가 잔인하게 그들을 떼어 놓았을지도……."

홉킨스 간호사가 한숨을 푹 내쉬며 말했다.

"혹시 그가 전쟁터에서 죽었는지도 모르지……."

3

차와 감상적인 추측에 도취한 홉킨스 간호사가 집을 나서자마자 메리 제러드가 문을 열고 달려나가 그녀를 붙잡았다.

"저, 아주머니, 마을까지 함께 가도 괜찮겠어요?"

"물론이야, 메리."

메리 제러드가 숨을 헐떡거리며 말했다.

"아주머니에게 얘기해야만 되겠어요. 모든 게 너무나 걱정스러워요."

중년 여인이 그녀를 상냥하게 바라보았다.

스물한 살의 메리 제러드는 어딘가 들장미 같은 환상적인 분위기를 풍기는 사랑스러운 처녀였다. 길고 가냘픈 목에, 엷은 금발이 부드럽고 자연스럽게 굽이치는 모습은 우아했으며, 눈은 짙고 선명한 푸른색이었다.

홉킨스 간호사가 말했다.

"걱정거리라는 게 뭐지?"

"문제는, 시간은 자꾸만 흐르고 있는데 나는 아무것도 하고 있지 않다는 사실이에요!"

홉킨스 간호사가 냉정하게 말했다.

"시간은 충분하잖아."

"아니에요. 그게 너무너무 불안해요. 웰먼 부인은 나에게 그 비싼 학비를 다 대주시고, 너무나 친절하게 해주셨어요. 나는 이제 내 자신의 힘으로 생활비를 벌어야 할 때가 됐다고 생각해요. 학원에 나가 강습이라도 받아야 할 것 같아요."

홉킨스 간호사는 공감하는 듯 머리를 끄덕였다.

"그렇지 않으면 모든 게 낭비예요. 나는 웰먼 부인에게 내 심정을 설명하려고 애써봤어요. 하지만, 어려운 일이에요. 부인은 이해를 못 하시는 것 같았어요. 늘 시간이 충분하다고만 말씀하고 계시거든요.”

홉킨스 간호사가 말했다.

“노부인이 환자라는 것을 기억해야지.”

메리는 아차 싶은 듯 얼굴을 붉혔다.

“오, 알고 있어요. 노부인을 괴롭혀서는 안 되는 건데. 하지만, 걱정이 되어서…… 아버지도 그 일에 대해 너무너무 야단을 치세요. 내가 고상한 숙녀가 되는 것이 늘 못마땅하신 거예요! 어쨌든 정말 나는 하릴없이 그냥 앉아만 있고 싶지는 않아요!”

“그야 그렇겠지.”

“문제는 어떤 종류의 교습이건 거의가 다 비싸다는 점이에요. 나는 독일어는 꽤 잘하니까 그것으로 뭔가를 할 수 있을 것도 같아요. 그러나 내가 정말로 하고 싶은 것은 병원에서 일하는 간호사가 되는 거예요. 나는 아픈 사람들을 간호해 주고 싶거든요.”

홉킨스 간호사가 냉정하게 말했다.

“그렇다면 말처럼 튼튼해져야 한다는 것을 알아둬야 해.”

“나는 튼튼해요! 그리고 정말 간호하는 것을 좋아해요. 뉴질랜드에 계신 이모도 간호사였죠. 그러니까 내 핏속에도 그런 것이 섞여 있다고요.”

홉킨스가 제안했다.

“마사지는 어때? 아니면 북부지방은? 넌 아이들을 좋아하잖니. 마사지를 배우면 돈을 많이 벌 수 있을 거야.”

메리가 궁금하다는 듯 말했다.

“그걸 배우는 데는 꽤 비용이 많이 들겠죠? 나도 그 생각은 해봤어요—너무 욕심이 많지만요. 노부인이 지금까지 내게 해준 것만으로도 너무 과분해요.”

“웰먼 부인 말이니? 그렇지 않아. 내가 보기엔 오히려 노부인이 너한테서 그만한 덕을 보고 있다고 생각해. 너한테 최고급 교육을 시키긴 했지만, 어떤 것에건 능통하게 하는 교육은 아니었잖아. 가르치는 일은 하고 싶지 않니?”

“나는 그럴 만큼 똑똑하질 못해요.”

홉킨스 간호사가 말했다.

"머리를 좀 써봐, 머리를! 내 충고대로 하려면, 메리, 당분간 좀 기다려 봐. 이미 말했다시피, 내 생각으로는 웰먼 부인은 네가 생활비를 벌 때까지는 우선 도와줄 의무가 있어. 아마 노부인도 그런 생각을 하고 있는 게 틀림없을 게다. 그러나 사실은 노부인은 너를 좋아하고 있기에 놓치고 싶어 하지 않는 거야."

메리는 "오!" 하고 말한 뒤 약간 놀란 듯이 숨을 들이쉬며 물었다.

"정말 그렇게 생각하세요?"

"틀림없다니까! 스스로 어떻게 할 수 없이 반신불수가 되어버린 불쌍한 노부인에게는 아무것도, 그리고 아무도 위안이 되어 주질 못해. 그러니 집에 너처럼 신선하고 예쁜 젊은 처녀가 있다는 것만으로도 노부인에겐 굉장한 위안이 되는 거야. 병실에서 네가 하는 태도는 아주 훌륭하거든."

메리는 조용하게 말했다.

"정말 그렇게 생각한다면 다행한 일이군요. 가엾은 웰먼 부인, 나는 부인을 너무너무 좋아해요! 노부인은 나에게 언제나 잘 대해 주셨죠. 나도 노부인을 위해 무언가를 할 수만 있다면!"

홉킨스 간호사가 냉정하게 말했다.

"그러니까 이런 상황에서 네가 해야 할 것은 걱정을 그만두는 일이야! 오래 가지도 않을 테니까."

"아니, 그럼……?"

메리의 눈이 휘둥그레지며 놀란 표정을 지었다.

공인 구역 간호사가 머리를 끄덕였다.

"노부인은 놀란 만큼 많이 회복되었지만, 오래가지는 못할 거야. 앞으로도 발작이 자주 일어나게 될 테니까. 그건 너무나 뻔하지. 그러니 조금만 참아. 네가 노부인의 여생을 행복하게 보내도록 해 드린다면, 그게 훨씬 더 좋은 일이지. 살아 있는 사람한테는 때가 오니까."

"정말 친절하시군요." 메리가 말했다.

홉킨스 간호사가 말했다.

"저기 너희 아버지가 별채에서 나오고 있구나. 기분이 별로 좋지 않은 것 같은데!"

그들은 커다란 철문으로 다가가고 있었다. 별채 계단에서 등이 구부정한 노인이 절뚝거리며 힘들게 내려오고 있었다.

홉킨스 간호사가 명랑하게 인사했다.

"안녕하세요, 제러드 씨."

에프라임 제러드가 심술궂은 투로, "아!" 하고 말했다.

"날씨가 아주 좋죠." 홉킨스 간호사가 말했다.

제러드 노인은 찌푸린 얼굴로 입을 열었다.

"당신한테는 그럴지도 모르겠지만, 나한테는 그렇지가 못해요. 요통이 나를 몹시 괴롭히고 있단 말이오."

홉킨스 간호사가 쾌활하게 말했다.

"그건 날씨가 습했던 지난주 얘기겠죠. 이렇게 덥고 건조한 날씨에는 그런 건 금방 없어질 거예요."

그녀의 활기찬 직업적 태도에 노인은 화가 나는 모양이었다.

그는 못마땅하다는 투로 말했다.

"간호사들—간호사들이란 모두 똑같아. 다른 사람들은 괴로워 죽겠다는데 싱글벙글하다니. 간호할 생각은 않고 말이야! 그런데 메리도 간호사가 되겠다고 하더군. 프랑스어도 하겠다, 독일어도 하겠다, 피아노도 칠 줄 알겠다, 또 그렇게 훌륭한 학교와 외국여행에서 그만큼 배웠으면 그것보다도 좀 나은 것을 하고 싶다고 할 줄 알았는데!"

메리가 정색하며 말했다.

"병원 간호사만 되어도 저한테는 아주, 아주 잘된 일이죠!"

"그렇겠지. 그렇지만 아무것도 하지 않는 게 더 낫지 않겠느냐? 거만하게 우아한 척하며, 고상한 숙녀는 아무것도 하지 않는 거라는 태도로 뻐기면서 말이다. 네가 좋아하는 것은 게으름이나 피우자는 것이 아니냐!"

메리는 눈물을 왈칵 쏟으며 대들었다.

"그렇지 않아요, 아버지. 아버진 그런 말을 할 권리도 없어요!"

홉킨스 간호사가 엄숙하고 단호한 태도로 둘 사이에 끼어들었다.

"이렇게 좋은 아침에 너무 신경을 곤두세운 것 같지 않아요? 당신의 말씀은 진심이 아니겠죠, 제러드 씨? 메리는 착한 처녀고 당신에게는 착한 딸이에요."

제러드는 정말 악의를 품은 듯한 태도로 자기 딸을 바라보았다.

"저 애는 내 딸이 아니오, 이제는. 프랑스어를 하고 역사를 좀 안답시고 점잖빼며 말하는 꼴을 보면, 쳇!"

그는 홱 돌아 별채로 다시 들어갔다.

메리는 여전히 눈물을 글썽이며 말했다.

"제가 얼마나 괴로운지 당신도 보셨죠? 아버지는 늘 저렇게 터무니없는 말씀만 하세요. 제가 어린 소녀였을 때에도 정말 저를 좋아하지 않으셨어요. 엄마가 항상 내 편에 서 주셨죠."

홉킨스 간호사가 상냥하게 말했다.

"자, 자, 걱정하지 마라. 이런 건 다 우리를 시험해 보기 위해 있는 일이야! 이런, 서둘러야겠어. 아침에 한 번씩 구역을 돌아야 하는데."

재빠르게 사라지는 그 모습을 지켜보며, 메리는 아무도 자기를 진실로 친절하게 도와줄 수 없다는 생각에 비참함을 느꼈다. 홉킨스 간호사는 친절하기는 했지만, 아주 평범한 일을 가지고 색다른 것처럼 이야기하는 데 기쁨을 느끼고 있었다.

메리는 수심에 잠긴 채 생각했다.

"나는 이제 어떻게 해야 하지?"

제2장

1

웰먼 부인은 차곡차곡 쌓아 놓은 베개를 베고 누워 있었다. 숨소리가 약간 거칠었으나 잠이 들지는 않았다. 그녀의 눈은—조카인 엘리노어처럼 짙은 푸른빛을 띤 채 천장을 쳐다보고 있었다. 그녀는 몸이 뚱뚱한 여인이었지만 꽤 잘 생겼고, 옆모습은 매와 흡사했다. 그녀의 얼굴에는 자만심과 단호함이 어려 있었다.

그녀의 시선은 무언가를 동경하는 듯한 빛을 띤 채 창가에 앉아 있는 물체에 휴식을 취하듯 조용히 머물러 있었다.

노부인이 마침내 입을 열었다.

"메라—."

메리는 재빨리 돌아다보았다.

"오, 일어나셨군요, 웰먼 부인."

로라 웰먼이 말했다.

"그래, 아까부터 깨어 있었다……."

"오, 미처 몰랐어요. 저는—."

웰먼 부인이 말을 가로막았다.

"아니다, 괜찮다. 생각을 좀 하고 있었거든—이런저런 생각을."

"그러셨군요, 웰먼 부인?"

그 호의적인 표정과 온화한 목소리에 노부인의 태도가 좀더 부드러워졌다. 그녀는 조용한 목소리로 말했다.

"나는 네가 정말 좋단다. 너는 나에게 아주 잘 해주거든."

"오, 웰먼 부인, 부인이 저에게 잘해 주셨어요. 부인이 없었더라면 제가 무엇을 했겠어요! 부인은 저를 위해서라면 아낌없이 죄다 해주셨는걸요."

"글쎄……, 모르겠구나, 도무지…….."

병마에 시달리는 노부인은 자꾸 움직인 탓에 오른쪽 팔에 경련이 일어났다
—그러나 왼쪽 팔은 여전히 움직이지 않은 채 무기력했다.

"인간은 자기가 할 수 있는 한 최선을 다하려고 하지. 하지만, 무엇이 최선
이고 무엇이 옳은지를 알기란 몹시 어렵단다. 나는 항상 나 자신을 너무 과신
해 왔어."

메리 제러드가 말했다.

"오, 아니에요. 부인은 무엇이 최선이고 무엇이 옳은 일인지 항상 알고 계셨
다고 생각해요."

그러나 로라 웰먼은 고개를 저었다.

"아니야, 그렇지 않아. 나는 그게 걱정이다. 나는 늘 끊임없이 나를 괴롭히
는 죄를 하나 짓고 있단다, 메리. 그건 자만심이 강하다는 점이야. 자만심은
악마가 될 수도 있거든. 그건 우리 집안 전체에 흐르고 있어. 엘리노어도 역시
그렇지."

"엘리노어 양과 로더릭 씨가 내려와 있으면 부인을 위해 좋을 거예요. 그러
면 기분도 훨씬 좋아지실 거예요. 그분들이 여기에 온 지도 꽤 되었군요."

웰먼 부인이 부드러운 목소리로 말했다.

"그들은 좋은 애들이야—아주 좋은 애들이지. 그리고 나를 좋아하지 둘 다.
내가 부르기만 하면 언제든지 내려오리라는 것을 잘 알고 있단다. 하지만, 나는
자주 그러고 싶지는 않아. 그들은 젊고 행복하며, 세상이 그들 앞에 기다리고
있지. 그들을 벌써 쇠약하고 고통스러운 곳 가까이 데리고 올 필요는 없어."

"그분들은 절대로 그렇게 생각하지 않을 거예요, 웰먼 부인." 메리가 말했다.

웰먼 부인은 메리에게라기보다는 자기 자신에게 말하는 것 같았다.

"나는 늘 그들이 결혼했으면 하고 바라왔지. 하지만, 그런 말을 입 밖에 낸
적은 한 번도 없었어. 젊은 사람들은 정반대로 행동하거든. 그런 말을 하게 되
면 그들 사이는 멀어지고 말 거야. 나는 오래전, 그들이 어렸을 때부터 엘리노
어가 로디에게 마음을 두고 있다는 것을 알고 있었지. 그러나 로디에 대해서
는 통 확신이 서질 않아. 로디는 재미있는 아이야. 헨리도 그랬지—아주 내성

적이고 까다로웠거든. 그래, 헨리도 그랬지……."

그녀는 잠시 동안 말없이 죽은 남편을 생각하고 있었다. 그러고는 이렇게 중얼거렸다.

"아주 오래전, 아주아주 오래전에……, 우리가 결혼한 지 겨우 5년밖에 안 되었을 때 그이는 죽었지, 폐렴에 걸려서. 우리는 행복했었어—그래, 아주 행복했었지. 그런데 어찌된 건지 그것은 모두 너무 환상적이었던 것 같아, 그 행복은 말이야. 나는 좀 공상적이고, 엄숙하고, 그리고 여전히 미숙한 여자였었지—내 머릿속은 사색과 영웅숭배로 가득 차 있었으니까. 현실성이라곤 전혀 없었지."

메리가 나지막한 목소리로 말했다.

"굉장히 외로우셨겠군요—그 뒤로는"

"그 뒤? 오, 그래—너무너무 외로웠지. 그때가 스물여섯 살이었는데……, 이젠 예순이 넘었어. 오랜 세월이 흘렀구나. 긴긴 세월이야……."

그녀는 갑자기 통렬한 어조로 말했다.

"그런데 지금은 이런 꼴이라니!"

"편찮으신 것 때문에요?"

"그래. 나는 발작이 일어날까 봐 항상 마음을 졸이고 있어. 그리고 이 무슨 모욕적인 말이니! 어린애처럼 씻겨 주고 보살펴 주고! 혼자 힘으로는 아무것도 할 수가 없으니 말이야. 정말 못 견디겠어. 그 오브라이언이라는 여자는 너무 착해—정말 그렇단다. 내가 뭐라고 닦아세워도 신경을 쓰지 않아. 하지만, 좀 멍청하지. 그렇지만 너만 내 옆에 있어 주면 내게는 커다란 위안이 된단다, 메리."

"그러세요?" 그녀는 얼굴을 붉혔다.

"저, 정말 기쁘군요, 웰먼 부인."

로라 웰먼이 얼른 말했다.

"걱정하는 게로구나? 앞으로의 일에 대해서. 나한테 맡겨 두렴, 애야. 내가 좀 알아보고 네가 독립할 수 있는 대책을 마련해서 직업을 가질 수 있도록 하겠다. 그러니 조금만 참으렴. 네가 여기에 있는 것이 내게는 굉장히 힘이 된단다, 메리."

"오, 웰먼 부인, 물론이에요—있고 말고요! 절대로 부인 곁을 떠나지 않겠어요. 원하시기만 한다면—."

"정말 고맙다, 얘야."

그 나지막한 목소리는 이상할 정도로 기운찼다.

"너는, 너는 내게 있어서는 딸이나 마찬가지야, 메리. 나는 이곳 헌터버리에서 네가 아장아장 걸어다닐 때부터 자라나는 것을 지켜보았단다—여기 이렇게 아름다운 처녀로 자라날 때까지……. 나는 너를 자랑스럽게 여기고 있단다, 얘야. 나는 다만 너를 위해 한 일들이 최선이었기만을 바랄 뿐이야."

메리가 얼른 말했다.

"부인이 저를 그렇게 친절하게 대해 주셨고, 또 제, 제 신분 이상으로 교육시켜 주신 것을 말씀하신 거라면—만일 그것이 저를 불만스럽게 하거나 또는 아버지가 고상한 숙녀들의 생각이라고 부르는 것을 제게 주셨다고 생각하신다면, 그건 그렇지가 않아요. 저는 너무너무 감사할 따름이에요. 그리고 제가 생활비를 벌 걱정을 하는 것은, 제가 그렇게 하는 것이 옳다고 생각되기 때문이에요. 저에게 그만큼 해주셨는데 아무것도 하지 않고 있으면 안 될 것 같아서요. 저, 저는 그것이 부인을 조르는 것이라고 생각하지 않으셨으면 좋겠어요."

로라 웰먼은 갑자기 날카로운 목소리로 말했다.

"그러고 보니, 제러드가 그런 말을 했구나? 너희 아버지는 신경 쓰지 마라, 메리. 그리고 여태껏 네가 나를 조른 적도 없거니와 앞으로도 그런 생각은 조금도 안 할 거야! 나는 단지 나 때문에 너를 여기에 조금 더 있으라고 부탁하는 거란다, 그것도 끝날 거지만……. 사람들이 일을 잘만 처리했으면, 내 생명은 지금쯤 이곳에서 끝이 났을 수도 있었을 거야—의사와 간호사들을 불러다 놓고 이렇게 분별없이 질질 끌지만 않았어도 되었을 텐데."

"오, 아니에요, 웰먼 부인. 로드 박사님께서 부인이 앞으로 몇 년은 더 사실 수 있을 거라고 했어요."

"나는 전혀 그러고 싶은 마음이 없지만, 고맙구나! 요 전날 의사에게 점잖고 예의 바른 태도로, 나를 위해 뭔가를 하고 싶다면 나는 이제 그만 영원한

안식을 취하고 싶으니 좋은 약을 써서 고통없이 죽게 해달라고 넌지시 말했단다. '당신이 용기가 있으면 어떻게든 그렇게 해봐요.' 하고 말했지!"

메리가 외쳤다.

"예? 그분이 뭐라고 하시던가요?"

"그 무례한 젊은이는 그냥 씩 웃더니, 교수형에 처할지도 모르는 모험을 감행할 생각은 없다는 거야. 또 이런 말도 하더구나. '만일 부인의 전 재산을 몽땅 내게 남겨주신다면, 웰먼 부인, 그럼 또 모르죠, 물론!' 얼마나 뻔뻔스러운 사람이니! 하지만 나는 그가 좋아. 약보다 그가 찾아오는 게 내게는 훨씬 더 효능이 있어."

"예, 그분은 아주 훌륭해요. 오브라이언 간호사가 그분을 마음에 쏙 들어 하고 있어요. 홉킨스 간호사도 그렇고요." 메리가 말했다.

웰먼 부인이 말했다.

"홉킨스는 나이가 웬만큼 들었으니 분별력이 있을 거야. 하지만, 오브라이언은 억지웃음을 지으며 '오, 박사님.' 하면서 그가 자기 가까이 올 때마다 그 긴 장식 리본을 흔들어 떨어뜨린단 말이야."

"가엾은 오브라이언 간호사."

웰먼 부인은 안됐다는 표정을 지으며 말했다.

"그녀는 나쁜 여자는 아니야. 하지만, 간호사들은 하나같이 나를 성가시게 한단 말이야. 그리고 항상 사람들이 아침 5시에는 맛있는 차 한잔을 마시고 싶을 거라고 생각하는 모양이야!"

그녀가 말을 멈추었다.

"저게 뭐지? 자동차인가?"

메리가 창 밖을 내다보았다.

"예, 자동차예요. 엘리노어 양과 로더릭 씨가 오셨군요."

2

웰먼 부인이 자기 조카에게 말했다.

“정말 기쁘구나, 엘리노어, 너와 로디가 와줘서.”

엘리노어가 그녀를 보고 생긋 웃었다.

“그러실 줄 알았어요, 로라 고모.”

노부인은 잠깐 망설인 뒤 입을 열었다.

“넌—그 애에게 많은 관심을 두고 있지, 엘리노어?”

엘리노어의 섬세한 눈썹이 위로 추켜세워졌다.

“물론이에요.”

로라 웰먼이 재빨리 말했다.

“나를 용서해 주려무나, 애야. 너는 너무 내성적이어서, 네가 무엇을 생각하고 어떻게 느끼고 있는지를 알기가 무척 어려워. 너희가 둘 다 아주 어렸을 적에 이미 나는 네가 로디를 좋아하는 게 아닌가 하는 생각을 했었단다—너무 지나칠 정도로…….”

엘리노어의 섬세한 눈썹이 또다시 추켜세워졌다.

“너무 지나치다고요?”

노부인이 머리를 끄덕였다.

“그래, 너무 지나치게 좋아하는 것은 현명한 것이 못 돼. 아주 어린 철부지 소녀들이 가끔 그런 일을 하지. 그래서 나는 네가 공부를 마저 끝내려고 독일로 나갔을 때, 무척 다행스럽게 여겼단다. 그 뒤 네가 다시 돌아왔을 때, 너는 그 애에게 아주 무관심한 것 같더구나—그런데 말이다, 나는 그것 역시 안타까워했지! 나는 만족할 줄 모르는 성가신 늙은이야. 하지만, 난 항상 네가 어떤 열정적인 본성을 가지고 있으리라는 추측을 하게 되더구나—그런 기질이 우리 집안에 다분히 흐르고 있거든. 그건 별로 좋은 게 못 되지……. 그러나 방금 말했다시피 네가 독일에서 돌아와 로디에게 너무 냉담하게 대하니까 나에게는 안타까운 생각이 들었던 거지. 그건 내가 항상 너희 둘이 함께 오기를 원했기 때문이야. 그런데 네가 이제 그렇게 찾아왔으니 모든 것이 잘됐어! 너 정말로 그 애를 좋아하는 거지?”

엘리노어가 진지하게 말했다.

“제가 로디를 아주 좋아하기는 하지만 그렇게 지나칠 정도는 아니에요.”

웰먼 부인은 만족스러운 듯이 고개를 끄덕였다.

"그렇다면 넌 행복해질 거야. 로디는 사랑을 갈망하지만, 격렬한 감정은 좋아하지 않으니까. 그 애는 소유욕이 강하면 그만 움츠러들고 말지."

엘리노어가 감동하여 말했다.

"고모는 로디를 굉장히 잘 알고 계시는군요!"

웰먼 부인이 말했다.

"만일 로디가, 네가 그 애를 좋아하는 것보다 조금이라도 더 많이 나를 좋아하기만 한다면—그럼, 잘된 거야."

엘리노어가 날카롭게 말했다.

"애거서 아주머니의 충고란에 '당신의 남자친구로 하여금 추측을 하게 하라! 그가 당신에 대해 너무 확신하도록 하지 마라!'라고 쓰여 있더군요."

로라 웰먼이 말했다.

"내가 좀 저질이지? 너는 아직 어리고 감수성이 예민한데 말이야. 인생이란 좀 저질인 것 같아……."

엘리노어는 약간 빈정거리듯이 말했다.

"그런 것 같아요."

로라 웰먼이 말했다.

"애야, 너 혹시 정말 불행한 것은 아니니? 무슨 일이 있었니?"

"아무것도 아니에요—정말 아무 일도 없다니까요."

그녀는 일어나 창문 쪽으로 갔다. 그리고 반쯤 몸을 돌리며 말했다.

"로라 고모, 솔직하게 말씀해 주세요. 사랑이란 것이 정말 그렇게 행복한 것인가요?"

갑자기 웰먼 부인의 얼굴이 굳어졌다.

"네가 그렇게 말하는 것으로 보면……, 엘리노어—아니다, 아마 아닐 거야. 다른 사람을 열정적으로 사랑할 때는 항상 기쁨보다는 슬픔이 더 많이 따르는 법이지. 그렇지만, 엘리노어, 인간은 그런 것을 경험하지 않고는 살 수 없단다. 정말로 사랑이라곤 한 번도 해본 적이 없는 사람이 있다면, 그런 사람은 절대로 이 세상을 제대로 살아가지 못할 거다……."

엘리노어는 머리를 끄덕이며 말했다.

"그래요, 알고 계시군요. 그게 어떤 것인자―."

그녀는 의혹에 찬 시선으로 갑자기 몸을 돌렸다.

"로라 고모―."

문이 열리며 빨간 머리의 오브라이언 간호사가 들어왔다.

그녀는 쾌활한 목소리로 말했다.

"웰먼 부인, 박사님이 진찰하러 오셨어요."

3

로드 박사는 서른두 살의 젊은 남자였다. 그는 모래 빛 머리카락에 주근깨가 가득 난 못생긴 얼굴을 하고 있었으며, 눈은 옅은 푸른색으로 예리하게 반짝거리고 있었다.

"안녕하십니까, 웰먼 부인." 그가 말했다.

"안녕하세요, 로드 박사. 애는 내 조카 칼리슬이라오."

갑자기 로드 박사의 순박한 얼굴에는 감탄하는 빛이 역력했다. 그는, "안녕하세요?" 하고 말했다. 엘리노어가 그에게 손을 내밀자, 그는 마치 그 손을 잡게 되면 으스러지기라도 할 것처럼 조심스럽게 잡았다.

웰먼 부인이 계속해서 말했다.

"엘리노어와 내 조카가 나를 위로해 주기 위해 왔답니다."

"좋지요! 부인이 필요로 하는 것은 바로 그런 것입니다! 상당히 도움이 될 겁니다, 웰먼 부인."

그는 여전히 감탄을 금치 못하며 엘리노어를 바라보고 있었다.

엘리노어는 문쪽으로 발걸음을 옮기며 말했다.

"가시기 전에 잠깐 뵐 수 있을까요, 로드 박사님?"

"오, 어―예, 물론이죠."

그녀는 문을 닫고 나갔다. 로드 박사가 침대로 다가가자, 오브라이언 간호사가 그 뒤에서 안절부절못하고 있었다.

웰먼 부인이 눈이 깜박거리며 말했다.

"늘 하는 속임수인걸. 맥박이니 호흡이니 체온은 재서 뭘 합니까, 박사님? 당신네 의사들은 정말 사기꾼이라니까!"

오브라이언 간호사가 한숨을 푹 내쉬며 말했다.

"오, 웰먼 부인, 지금 박사님께 무슨 말씀을 하시는 거예요!"

로드 박사가 눈을 찡긋하며 말했다.

"웰먼 부인이 나를 꿰뚫어보고 계신 거요, 간호사! 그렇지만, 웰먼 부인, 저는 이미 진찰을 하고 있지 않습니까, 저는 환자 다루는 법을 배운 적이 없다는 게 문제입니다."

"당신의 태도는 아주 훌륭해요. 사실은 당신도 그 점을 자부하는 편일 텐데."

피터 로드는 빙그레 웃으며 말했다.

"부인께서는 그렇게 말씀하시겠죠."

몇 마디 의례적인 대화를 나눈 뒤, 로드 박사는 의자 등받이에 기대어 환자를 보고 웃음 지었다.

"이거, 회복이 굉장히 빠른데요." 그가 말했다.

"그럼, 몇 주만 더 지나면 일어나서 집 안을 걸어다닐 수 있겠군요?"

로라 웰먼이 말했다.

"그렇게 빨리는 안 되죠."

"그것 봐요, 당신은 사기꾼이라니까! 이렇게 누워 어린애 취급을 당하며 지내는데, 살아 있어 봤자 무슨 낙이 있겠어요?"

로드 박사가 말했다.

"아무런 낙이 없다니, 그것참 큰일이군요! 중세의 걸작인 《작은 행복》을 읽어 보신 적이 있나요? 그 감옥 안에서는 설 수도, 앉을 수도, 누울 수도 없었습니다. 부인께선 그런 형을 선고받으면 누구든 몇 주 내로 죽고 말 것이라고 생각하시겠죠? 천만에요. 감옥에서 16년 동안이나 옥살이를 하다가 석방되어, 노년을 열심히 살다 죽은 사람도 있습니다."

로라 웰먼이 말했다.

"도대체 무슨 얘기를 하려는 거요?"

피터 로드가 말했다.

"요점은, 인간은 살고 싶어 하는 본능을 가지고 있다는 것이죠. 세상의 모든 사람들은, 사는 게 더 낫다고 판단했기 때문에 살고 있는 것은 결코 아닙니다. 우리가 흔히 말하듯이 '콱 죽어 버렸으면 좋겠어.' 하고 말하는 사람도 실제로는 전혀 죽기를 원하지 않거든요! 모든 점으로 봐서 살아날 가능성이 있는 사람도 죽음과 맞서 싸울 만한 용기를 잃게 되면 그만 죽어 버리고 말지요."

"계속해 봐요."

"더 이상 할 말이 없습니다. 부인께서 뭐라고 말씀하시든, 부인은 실제로는 살고 싶어 하는 사람 중 하나입니다! 그러니 부인의 몸이 살고 싶어 하는데, 부인의 머릿속에 자꾸만 다른 생각을 품고 있는 것은 그리 좋은 일이 못 됩니다."

웰먼 부인은 갑자기 화제를 바꾸며 말했다.

"여기에 오는 것이 좀 지겹지 않나요?"

피터 로드가 웃으며 말했다.

"전혀 그렇지 않습니다."

"당신 같은 젊은이에게는 좀 지루하지 않아요? 전문적인 일을 하고 싶을 텐데? 지방의 일반 의사가 좀 따분하지 않아요?"

로드는 모래 빛 머리카락을 흔들며 말했다.

"아닙니다. 전 지금 제가 하는 일에 아주 만족하고 있습니다. 부인도 아시다시피 저는 사람들을 좋아하거든요. 그리고 평범하고 일상적인 병을 다루는 것이 훨씬 나아요. 확실치 않은 질병의 보기 드문 세균을 명확하게 정의하는 일 따위는 정말이지 하고 싶지 않습니다. 홍역이나 수두 같은 것이 좋아요. 저는 인체가 그런 병에 대해 각기 어떤 반응을 보이는지 살펴보는 일을 좋아하거든요. 저는 일반화되어 의문의 여지없이 굳어져 버린 치료법을 개선할 수는 없을지 알아보고 싶습니다. 제게 문제가 있다면, 도대체가 야망이 없다는 거지요. 저는 구레나룻이 길게 자라날 때까지, 그리고 사람들이, '물론, 우리는 항상 로드 박사를 불러왔지요. 훌륭한 노인이에요. 하지만, 그는 이제 치료법이 너무

구태의연해서 안 돼요. 젊은 아무개가 아주 최신식이라니 그를 부르는 게 좋겠어요……' 하고 말할 때까지 여기 머무를 겁니다."

"흠, 당신은 그것을 모두 이미 녹음해 둔 것 같군요?" 웰먼 부인이 말했다.

피터 로드가 일어서며, "자, 이제 그만 가봐야겠습니다." 하고 말했다.

웰먼 부인이 말했다.

"내 조카딸이 당신에게 할 말이 있는 모양이던데. 여담이지만, 그 애를 어떻게 생각해요? 한 번도 만난 적이 없었을 텐데."

로드 박사는 갑자기 얼굴이 빨개졌다. 아니 귀까지 빨개졌다.

"저—오! 우선 굉장한 미인이라 생각되지 않습니까? 그리고, 음—, 명석해 보이던데요."

웰먼 부인은 관심을 돌려 혼자 속으로, '정말 훌륭한 젊은이야, 정말……' 하고 생각했다.

그녀는 소리 내어 말했다.

"결혼해야겠네요."

4

로디는 정원을 서성이고 있었다. 그는 넓게 펼쳐진 잔디밭을 가로질러 잘 포장된 산책길을 따라가다가 담으로 둘러싸인 채소밭에 들어섰다. 손질이 잘 되어 아주 깔끔하게 정리되어 있었다. 그는 언제쯤 엘리노어와 함께 헌터버리 저택에서 살게 될 것인지 의심스러웠다. 그는 언젠가는 그렇게 되리라는 생각이 들었다. 그 자신은 꼭 그렇게 하고 싶었다. 그는 전원생활을 좋아했다. 하지만, 엘리노어는 어떨지. 아마도 그녀는 런던에서 사는 것을 더 좋아하리라……

엘리노어의 마음을 읽어내는 건 좀 어려웠다. 그녀는 사물에 대한 자기감정이나 느낌 따위를 잘 드러내지 않았다. 바로 그런 점 때문에 그녀를 좋아하긴 하지만……. 그는 그들 내부에서 일어나는 모든 심리 과정을 당연히 알고 싶어 할 것이라고 간주하여 자기의 생각과 느낌을 속속들이 다 이야기하는 사람은 딱 질색이었다. 침묵이 항상 더 흥미로웠다.

냉철하게 생각해 보건대 엘리노어는 정말 거의 완벽했다. 그녀는 결코 격렬한 반응을 나타내거나 성을 내지 않았다. 바라보면 즐겁고, 이야기할 때도 재치가 있어서 친구로서는 더할 나위 없이 매력적이었다.

그는 만족해하며 이런 생각을 했다.

'나도 꽤나 행운아야. 그녀를 잡았으니 말이야. 나 같은 별 볼일 없는 사내한테서 무슨 매력을 느꼈는지 모르겠어.'

로더릭 웰먼은 까다롭긴 하지만 우쭐거리는 마음은 없었다. 그녀가 자기와 결혼하는 데 기꺼이 승낙했다는 사실이 그에게는 솔직히 이상하게 생각되었다.

그 앞에 펼쳐진 인생은 아주 탄탄대로였다. 그는 자신이 처해 있는 상태에 대해 아주 잘 알고 있다. 그리고 그것은 늘 하나의 축복이었다. 그는 곧 엘리노어와 결혼하게 될 것이라고 생각했다. 엘리노어가 원한다면 말이다. 어쩌면 그녀는 그것을 좀 연기할지도 모르겠다. 그렇다고 해서 그녀를 다그쳐서는 안 된다. 그들은 처음에는 좀 궁하겠지만 걱정할 건 없다. 그는 로라 아주머니가 돌아가시지 않고 오랫동안 살아 있기를 진심으로 바랐다. 그분은 인정이 많은 사람이었고, 휴가 때면 언제나 여기 오게 해서 그가 하는 일에 관심을 두는 등, 그에게는 늘 잘해 주었다.

그는 아주머니가 정말로 돌아가시면 어떡하나 하는 생각은 가능한 한 피하기로 했다(그는 대개 불유쾌한 일은 회피해 버리곤 했다). 그는 기분 나쁜 일을 뚜렷하게 떠올려 상상하는 일을 그리 좋아하지 않았다. 그렇지만, 음, 그 뒤에—그러니까, 여기 살게 되면 아주 멋지긴 할 것이다. 특히, 그것을 유지할 돈이 충분할 테니까. 아주머니가 그것을 어떤 식으로 남겨 놓았는지 궁금했다. 그러나 그것은 조금도 문제가 안 된다. 어떤 여자들에게는 그 돈을 소유하고 있는 사람이 남편인가 아내인가 하는 것이 굉장히 중요한 문제가 되겠지만, 엘리노어에게는 그렇지 않았다. 그녀는 재치가 많아서 그 문제를 지나치게 중요시할 만큼 돈에 집착하지 않았다.

그는 이렇게 생각했다.

'그래, 걱정할 건 하나도 없어—어떠한 일이 발생한다 할지라도!'

그는 한쪽 끝으로 대문이 나 있는, 담이 둘러쳐진 밭에서 나와 나팔수선화가 자라고 있는 조그만 숲으로 천천히 걸어갔다. 꽃들은 모두 다 졌지만, 여전히 나뭇잎 사이로 햇살이 반사되어 초록빛이 더욱더 아름다워 보였다.

순간, 알 수 없는 어떤 불안감이 그를 엄습해 왔다—조금 전의 평온함에 파문이 일었다.

그는 이런 느낌이 들었다.

'뭔가, 뭔가 내가 갖지 못한 게 있어. 내가 원하는 무엇인가가……, 내가 원하는.'

그 찬란한 초록빛, 부드러운 대기—그것들과 함께 맥박이 빨라지고, 피가 끓으며, 갑자기 초조해졌다.

나무 사이로 한 처녀가 그를 향해 오고 있었다—윤기가 자르르 흐르는 금발에 장미처럼 발그레한 피부를 가진 처녀였다.

'정말 아름답군. 정말 말할 수 없이 아름다워.' 그는 생각했다.

알 수 없는 뭔가가 그의 마음을 사로잡았다. 그는 얼어붙은 것처럼 꼼짝도 못하고 서 있었다. 세상이 빙빙 돌며 뒤죽박죽이 되어, 갑작스럽게 믿기 어려울 정도로 화려한 황홀경에 빠져 버린 것 같았다!

그 처녀는 갑자기 우뚝 서더니 다시 걸어왔다. 그녀는 그가 입을 벌린 채 얼빠진 것처럼 멍청하게 서 있는 곳까지 다가왔다.

그녀는 약간 주저하며 말했다.

"저를 기억하지 못하시겠어요, 로더릭 씨? 하기야 오랜 시간이 흘렀으니까. 메리 제러드예요, 별채에 사는."

로디가 말했다.

"오—오, 당신이 메리 제러드라고요?"

그녀가, "예, 그래요." 하고 말했다.

잠시 뒤 수습하는 듯한 태도를 보이며 그녀는 계속 말을 이었다.

"제 모습이 많이 변했죠? 당연한 거지만. 옛날에 당신이 저를 본 이후로요."

그가 말했다.

"그래요, 정말 몰라보게 변했군요. 길거리에서 우연히 만났다면 아마 알아보지 못했을 겁니다.”

그는 뚫어져라 그녀를 바라보았다. 그는 자기 등 뒤에서 나는 발걸음 소리조차 듣지 못할 정도로 넋이 빠져 있었다. 하지만, 메리는 재빨리 뒤를 돌아다보았다.

엘리노어는 잠시 동안 머뭇거리다가 말했다.

“안녕, 메리.”

메리가 말했다.

“안녕하세요, 엘리노어 양? 만나서 반가워요. 웰먼 부인께서 당신이 내려오기를 무척 기다리고 계셨어요.”

엘리노어가 말했다.

“그래요—꽤 시간이 지났으니까. 나는, 오브라이언 간호사가 당신을 한번 찾아보라고 하기에 왔어요. 아주머니를 들어 올리려나 본데, 대개 당신과 함께 한다고 말하더군요.”

“지금 당장 가보겠어요.” 메리가 말했다.

그녀는 쏜살같이 뛰어 내려갔다. 엘리노어는 사라져 가는 그녀의 뒷모습을 쳐다보며 멍하니 서 있었다. 뛰어가는 메리의 동작 하나하나가 모두 활기에 넘쳐 있었던 것이다.

로디가 부드러운 목소리로, “애틀랜타…….” 하고 말했다.

엘리노어는 아무런 대꾸도 하지 않았다. 그녀는 한동안 말없이 가만히 서 있다가 입을 열었다.

“점심이 거의 다 됐어요. 이제 그만 돌아가요.”

그들은 집을 향해 나란히 걸어갔다.

5

“오 메리, 가르보가 나오는 영화가 들어왔는데, 굉장한 영화야—온통 파리에 대한 거라는군. 시나리오도 일류 작가가 쓴 것이고 언젠가 오페라도 한번 한 적이 있었지.”

"굉장히 친절하구나, 테드. 하지만, 나는 정말 안 가."

테드 빅랜드는 화를 내며 말했다.

"요즈음에는 너를 이해할 수가 없어, 메리. 넌 달라졌어―완전히 딴 사람이 되어 버린 거야."

"아냐, 그렇지 않아, 테드."

"변했어! 그게 다 고상한 학교와 독일에 갔다가 온 덕분일 거야. 너는 이제 우리한테 비하면 너무도 훌륭해."

"그렇지 않아, 테드. 조금도 그렇지 않아."

그녀는 격렬하게 말했다.

멋지고 건장한 체격을 가진 그 청년은 화가 잔뜩 나 있는데도, 그녀의 모습을 찬찬히 훑어보고 있었다.

"아냐, 사실이야. 너는 이제 요조숙녀가 거의 다 되었는데 뭘 그래, 메리."

메리는 갑자기 빈정거리며 말했다.

"거의 다 된 걸 가지고는 너무 훌륭하다고 할 수 없지 않아?"

그는 갑자기 태도를 바꾸어 말했다.

"하기야 그렇군."

메리는 재빨리 말했다.

"더구나 요즈음 세상에 누가 그따위 일에 신경을 써? 신사숙녀 여러분 같은 것에 말이야!"

"그런 것은 정말 문제가 안 되지, 물론."

테드는 말했으나, 곧 생각에 잠겼다.

"하지만, 누구에게나 느낌이라는 게 있지. 오오, 메리, 너는 공작부인이나 백작부인쯤 되어 보여."

메리가 말했다.

"그리 기분 좋은 칭찬은 못 되는 것 같은데. 나는 꼭 헌옷 장사 같은 백작부인들을 많이 봤으니까!"

"나 참, 내 말뜻을 알면서 자꾸 그래."

그때 단정한 검은 옷차림에 뚱뚱하고 위엄이 있어 보이는 어떤 부인이 성큼성큼 그들 앞으로 다가왔다. 그녀는 그들에게 매서운 시선을 던졌다.

테드는 약간 옆으로 비켜서며 말했다.

"안녕하세요, 비숍 부인."

비숍 부인은 머리를 우아하게 숙였다.

"안녕, 테드 빅랜드. 안녕, 메리."

그녀는 마치 돛을 전부 올린 배처럼 획 지나가 버렸다. 테드는 그녀의 뒷모습을 감탄한 시선으로 쳐다보았다.

메리가 중얼거리듯이 말했다.

"잘 봐, 저 부인이야말로 정말 공작부인 같아!"

"그래—저 여자는 태도가 훌륭해. 항상 나를 화끈거리게 한단 말이야."

메리는 천천히, "저 여자는 나를 좋아하지 않아." 하고 말했다.

"무슨 소리야?"

"사실이야. 나를 좋아하지 않아. 나한테는 항상 모질게 대하거든."

"질투하나 보지. 그런 게 분명해." 아는 체하며 테드가 말했다.

메리는 막연하게 말했다.

"그럴지도 몰라……."

"그렇다니까, 뻔해. 그녀는 헌터버리 저택에서 오랫동안 가정부로 일해 왔어. 그 집을 좌지우지하며 집안사람들 모두에게 명령하면서 말이야. 그런데 이제 나이 든 웰먼 부인이 너를 좋아하시니까 그녀가 화를 낼 수밖에! 틀림없이 그것 때문이야."

메리는 이마에 근심스런 기색을 띠며 말했다.

"어리석은 얘기지만, 나는 누군가가 나를 좋아하지 않으면 견딜 수가 없어. 사람들이 다 나를 좋아했으면 좋겠어."

"너를 좋아하지 않는 여자들도 분명히 있을 거야, 메리! 네가 너무 미인이라고 생각하며 질투하는 여자들 말이야!"

메리가 말했다.

"질투는 끔찍해."

테드가 천천히 말했다.

"그럴 거야—하지만, 그것은 확실히 존재하고 있어. 참, 지난주에 앨러도에
서 멋진 영화 한 편을 보았는데 클라크 게이블이 나오더군. 아내를 학대하는
백만장자에 대한 얘기였지. 게다가, 그 여자가 부정한 짓을 했다고 몰아세우는
거야. 그런데 다른 남자가 나타나서……."
메리가 물러서며 말했다.
"미안해, 테드, 나는 그만 가봐야겠어. 늦었어."
"어디 가는데?"
"홉킨스 간호사와 함께 차를 마시기로 했어."
테드는 얼굴을 찌푸렸다.
"별난 취미 다 보겠군. 그 여자는 마을에서 제일가는 수다쟁이야! 그 긴 코
를 안 들이대는 데가 없어!"
메리가 말했다.
"잘 가, 테드."
그녀는 화가 나서 쳐다보고 있는 그를 그대로 남겨둔 채 급히 떠났다.

6

홉킨스 간호사는 마을 끝에 있는 작은 집에서 살고 있었다. 그녀가 막 들어
와 보닛 끈을 풀고 있을 때 메리가 들어왔다.
"아, 왔구나. 내가 조금 늦었지. 연로한 캘드콧 부인이 다시 악화되었단다.
그리고 내 치료 구역을 도느라고 늦었어. 큰길 끝에서 테드 빅랜드와 함께 있
더구나."
메리는 좀 의기소침하게, "예……." 하고 대답했다.
홉킨스 간호사는 주전자가 얹힌 가스풍로에 불을 켜기 위해 구부리고 있다
가 재빨리 고개를 들었다.
그녀의 긴 코가 떨렸다.
"그 청년이 네게 무슨 얘기라도 해주든?"
"아니요. 그냥 함께 영화 보러 가자고만 했어요."

"으응—." 홉킨스 간호사가 재빨리 말했다.

"글쎄다, 물론 그도 괜찮은 젊은이이긴 하지. 주유소에서도 그리 못되게 굴지는 않는 모양이더라. 그의 아버지도 이 부근에 살고 있는 대부분의 농부보다도 좀 나은 편이고 하지만, 너는 테드 빅랜드의 아내감으로는 보이지 않는구나. 네가 받은 교육과 모든 점에 비추어 볼 때 말이야. 내가 말했다시피, 만일 내가 너라면 나는 적절한 시기를 잡아 마사지를 배우려고 마음먹겠어. 조금씩 돌아다니며 그쪽 계통에 있는 사람들을 살펴보렴. 네 인생이 길든 짧든 그것은 네 것이니까."

메리가 말했다.

"곰곰이 생각해 보겠어요. 일전에 웰먼 부인이 내게 말씀하셨어요. 그분은 정말 친절하세요. 당신이 말한 그대로였어요. 그분은 지금 당장은 내가 가버리는 것을 원치 않으세요. 내가 보고 싶어질 거라면서요. 그러면서 앞일은 걱정하지 말라고 하시더군요. 나를 도와줄 생각이신가 봐요."

홉킨스 간호사는 의심스러운 듯이 말했다.

"그녀가 그것을 문서로 해두었으면 좋겠구나! 아픈 사람들은 좀 이상해서."

메리가 물었다.

"비숍 부인이 정말 나를 싫어하는 것 같아요—아니면, 다만 내 추측일까요?"

홉킨스 간호사는 잠깐 생각에 잠겼다.

"그녀의 얼굴은 분명히 못마땅해하는 표정이더구나. 그녀는 젊은 사람들이 자기를 위해 마련된 것을 차지하는 걸 보기 싫어하는 사람 중 하나야. 아마 웰먼 부인이 너를 너무 좋아하니까 화가 난 걸 거야."

그녀는 재미있다는 듯이 웃었다.

"내가 너라면 걱정하지 않겠어, 메리. 그 종이 가방 좀 열어 보겠니? 도넛 두 개가 있을 거다."

1

당신의 고모가 어젯밤 두 번째 발작을 일으켰으나 걱정할 정도는 아님. 하지만 가능한 한 내려와 보길 바람―로드

2

그 전보를 받은 즉시 엘리노어는 로디에게 전화를 해서, 지금 그들은 헌터버리행 기차에 함께 타고 있다.

엘리노어는 지난번 방문한 이래 그 주에는 로디를 그렇게 자주 만나지 못했다. 잠깐씩 두 번 만났을 때도 그들 사이에는 이상한 어색함이 감돌았다. 로디는 그녀에게 꽃을 보냈다―줄기가 긴 장미 한 다발을. 그로서는 의례적인 일이었다. 그들이 저녁식사를 함께할 때도 음식과 음료수는 어떤 것으로 하고 싶으냐고 묻는가 하면, 코트를 입고 벗을 때도 전에 없이 친절하게 도와주는 둥, 그는 평소보다 더 정중했다. 엘리노어에게는 마치 그가 연극에서 한 역할을 연기하는 것처럼 보였다―헌신적인 약혼자의 역할을……

그때 그녀는 혼잣말로 중얼거렸다.

"바보 같은 생각하지 마. 아무것도 잘못된 것이 없어……. 네가 엉뚱한 상상을 하는 거야! 그것은 과민하고 소유욕이 강한 네 마음일 뿐이라고"

그에 대한 그녀의 태도는 어쩌면 평소보다 더 초연하고 냉담한 그늘이었다.

그런데 갑자기 이렇게 시급한 상황에 놓이게 되자, 그 어색함은 사라지고 그들은 아주 자연스럽게 얘기를 주고받게 되었다.

로디가 말했다.

"불쌍한 분이야. 우리가 만나 봤을 때만 해도 아주 상태가 좋았는데."

엘리노어가 말했다.

"고모가 정말 너무 안됐어요. 아픈 것을 정말 싫어하시는데, 이제 더 무기력해지실 테니 또 얼마나 진저리가 나실까요! 사람들은 말이에요, 로디, 자유롭게 놔줘야 할 것 같아요—만일 그들 스스로 진정으로 원한다면요."

로디가 말했다.

"동감이야. 그게 제일 문명화된 방법이지. 동물이라면 고통을 덜어 줄 수 있지만, 인간에게는 그렇게 못 할 거야. 인간 본성이 어떻든지 간에 돈 때문에 자신들의 다정한 관계를 저버리지는 않을 테니까—아주 악한 사람들이 아니라면 말이야."

엘리노어가 생각에 잠긴 채로 말했다.

"물론 의사들의 손에 달렸겠죠."

"의사가 사기꾼일 수도 있어."

"로드 박사 같은 사람은 믿을 수 있어요."

로디는 무심코 이렇게 말했다.

"그래, 그는 아주 정직해 보이더군. 괜찮은 친구야."

3

로드 박사는 침대에 몸을 구부리고 있었다. 오브라이언 간호사가 그 뒤에서 서성거리고 있었다. 그는 이맛살을 찌푸린 채, 환자의 입에서 흘러나오는 발음이 불분명한 소리를 알아들으려고 애쓰고 있었다.

그가 말했다.

"괜찮아요, 괜찮아. 자, 흥분하지 마세요. 천천히 하세요. 제 말이 맞으면 오른손을 약간 올리기만 하십시오. 뭔가 걱정되는 일이 있습니까?"

그는 그렇다는 신호를 받았다.

"급한 겁니까? 좋습니다. 처리해야 할 문제입니까? 누군가를 부르러 보낼까요? 칼리슬 양? 그리고 웰먼 씨도요? 그들은 오는 중입니다."

또다시 웰먼 부인이 조리에 맞지 않는 얘기를 하려고 했다. 로드 박사는 주의 깊게 들었다.

"그들이 오기를 원하셨는데, 그게 아니라고요? 다른 사람? 친척입니까? 아니라고요? 사무적인 문제입니까? 알겠습니다. 돈과 관련된 문제예요? 변호사요? 그렇지 않습니까, 변호사를 만나고 싶으신 거죠? 그에게 뭔가 지시를 내리고 싶으십니까?

자, 자, 좋습니다. 진정하세요. 시간은 많습니다. 무슨 말씀이십니까—엘리노어?"

그는 발음이 엉망이 된 그 이름을 알아차렸다.

"그녀가 어느 변호사에게 찾아가야 하는지 알고 있습니까? 그래서 그녀에게 그와 상의하라고요? 좋아요. 그녀는 30분쯤 지나면 올 겁니다. 부인이 하고 싶은 말씀을 제가 그녀에게 전하고, 그녀와 함께 가서 틀림없이 처리하겠습니다. 자, 이제는 더 이상 걱정하지 마세요. 모든 것을 제게 맡기십시오. 제가 부인이 원하는 대로 일이 처리되도록 하겠습니다."

그는 그녀의 긴장이 풀리는 것을 잠깐 지켜보며 서 있다가 조용히 방을 나와 층계참으로 나갔다. 오브라이언 간호사가 그의 뒤를 따라나왔다. 홉킨스 간호사는 계단을 막 올라오고 있었다. 그는 그녀에게 머리를 끄덕여 보였다.

그녀는 숨이 찬 목소리로 말했다.

"안녕하세요, 박사님."

"안녕하세요, 간호사."

의사는 그들과 함께 바로 옆에 딸린 오브라이언 간호사의 방으로 들어가서 그들에게 지시사항을 전달했다. 홉킨스 간호사도 밤새도록 남아 오브라이언 간호사와 함께 부인을 돌보도록 했다.

"내일 집에서 묵을 간호사를 한 명 더 데려와야겠소. 좀 어렵기는 하겠지만. 스탠퍼드에 디프테리아가 잔뜩 퍼져 있어서, 그곳의 요양소에서도 현재 상태로서는 손이 딸릴 테니까."

그를 만족스럽게 할 만큼 공손한 태도로 귀를 기울이고 있는 두 간호사에게 지시를 내린 뒤, 로드 박사는 아래층으로 내려가서 시계를 보고는 지금쯤 도착하기로 되어 있는 조카딸과 조카를 맞을 준비를 했다.

홀에서 그는 메리 제러드를 만났다. 그녀의 얼굴은 창백하고 걱정스러운 표정이었다. 그녀가 말했다.

"이제 좀 괜찮으세요?"

로드 박사가 말했다.

"오늘 밤은 편안히 보내실 수 있을 겁니다—그렇게밖에 할 수 없을 것 같군요."

메리는 띄엄띄엄 이렇게 말했다.

"그건 너무 잔인한 것 같아요. 너무 부당하고……."

그는 매우 안됐다는 표정을 지으며 머리를 끄덕였다.

"예, 가끔 그런 것도 같습니다. 내가 알기로는—."

그는 말을 멈추었다.

"차가 왔군요."

그는 홀로 나갔다. 메리는 2층으로 뛰어올라갔다. 엘리노어가 응접실로 들어오며 소리쳤다.

"상태가 아주 안 좋으신가요?"

로디는 창백하고 걱정스러운 얼굴을 하고 있었다.

의사는 침통하게 말했다.

"당신들에게는 충격적인 일일 겁니다. 노부인은 마비 현상이 심해요. 말도 거의 알아들을 수 없을 정도고요. 그런데 노부인이 뭔가를 굉장히 걱정하고 있습니다. 변호사를 불러와야 할 문제인 것 같습니다. 그가 누구인 줄 아십니까, 칼리슬 양?"

엘리노어가 얼른 말했다.

"세든 씨에요—블룸스버리 스퀘어에 있는 분이세요. 하지만, 저녁이라서 이 시간엔 거기 있지 않을 거예요. 그의 집 주소는 모르고요."

로드 박사는 안심을 시키며 말했다.

"내일 해도 충분해요. 하지만, 나는 웰먼 부인의 마음을 가능한 한 빨리 편안하게 해 드리고 싶습니다. 지금 당신이 나와 함께 올라가시겠다면, 칼리슬 양, 함께 노부인을 안심시켜 드릴 수도 있을 것 같군요."

"그렇군요. 당장 올라가 보겠어요"

로디가 희망을 걸며, "나는 안 가봐도 될까요?" 하고 말했다.

그는 그런 자신에 대해 약간 부끄러움을 느꼈으나 병실로 올라가서 말도 똑똑히 못 하고 무기력하게 누워 있을 로라 아주머니를 만난다는 것이 너무나 두려웠다.

로드 박사는 얼른 그를 안심시켰다.

"그러실 필요는 조금도 없습니다, 웰먼 씨. 방에 사람이 너무 많은 것도 좋지 않거든요."

로디는 안심하는 표정이 역력했다.

로드 박사와 엘리노어는 2층으로 올라갔다. 오브라이언 간호사가 환자와 함께 있었다.

로라 웰먼은 깊게 코를 골며 호흡하고 있었는데, 마치 혼수상태에 빠진 것처럼 누워 있었다. 엘리노어는 그 일그러지고 뒤틀린 얼굴에 깜짝 놀라, 그녀를 내려다보며 서 있었다.

갑자기 웰먼 부인의 오른쪽 눈꺼풀이 떨리더니 눈을 떴다. 그녀는 엘리노어를 알아보자 표정이 약간 변했다.

그녀는 말을 하려고 애를 썼다.

"엘리노어……."

그 말은 그녀가 말하고자 하는 것을 눈치채지 못한 사람에게는 아무런 의미가 없는 것처럼 들렸을 것이다.

엘리노어가 얼른 말했다.

"저 여기 있어요, 로라 고모. 무슨 걱정되는 일이 있으세요? 제가 세든 씨를 불러올까요?"

다시 거칠고 쉰 목소리.

엘리노어는 그 의미를 대강 알아차리고서 얼른 말했다.

"메리 제러드?"

오른손이 그렇다는 뜻으로 천천히 위태위태하게 움직였다.

그 아픈 여인의 입술에서 정신없이 얘기하는 소리가 길게 흘러나왔다. 로드 박사와 엘리노어는 힘없이 얼굴을 찌푸렸다. 그 소리는 자꾸만 되풀이되었다. 그때 엘리노어가 단어 하나를 알아들었다.

"조항? 유언장에 그녀를 위한 조항을 넣고 싶으시다고요? 그녀에게 돈을 좀 주고 싶으시다고요? 알았어요, 로라 고모. 그건 아주 간단한 거예요. 세든 씨가 내일 오면 모든 것이 고모가 원하는 대로 정확하게 처리될 거예요."

노부인은 안도하는 기색을 보였다. 걱정하는 빛이 애원하는 듯한 눈에서 사라져 갔다. 엘리노어는 노부인의 손을 잡고 손가락에서 맥박이 약하게 뛰는 것을 느꼈다.

웰먼 부인은 굉장히 애쓰며 다시 말했다.

"네가―, 모든 것을……, 네가……."

엘리노어가 말했다.

"예, 예, 모든 것을 저한테 맡기세요. 모든 것이 고모가 원하는 대로 되도록 제가 살피겠어요!"

그녀는 그 손가락에서 맥박이 뛰는 것을 다시 느꼈다. 그러더니 그것이 약해졌다. 눈꺼풀이 서서히 닫히기 시작했다.

로드 박사가 엘리노어의 팔을 잡고, 그녀를 가만히 방에서 데리고 나갔다. 오브라이언 간호사가 침대 옆 자기 자리에 앉았다.

층계참에서 메리 제러드가 홉킨스 간호사에게 얘기하고 있다가 앞으로 나왔다.

"오, 로드 박사님, 부인한테 들어가 봐도 될까요?"

그는 머리를 끄덕였다.

"그러나 아주 조용히 해야 해요. 그리고 노부인을 깨우지 마십시오."

메리가 병실로 들어갔다.

로드 박사가 말했다.

"당신이 타고 온 기차가 늦었어요. 당신은―." 그는 하던 말을 멈췄다.

엘리노어는 메리를 쳐다보느라고 머리를 돌리고 있다가, 문득 그가 갑자기 말을 멈춘 것을 깨닫게 되었다. 그녀는 뒤돌아보며 의아스러운 듯이 그를 쳐다보았다. 그는 깜짝 놀란 얼굴로 그녀를 빤히 쳐다보고 있었다. 엘리노어의 뺨이 빨개졌다.

그녀는 허둥거리며 말했다.

"죄송하지만 뭐라고 말씀하셨죠?"

피터 로드가 천천히 열정적으로 말했다.

"내가 무슨 말을 하고 있었지? 나도 기억이 안 나는데요. 칼리슬 양, 당신은 정말 훌륭했습니다! 이해도 빨리하고, 안심도 시켜 드리는 등 모든 것이 정말 훌륭했어요."

아주 희미한 콧방귀 소리가 홉킨스 간호사에게서 났다.

엘리노어는 이렇게 말했다.

"불쌍한 고모, 그런 모습의 고모를 본다는 것이 나로서는 너무 끔찍했어요."

"그렇고 말고요. 그래도 조금도 표시를 내지 않으시던데요. 당신은 자제력이 무척 강한 것 같습니다."

엘리노어는 입술을 아주 곧게 세우며 말했다.

"나는 감정을 드러내지 않도록 배웠어요."

의사가 천천히 말했다.

"그렇다고 해도 가면은 이따금 무심결에 벗겨지는 법이죠."

홉킨스 간호사가 부산을 떨며 욕실로 들어갔다. 엘리노어는 날카로운 눈썹을 추켜세우고 정색을 하며 말했다.

"가면이라고요?"

로드 박사가 말했다.

"인간의 얼굴이란, 결국 가면 이상도 이하도 아닙니다."

"그럼, 그 밑에는?"

"그 밑에는 본질적인 인간의 모습을 한 남자 혹은 여자죠."

그녀는 홱 돌아서서 아래층으로 내려갔다.

피터 로드는 당황해서 좀처럼 드러내지 않는 심각한 기색으로 그 뒤를 따랐다.

로디가 홀에 나와 그들과 만났다.

"어때?" 그가 근심스럽게 물었다.

엘리노어가 말했다.

"불쌍한 고모, 고모를 뵙고 나니 너무 슬프군요. 차라리 오지 말걸 그랬어요, 로디. 고모가……, 고모가 당신을 찾을 때까지 말이에요."

로디가 물었다.

"아주머니가……, 특별한 것을 원했어?"

피터 로드가 엘리노어에게 말했다.

"나는 이제 그만 가봐야겠습니다. 지금으로서는 내가 더 이상 할 일이 없군요. 내일 일찍 들르겠습니다. 안녕히 계십시오, 칼리슬 양. 너무 걱정하지는 말아요."

그는 잠깐 그녀의 손을 잡았다. 그런데 그와의 악수는 이상하리만큼 편안하고 위안이 되었다. 그는 그녀를, 엘리노어가 생각하기에는 마치 가엾게 여기는 것처럼 좀 이상한 표정으로 쳐다보았다.

의사가 나가고 문이 닫히자 로디는 다시 물었다.

엘리노어가 대답했다.

"로라 고모는 어떤 사무적인 일로 걱정하고 계세요. 고모에게 세든 씨가 내일 꼭 올 거라고 말해서 겨우 진정시켰어요. 무엇보다도 먼저 그분에게 전화를 걸어야겠어요."

로디가 물었다.

"아주머니는 유언장을 새로 만들려는 건가?"

엘리노어는, "고모는 그런 말을 하지 않았어요." 하고 대답했다.

"아주머니는 무슨—?"

그는 묻다가 말고 도중에 말을 멈췄다.

메리 제러드가 계단을 뛰어내려오고 있었다. 그녀는 홀을 가로질러 부엌 쪽으로 난 문으로 사라졌다.

엘리노어는 매정한 목소리로 말했다.

"예? 뭘 물었죠?"

로디는 넋 나간 표정으로 말했다.

"내가—, 어떻게 했다고? 뭐였는지 잊어버렸는걸."

그는 메리 제러드가 나간 문을 바라보고 있었다.

엘리노어는 자신의 손을 꼭 쥐었다. 그녀는 길고 뾰족한 손톱이 손바닥 살을 찌르는 것을 느낄 수 있었다.

그녀는 생각했다.

'참을 수 없어—참을 수가 없어. 이건 터무니없는 상상이 아니야. 사실이야. 로다—로디, 나는 당신을 놓칠 수가 없어……'

그녀는 또 이런 생각을 했다.

'도대체 그 사람은—그 의사는, 2층에 있을 때 내 얼굴에서 무슨 표정을 본 걸까? 그는 분명히 뭔가를 느꼈어. 오, 하나님, 산다는 건 너무 끔찍해요—지금 이런 기분을 느끼며 산다는 건. 정신 차려, 바보야. 정신 차려!'

그녀는 차분한 목소리로 말했다.

"식사해야죠, 로디. 나는 별로 배고프지 않아요. 간호사들이 둘 다 내려올 수 있도록 내가 로라 고모 곁에 앉아 있겠어요."

로디가 놀라며 말했다.

"아니, 나더러 그들과 함께 식사를 하라고?"

엘리노어가 냉정하게 말했다.

"왜요, 그들이 당신을 물기라도 하나요?"

"그럼, 당신은 어떡하려고? 뭔가 요기를 해야지. 우리가 먼저 먹고 난 다음에 그들을 내려오게 하는 게 어때?"

"아뇨, 내 말대로 하는 게 좋겠어요."

엘리노어가 거친 말투로 말했다.

"그들의 성미가 아주 까다롭다는 것은 당신도 잘 알고 있잖아요."

그녀는 생각했다.

'지금은 이 사람과 마주앉아 함께 식사를 할 수가 없어—단둘이서. 여느 때처럼 말하고, 행동하면서……'

그녀가 성급히 말했다.

"오, 제발, 내 방식대로 하게 내버려 두세요!"

제4장

1

다음 날 아침 엘리노어를 깨운 사람은 하녀가 아니었다. 구식 상복 차림의 비숍 부인이 직접 달려와 그녀 앞에서 통곡했던 것이다.

"오, 엘리노어 양, 마님께서 돌아가셨어요……."

"뭐라고요?"

엘리노어는 침대에 벌떡 일어나 앉았다.

"아가씨의 고모, 웰먼 부인 말이에요. 마님이 주무시던 중에 돌아가셨다고요."

"로라 고모가요!"

엘리노어는 눈이 갑자기 휘둥그레졌다. 그녀는 그것을 도무지 이해할 수 없다는 듯한 표정을 지었다.

비숍 부인은 이제 감정에 복받쳐 더 크게 울고 있었다. 그녀는 흐느끼며, "생각해 보세요. 그렇게 긴 세월을 모셔 왔는데! 내가 여기에 온 지 18년이 되었지요. 하지만, 정말 그건 바로 엊그제의 일 같은데……." 하고 말했다.

엘리노어가 천천히 말했다.

"그러니까 로라 고모가 주무시다 돌아가신 거군요―아주 평화롭게. 고모를 위해서는 천만다행한 일이에요!"

비숍 부인이 계속 울면서 말했다.

"너무 갑작스러운 일이에요. 박사님은 오늘 아침 다시 오겠다고 하셨고, 모든 것이 평상시와 똑같았는데."

엘리노어가 다소 날카롭게 말했다.

"엄밀히 말하자면 그렇게 갑작스러운 것도 아니었죠. 고모는 지금까지 편찮으셨으니까. 나는 고모가 더 이상 고통에 시달리지 않게 된 것이 얼마나 다행스럽게 느껴지는지 몰라요."

비숍 부인은 눈물을 글썽이며 그건 정말 하나님께 감사해야 할 일이라고 말하고 이렇게 덧붙였다.

"로더릭 씨한테는 누가 알리죠?"

"내가 하겠어요." 엘리노어가 말했다.

그녀는 급히 실내복을 입고 그의 방으로 가서 문을 두드렸다. "들어와요." 하는 그의 목소리가 들렸다.

그녀가 방으로 들어갔다.

"로라 고모가 돌아가셨대요, 로디. 주무시다 숨을 거두신 모양이에요."

로디는 침대에 일어나 앉아 깊이 탄식을 했다.

"가엾은 로라 아주머니! 하지만, 하나님께 감사할 일이야. 실은 아주머니가 어제와 같은 상태로 계속 지내시게 된다면, 나는 차마 볼 수 없었을 거야."

엘리노어는 무심코 말했다.

"당신이 고모를 본 줄은 미처 몰랐는데요?"

그는 좀 겸연쩍어하는 듯이 머리를 끄덕였다.

"사실은, 엘리노어, 나 자신이 너무 비겁하게 느껴졌어. 나는 그것을 회피했던 거야! 어젯밤 로라 아주머니 방에 갔었어. 그 뚱뚱한 간호사가 무엇 때문인지 그 방을 나가더군—아마 뜨거운 물주전자를 가지러 내려간 것 같았어. 그래서 몰래 들어갔지. 아주머니는 물론 내가 왔는지조차도 알지 못했어. 나는 그저 잠깐 동안 아주머니를 바라보았을 뿐이거든. 그때 뚱뚱보 여편네가 계단을 다시 뚜벅뚜벅 올라오는 소리가 들리기에 나는 그곳을 살짝 빠져나왔어. 하지만, 그건……, 정말 너무 끔찍하더군!"

엘리노어가 수긍하듯이 머리를 끄덕였다.

"예, 그래요."

"아주머니는 그런 것을 필사적으로 증오했을 거야—매 순간순간을!"

"그럴 거예요."

"당신과 내가 사물을 보는 관점이 항상 똑같다는 것은 놀라운 일이야."

"예, 그래요."

엘리노어는 나지막한 목소리로 말했다.

그가 말했다.

"지금 바로 이 순간에도 우리는 둘 다 똑같은 것을 느끼고 있어. 아주머니가 그 끔찍한 고통에서 벗어났다는 것은 정말 감사할 일이라는 것 말이야……."

2

오브라이언 간호사가 말했다.

"왜 그러세요, 홉킨스 양? 뭐 없어진 거라도 있나요?"

홉킨스 간호사는 얼굴이 약간 상기되어 그 전날 저녁 그녀가 홀에 내려놓았던 조그만 가방을 뒤적이고 있었다. 그녀가 투덜거렸다.

"정말 이상야릇한 일이야. 도무지 이해할 수가 없어. 내가 어떻게 그런 일을 하게 되었지!"

"왜 그러세요?"

홉킨스 간호사는 알기 쉽게 대답하지 않았다.

"엘리자 라이킨이라고―그 육종(肉腫) 환자 있잖아, 그녀는 주사를 두 대 맞거든, 밤과 아침에―모르핀 말이야. 어젯밤 여기 오는 길에 쓰던 통에 들어 있는 마지막 정제를 그녀에게 주사하고, 새 통을 분명히 여기에 넣어 두었었어. 그런데……."

"다시 한 번 찾아보세요. 그 통은 아주 작으니까."

홉킨스 간호사는 조그만 가방에 든 내용물을 죄다 샅샅이 뒤졌다.

"없어, 여기에는 없어! 그러면 내가 찬장에 두고 온 게 분명해! 아! 내 기억력이 이 정도밖에 안 되다니. 틀림없이 가지고 나온 줄 알았는데!"

"혹시 여기 오는 도중에 가방을 한 번이라도 내려놓은 적은 없었나요?"

"물론이지!" 홉킨스 간호사가 단호하게 말했다.

"오, 세상에! 그렇다면 괜찮을까요?" 오브라이언 간호사가 말했다.

"그야 당연하지! 나는 이 홀의 이 자리밖에는 내 가방을 내려놓은 적이 없거든. 여기서는 아무도 그것을 훔쳐가지 않았을 거야! 내 기억이 틀렸던 모양이야. 하지만, 걱정이 되는데. 무슨 말인지 알겠어, 오브라이언? 안 되겠어, 마을 저쪽에 있는 집에 먼저 갔다 와야지."

오브라이언 간호사가 말했다.

"너무 무리하지는 마세요, 어젯밤에도 꽤 힘들었을 텐데. 불쌍한 노부인. 나는 그녀가 오래갈 것 같지 않더군요."

"맞아, 나도 그렇게 생각했어. 의사가 들으면 깜짝 놀라겠는데!"

오브라이언 간호사가 불만스러운 듯이 말했다.

"그분은 자기 환자에 대해서 항상 너무 희망에 차 있어요."

홉킨스 간호사는 나갈 채비를 하며 말했다.

"아, 그 사람은 아직 젊어! 우리와는 달리 경험이 별로 없어."

그렇게 부정적인 말을 남기고 그녀는 떠났다.

3

로드 박사는 발끝에 힘을 주며 일어섰다. 그의 모래 빛 눈썹은 거의 머릿속에 파묻힐 정도로 이마 위로 불끈 솟아올랐다. 그가 놀라며 물었다.

"그럼, 노부인이 돌아가셨단 말이오?"

"예, 박사님."

오브라이언 간호사는 정확하고 자세한 설명을 위해 혀를 바쁘게 놀리고 싶었으나 엄격한 병원 규칙 때문에 그냥 기다리고 있었다.

피터 로드가 멍하니 생각에 잠긴 채 말했다.

"돌아가셨다고?"

그는 잠시 생각에 잠겨 있다가 불쑥, "끓는 물 좀 갖다 줘요." 하고 말했다.

오브라이언 간호사는 깜짝 놀라 어리둥절해했지만, 병원의 규칙에 따라 그 이유를 묻지 않았다. 설령 의사가 그녀에게, 가서 악어가죽을 가져오라고 했다 하더라도 그녀는 자동으로, "예, 박사님." 하고 대답했을 것이고, 그 문제와 씨름하기 위하여 순순히 그 방을 빠져나왔을 것이다.

로더릭 웰먼이 말했다.

"아니, 그럼 아주머니가 유언장을 남기지 않은 채—유언장을 전혀 만들지도 않은 채 돌아가신 거란 말이에요?"

세든 씨는 안경을 닦으며 말했다.

"그런 것 같습니다."

로디가 말했다.

"아니, 그건 너무 이상하군요!"

세든 씨는 그렇지 않다는 듯이 기침을 했다.

"당신이 생각하는 것처럼 그렇게 이상한 일도 아닙니다. 그것에 대해서는 일종의 미신 같은 것이 있죠. 사람들은 누구나 모두 자기에게 많은 시간이 주어질 걸로 알고 있어요. 만일 유언장을 만들어 놓게 되면, 죽음의 가능성이 그들에게 좀더 많아진다고 생각하는 것이지요. 믿기지 않겠지만 그건 사실입니다!"

로디가 말했다.

"그 문제에 대해서 아주머니에게 말씀을 드린 적은 없습니까?"

세든 씨는 냉정하게 대답했다.

"자주 했죠."

"아주머니가 뭐라고 하시던가요?"

세든 씨는 한숨을 쉬었다.

"흔히 하는 말들이었죠. 시간은 충분하다는 겁니다! 아직은 돌아가시지 않을 거라더군요! 그래서 자기의 재산을 어떻게 분배할 것인지에 대해서 아직 분명하고 정확하게 마음을 정하지 못했다고 말입니다!"

엘리노어가 말했다.

"그래도 고모가 첫 번째 발작을 일으킨 뒤에는 분명하—?"

세든 씨는 고개를 저었다.

"오, 천만에요. 그때는 더 완고했어요. 노부인은 그 문제는 입 밖에조차 내지도 못하게 했지요!"

로디가 말했다.

"그건 정말 이상한 일인데요!"

세든 씨가 다시 말했다.

"오, 아니죠. 노부인이 병 때문에 심한 신경과민이 된 건 당연한 일입니다."

엘리노어는 당황한 목소리로 말했다.

"하지만, 고모는 늘 돌아가시고 싶다고 말씀하셨는데."

안경을 닦으며 세든 씨가 말했다.

"아, 엘리노어 양, 인간의 마음이란 참으로 이상한 기구입니다. 웰먼 부인이 돌아가시고 싶다는 생각을 하셨는지도 모르죠. 하지만, 그러한 감정과 동시에 꼭 나아야겠다는 희망도 있었던 겁니다. 그러니까 그 희망 때문에 노부인은 유언장을 만드는 것이 불길한 거라고 느꼈던 것 같습니다. 노부인은 그것을 만들지 않으려고 했다기보다는, 오히려 끊임없이 미루어 왔다고 볼 수 있죠. 당신도 알잖습니까?" 세든 씨가 갑자기 로디를 향해 말했다.

"대하고 싶지 않은―싫은 일을 인간이 어떻게 미루며 회피하는지."

로디는 얼굴을 붉히며 중얼거렸다.

"예, 저―저, 예, 물론이죠. 무슨 말씀인지 잘 압니다."

"틀림없죠. 웰먼 부인은 유언장을 만들려는 생각을 아예 하지도 않고 있었거나, 내일 하는 것이 오늘 하는 것보다 더 낫다고 생각했던 겁니다! 노부인은 마음속으로 늘 시간은 충분하다고 느끼고 있었을 테니까요."

엘리노어가 천천히 말했다.

"그래서 고모가 어젯밤 그렇게 쩔쩔매셨군요. 빨리 당신을 데리고 오라고 하시면서……."

세든 씨는, "그렇죠!" 하고 대꾸했다.

로디는 당황한 목소리로 말했다.

"그럼, 이제 어떻게 되는 거죠?"

"웰먼 부인의 유산이오?" 변호사는 헛기침을 했다.

"웰먼 부인이 유언장을 남기지 않고 돌아가셨기 때문에, 노부인의 전 재산은 가장 가까운 친족에게 상속됩니다—즉, 엘리노어 칼리슬 양에게 말입니다.”

엘리노어가 천천히 말했다.

“저한테 몽땅 다?”

“정부에서 세금을 좀 뗄 겁니다.” 세든 씨가 말했다.

그는 세부적인 사항으로 들어갔다. 그리고 이렇게 끝맺었다.

“증여 재산이나 신탁은 전혀 없습니다. 웰먼 부인의 재산은 노부인이 마음대로 할 수 있는, 즉 전적으로 노부인의 것이었습니다. 그러므로 그것은 칼리슬 양에게 고스란히 양도되는 것이죠. 음—상속세가 다소 많이 나오겠지만, 그것을 몽땅 다 내더라도 상당한 재산이 남을 것이며, 그것은 현재 최상급 증권에 아주 잘 투자되어 있습니다.”

엘리노어가 말했다.

“그럼, 로더릭은—?”

세든 씨는 약간 변명하듯이 기침을 하며 말했다.

“웰먼 씨는 단지 웰먼 부인 남편의 조카일 뿐이지. 혈족 관계는 아닙니다.”

“그렇습니다.” 로디가 말했다.

엘리노어가 천천히 말했다.

“물론 우리 둘 중 누가 그것을 받든 그다지 문제 될 건 없어요. 우리는 결혼할 사이이니까요.”

하지만, 그녀는 로디를 쳐다보지 않았다.

“그럼요!” 세든 씨가 좀 서두르며 말했다.

5

“아니, 그건 아무런 상관이 없잖아요?”

엘리노어가 말했다. 그녀의 말은 거의 애원조였다.

세든 씨는 이미 떠났다.

로디의 얼굴이 신경질적으로 일그러졌다.

“당신이 그것을 가져야 해. 그게 당연한 일이지. 제발, 엘리노어, 내가 그 때문에 당신을 시기하리라는 생각은 하지 말아 줘. 나는 그런 돈 따위는 원치 않아!"

엘리노어는 약간 떨리는 목소리로 말했다.

"우리는 런던에서 약속했잖아요, 로디. 우리 둘 중 누가 받더라도 문제가 안 된다고요. 우리는 곧 결혼할 사이니까……."

그는 대답하지 않았다. 그녀는 계속 말해 나갔다.

"그 말 기억 안 나요, 로디?"

"기억나." 그가 말했다.

그는 발아래를 내려다보았다. 그의 얼굴은 창백하게 굳어 있었으며, 날카로운 입매에는 긴장감이 돌아 고통스러워하고 있었다.

그가 고개를 들자 엘리노어가 기다렸다는 듯이 말했다.

"상관없어요―우리가 결혼하게 된다면……. 정말 그럴 건가요, 로디?"

"뭘?"

"우리가 결혼할 거냐고요?"

"나는 그것이 바람직할 거라고 생각했었지."

그의 어조는 냉담했으며, 약간 거슬리는 데가 있었다. 그가 말을 계속했다.

"엘리노어, 만일 당신이 다른 생각을 하고 있다면 지금이라도……."

엘리노어가 소리쳤다.

"오, 로디, 당신 좀더 솔직해질 수 없어요?"

그가 주춤하더니 당황한 목소리로 나지막하게 말했다.

"나도 나 자신이 어떻게 되어 가는지 도대체 알 수가 없어……."

엘리노어는 숨이 막히는 듯한 목소리로 말했다.

"나는 알아요……."

그가 재빨리 말했다.

"아마 그게 맞을 거야, 분명히. 나는 아내의 돈으로 사는 건 정말이지 싫어……."

엘리노어는 정색을 하며 말했다.

"그게 아니에요. 다른 문제예요."

그녀는 멈추었다가, "그건─, 메리 때문이 아닌가요?" 하고 말했다.

로디는 비참하게 중얼거렸다.

"그런 것 같아. 어떻게 알았어?"

엘리노어는 내키지 않는 미소로 인해 입이 약간 비스듬히 뒤틀린 채 말했다.

"어렵지 않았어요……. 당신이 그녀를 바라볼 때마다, 당신의 얼굴에 누가 봐도 알 수 있는 정도로……."

갑자기 그는 당황하기 시작했다.

"오, 엘리노어─어떻게 된 건지 모르겠어! 내가 제정신이 아닌가 봐! 내가 그녀를 처음 봤을 때였어. 그, 그것이 모든 것을 뒤엎어 버렸어. 당신은 이해할 수 없겠지만……."

엘리노어가 말했다.

"아니에요, 이해할 수 있어요. 계속하세요."

로디는 절망적으로 말했다.

"나는 그녀를 사랑하게 되는 것을 원치 않았어. 당신과 함께 나는 아주 행복했으니까. 오, 엘리노어, 내가 정말 미쳤어, 당신에게 이런 말을 하다나─."

엘리노어가 말했다.

"바보같이. 계속하세요. 말해 봐요……."

그는 띄엄띄엄 말했다.

"당신은 정말 훌륭해. 당신에게 말하고 나면 속이 후련해지거든. 나는 정말 당신이 너무 좋아, 엘리노어! 제발 그것만은 믿어 줘. 아까 그건 홀린 거야! 그 때문에 모든 것이 뒤죽박죽이 되었어. 나의 인생 계획, 나의 즐거움, 그리고, 모든 예의 바르고 질서 정연하고 합리적인 것들이……."

엘리노어가 부드럽게 말했다.

"사랑은……, 그다지 합리적이지는 못하죠."

"맞아……." 로디는 비참하게 말했다.

"오늘 아침에……, 바보처럼, 내가 정신이 나갔자─."

"그랬더니요?" 엘리노어가 말했다.

로디가 말했다.

"물론, 그녀는, 그녀는 내게 말도 못 꺼내게 하더군! 충격을 받았던 모양이야. 로라 아주머니와 그리고, 당신 때문에—"

엘리노어는 자기 손가락에서 다이아몬드 반지를 빼내며 말했다.

"이걸 도로 가져가는 게 좋겠어요, 로디."

그는 그것을 받으며 그녀에게서 고개를 돌린 채 말했다.

"엘리노어, 내가 얼마나 짐승 같은 놈이라고 느끼는지 당신은 모를 거야."

엘리노어는 차분한 목소리로 말했다.

"그녀가 당신과 결혼할 것 같아요?"

그는 고개를 저었다.

"모르겠어. 안 할 거야—한동안 안 할 거야. 지금은 그녀가 나를 좋아하지 않는 것 같아. 그렇지만 앞으로는 좋아하게 될지도……."

엘리노어가 말했다.

"당신 말이 옳은 것 같아요. 그녀에게 시간을 줘야 해요. 당분간은 그녀를 만나지 말고, 그러고 나서—새롭게 시작하세요."

"사랑하는 엘리노어! 당신만큼 좋은 친구는 이 세상에 없을 거야."

그는 갑자기 그녀의 손에 입을 맞추었다.

"당신도 알겠지만, 엘리노어, 나는 정말 당신을 사랑해—이제까지와 똑같이! 때때로 메리는 꼭 꿈속의 여자처럼 느껴져. 나는 거기서 깨어날지도 몰라. 그래서 그녀가 없었다는 것을 발견하게 될지도……."

"메리가 없었다면……." 엘리노어가 말했다.

로디는 갑자기 흥분해서 말했다.

"가끔은 그녀가 없어졌으면 좋겠다는 생각이……. 당신과 나는, 엘리노어, 우리는 서로 마음이 잘 맞잖아, 그렇지?"

그녀는 천천히 머리를 숙였다.

"그래요—우린 서로 잘 알고 있죠."

그녀는 생각했다.

'메리가 없었다면…….'

제5장

1

홉킨스 간호사는 호들갑스럽게 말했다.

"정말 장엄한 장례식이었어!"

오브라이언 간호사가 맞장구를 쳤다.

"정말 그랬어요. 그리고 그 꽃들! 그렇게 아름다운 꽃들을 한 번이라도 본 적이 있어요? 하얀 백합 위에 노란 장미로 십자가를 만들었더군요. 정말 아름다웠어요!"

홉킨스 간호사는 한숨을 내쉬며 버터 바른 티케이크를 들었다. 그 두 간호사는 블루 팃 카페에 앉아 있었다.

홉킨스 간호사가 계속해서 말했다.

"칼리슬 양은 마음이 너그러운 아가씨야. 굳이 그럴 필요가 없는데, 나에게 좋은 선물까지 주다니."

"예, 맞아요. 정말 마음이 넓어요." 오브라이언 간호사가 맞장구쳤다.

"나는 인색한 것은 정말 싫어요."

홉킨스 간호사가 말했다.

"하기야, 막대한 재산을 물려받았으니까."

오브라이언 간호사가, "이상해요……." 하고 말하다가 멈췄다.

홉킨스 간호사가, "뭐가?" 하며 부추기듯이 말했다.

"노부인이 유언장을 만들지 않았다는 게 이상해요."

홉킨스 간호사가 날카롭게 말했다.

"난감한 일이야. 사람들로 하여금 반드시 유언장을 만들게 해야 해! 그렇지 않으면 많은 말썽이 생긴다고."

"만일 노부인이 유언장을 만들었다면 재산을 어떤 식으로 남겼을까요?"

오브라이언 간호사가 물었다.

홉킨스 간호사가 단호하게 말했다.

"한 가지는 알아."

"그게 뭔데요?"

"노부인은 메리, 메리 제러드에게 돈을 좀 남겼을 거야."

"그래요, 정말 그랬을 거예요." 오브라이언 간호사가 대답했다.

"내가 나중에 그날 밤 노부인의 상태와, 의사가 노부인을 진정시키느라고 갖은 애를 다 썼다는 얘기를 안 했던가요? 엘리노어 양은 그 자리에서 자기 고모의 손을 잡고 전지전능하신 하나님께 맹세했죠."

갑자기 그녀는 아일랜드적 상상에 사로잡힌 채 말했다.

"변호사를 불러와서 모든 것을 적절하게 처리하겠다고 말이에요. '메리! 메리!' 하고 그 가엾은 노부인이 외치자 엘리노어 양이, '메리 제러드 말씀인가요?' 하고 말하면서, 곧바로 메리에게 충분한 보상을 해주겠다고 맹세했다고요."

홉킨스 간호사는 좀 미심쩍어하며, "그랬어?" 하고 말했다.

오브라이언 간호사가 대답했다.

"그렇다니까요. 그런데 말이에요, 홉킨스 양, 내가 보기엔 만일 웰먼 부인이 그 유언장을 살아 계실 때 만들었다면 아주 깜짝 놀랄 만한 일이 일어났을 거예요! 누가 알아요, 노부인이 전 재산을 메리 제러드에게 남겼을지!"

홉킨스 간호사가 반신반의하며 말했다.

"그랬을 것 같지는 않아. 자기 혈육한테 돈을 물려주지 않을 수는 없을걸."

오브라이언 간호사가 짐짓 젠체하며 말했다.

"혈육이야 있죠."

홉킨스 간호사가 얼른 말을 받았다.

"아니, 그게 무슨 말이지?"

오브라이언 간호사가 위엄을 보이며 말했다.

"나는 떠버리가 아니에요! 그리고 이미 죽은 사람의 이름에 먹칠하고 싶지도 않고요."

홉킨스 간호사가 머리를 천천히 끄덕이며 말했다.

"그래, 나도 동감이야. 말수는 적을수록 좋은 법이지."

그녀는 찻주전자에 물을 가득 채웠다.

오브라이언 간호사가 말했다.

"참, 그 모르핀 통은 찾았어요?"

홉킨스 간호사가 얼굴을 찌푸리며 말했다.

"아니, 그게 어떻게 된 건지 영 알 수가 없어. 하지만, 이렇게 된 게 아닌가 생각해. 내가 찬장을 잠글 때 종종 그러듯이, 그것을 벽난로 선반 끝에 두었는데 그만 쓰레기로 가득 찬 휴지통으로 굴러 떨어진 게 아닌가 하고. 그러고는 내가 집을 떠나면서 아무 생각 없이 쓰레기통을 비운 걸 거야."

그녀는 잠시 말을 멈췄다.

"그렇게 된 게 분명해. 달리 어떻게 될 수가 없잖아."

"예에." 오브라이언 간호사가 말했다.

"그럴 수도 있죠. 그건 마치 당신이 헌터버리 저택에서 당신의 가방을 홀 이외의 다른 곳에는 절대로 두지 않는 것과 마찬가지겠죠. 나도 방금 당신이 말한 대로 되었을 것 같아요. 그건 쓰레기통으로 들어가 버린 거예요."

"그래." 홉킨스 간호사가 간절한 심정으로 말했다.

"달리 어떻게 될 수가 없잖겠어?"

그녀는 분홍빛 설탕 케이크를 집어들며, "혹시……" 하고 말끝을 흐렸다.

오브라이언 간호사가 재빨리 동감을 표시하며 대꾸했다―어쩐지 좀 성급하다 싶게.

"내가 당신이라면 더 이상은 걱정하지 않겠어요." 그녀가 위로하듯 말했다.

홉킨스 간호사가 말했다.

"걱정하진 않아……."

2

상복 차림을 한, 젊지만 다소 엄숙한 엘리노어는 웰먼 부인의 커다란 필기

용 탁자 앞에 앉아 있었다. 그녀 앞에는 갖가지 서류들이 펼쳐져 있었다. 그녀는 하인들과 비숍 부인과의 대화를 이미 끝냈다. 이제 메리 제러드가 방에 들어와 출입구 옆에서 잠시 머뭇거리고 있었다.

"나를 불렀나요, 엘리노어 양?" 그녀가 말했다.

엘리노어가 올려다보았다.

"오, 그래요, 메리. 이리 와서 앉아요."

메리는 엘리노어가 가리키는 의자에 앉았다. 의자는 약간 창문 쪽으로 향해 있었다. 창을 통해 비스듬히 들어오는 빛으로 인해, 메리의 티없이 맑은 피부와 엷은 금발이 더욱더 돋보였다.

엘리노어는 한 손을 들어 자기 얼굴을 약간 가렸다. 손가락 사이로 그녀는 메리의 얼굴을 지켜볼 수 있었다.

그녀는, '상대방을 죽도록 증오하면서도 그것을 천연덕스럽게 조금도 내색하지 않을 수 있을까?' 하는 생각을 했다.

그녀는 쾌활하고 사무적인 투로 말했다.

"내 생각으로는, 당신도 우리 고모가 당신에게 늘 많은 관심을 두었고, 또 당신의 장래에 대해 걱정하고 계셨다는 것을 잘 알고 있을 줄 알아요, 메리."

메리는 부드러운 목소리로 나지막하게 말했다.

"예, 그래요. 웰먼 부인은 나에게 항상 잘해 주셨어요."

엘리노어는 냉정하고 초연한 목소리로 계속했다.

"만일 고모가 유언장을 만들 시간이 있었다면, 아마 유산을 여러 사람에게 나누어 주고 싶어 하셨을 거예요. 미처 유언장을 남기지 못한 채로 돌아가셨기에 고모의 소망을 수행할 책임이 나한테 있다고 봐요. 세든 씨와 의논해서 그분의 조언에 따라, 하인들에게는 그들의 근무기간 등에 따라 액수를 매겼어요."

그녀는 말을 멈췄다.

"당신은 물론 거기에 속하지는 않죠."

그녀는 그 말들이 가시를 품고 있기를 반쯤은 바랐으나, 그녀가 바라보고 있는 얼굴은 아무런 변화도 보이지 않았다. 메리는 그 말을 액면 그대로 받아들였고, 무슨 말이 더 나올 것인가 귀를 기울이고 있었다.

엘리노어가 말했다.

"그날 저녁 고모는 말을 조리 있게 하지는 못했지만, 고모의 뜻을 충분히 이해할 수는 있었어요. 고모는 분명히 당신의 장래를 위한 어떤 조항을 만들고 싶어 하셨어요."

메리는 차분하게 말했다.

"정말 고마운 일이군요."

엘리노어는 무뚝뚝하게 말했다.

"유언 검인증이 나오는 대로 나는 당신에게 2천 파운드를 양도하도록 하겠어요—그 돈은 당신 것이니까 하고 싶은 대로 해요."

메리의 안색이 변했다.

"2천 파운드라고요? 오, 엘리노어 양, 정말 친절하시군요! 나는 무슨 말을 해야 할지 모르겠어요."

엘리노어는 딱 잘라 말했다.

"내가 특별히 친절한 것은 아니니까, 아무 말도 하지 말아요."

"당신은 그것이 나에게 어떠한 변화를 일으키게 될지 잘 모를 거예요."

메리는 얼굴을 붉히며 중얼거렸다.

엘리노어는, "그렇다면 정말 다행이군요" 하고 말했다.

그녀는 머뭇거렸다. 그녀는 메리에게서 눈을 떼어 방의 반대편으로 시선을 돌렸다. 그녀는 더듬거리며 말했다.

"무슨—, 계획이라도 있나요?"

메리가 얼른 말했다.

"오, 예. 뭘 좀 배우려고요. 마사지를 한번 배워 볼까 생각 중이에요. 홉킨스 간호사가 일러 준 거예요."

엘리노어가 말했다.

"아주 좋은 생각인 것 같군요. 그럼, 내가 세든 씨와 의논해서 가능한 한 빨리—할 수만 있다면 당장에라도 당신에게 돈을 미리 주도록 해보겠어요."

"당신은 정말 너무너무 친절하시군요, 엘리노어 양."

메리가 고마워하며 말했다.

“그건 로라 고모가 원하셨던 거예요.” 엘리노어는 짤막하게 말했다.

그녀는 망설이며, “자, 다 된 것 같군요” 하고 말했다.

이번에는 그 말 속에 분명하게 드러난, 나가 달라는 듯한 태도가 메리의 민감한 피부에 스며들었다. 그녀는 일어나서 조용하게, “정말 고마워요, 엘리노어 양.” 하고 말하고서 방을 나갔다.

엘리노어는 자기 앞을 똑바로 응시하며 꼼짝도 않고 앉아 있었다. 그녀의 얼굴은 아주 무표정했다. 그것으로 봐서는 그녀의 마음속에 무슨 생각을 품고 있는지 도무지 알 수가 없었다. 그녀는 그대로 오랫동안 움직이지 않고 앉아 있었다.

3

엘리노어는 마침내 로디를 찾아 나섰다. 그는 거실에 있었다. 그는 창문을 내다보며 서 있다가 엘리노어가 들어가자 갑자기 몸을 돌렸다.

그녀가 말했다.

“이제 다 끝냈어요! 비숍 부인에게 500—그녀는 여기에 그만큼 있었거든요. 요리사에겐 100. 그리고 밀리와 올리브에게 각각 50. 다른 사람들한테는 5파운드씩. 수석 정원사인 스티븐슨에겐 25. 그리고 별채에 사는 제러드 씨가 있는데, 아직 그에게는 아무것도 할당하지 않았어요. 곤란해요. 그는 연금을 주고 퇴직시켜야 하지 않을까요?”

그녀는 멈추었다가 좀 허둥거리며 계속했다.

“메리 제러드에게는 2천 파운드를 할당했어요. 로라 고모도 그 정도 주기를 바랐을까요? 내가 보기에는 적당한 액수 같은데.”

로디는 그녀에게서 고개를 돌린 채 말했다.

“음, 아주 적당하군. 당신의 판단은 항상 훌륭해, 엘리노어.”

그는 몸을 돌려 다시 창문을 내다보았다.

엘리노어는 잠시 숨을 죽이고 있다가 초조하게 서두르며 말을 시작하는 바람에 말이 조리가 없이 엉망이 되었다.

"또 있는데요. 이렇게 했으면 하는데—그건 지극히 정당한 일이에요. 내 말은, 당신도 적당히 가져야 해요, 로디."

그가 화가 잔뜩 난 얼굴로 몸을 돌리자, 그녀가 재빨리 말을 이었다.

"아니, 들어봐요, 로디. 이건 아주 지극히 정당하다고요! 고모부 돈 말이에요. 그분이 자기 아내에게 물려준 돈은—그분은 그것이 당연히 당신에게 남겨질 거라고 생각하셨을 거예요. 로라 고모도 역시 그러셨고요. 고모가 말한 의미들을 생각해볼 때 분명히 그러실 걸로 알고 있어요. 내가 만일 고모의 돈을 갖는다면, 당신은 고모부의 것이었던 액수만큼 가져야 해요. 그건 아주 당연한 일이에요. 나는, 나는 단지 로라 고모가 유언장을 쓰지 않았다는 것 때문에 당신 것을 빼앗았다고 생각하면 참을 수가 없어요. 당신은……, 당신은 이것을 똑바로 깨달아야 해요!"

로더릭의 길고 민감한 얼굴이 백지장처럼 하얘졌다. 그가 말했다.

"이봐, 엘리노어, 당신은 나를 철저히 천박한 놈으로 만들 작정이야? 당신은 정말로 내가, 내가 당신에게 그 돈을 받을 수 있다고 생각해?"

"내가 그것을 당신에게 주는 게 아니잖아요. 그건 아주……, 정당한 일이에요."

로디가 외쳤다.

"나는 당신 돈을 원치 않아."

"그건 내 돈이 아니에요!"

"법적으로는 당신 거잖아—그게 중요한 거라고! 제발, 우리 사무적으로 엄격하게 하잔 말이야! 나는 당신한테 단 한 푼도 받지 않을 테니까, 나한테 관대한 숙녀 짓을 하지 말라고!"

엘리노어가 울부짖었다.

"로디!"

그는 재빨리 말했다.

"오, 이런, 미안해. 내가 무슨 말을 하고 있는 건지 모르겠군. 내가 너무 당황했나 봐. 완전히 정신이 나갔어."

엘리노어가 부드럽게 말했다.

"가엾은 로디……."

그는 다시 몸을 돌려 창문의 차양 끈을 만지작거리고 있었다. 그는 어조를 바꾸어 초연하게 말했다.

"혹시……, 메리 제러드가 무엇을 하려고 하는지 알고 있어?"

"마사지 강습을 받을 거라고 하더군요."

그는, "으응." 하고 말했다.

침묵이 흘렀다. 엘리노어는 자세를 가다듬고 머리를 젖혔다. 그러고는 엄숙하고도 단호하게, 약간 강압적인 태도로 말했다.

"로디, 내 말을 신중하게 들어봐요!"

그는 약간 놀라며 그녀를 돌아보았다.

"물론 그러지, 엘리노어."

"당신이 생각이 깊은 사람이라면 내 충고대로 했으면 좋겠어요."

"그 충고란 게 뭐지?"

엘리노어는 차분하게 말했다.

"당신은 특별히 매여 있지는 않죠? 언제든지 휴가를 얻을 수 있잖아요?"

"오, 물론."

"그럼 꼭, 그렇게 하세요. 어디든 외국으로 나가세요—한 3개월 정도만. 당신 혼자서요. 새로운 친구도 사귀고 새로운 곳과 접해 보세요. 솔직하게 털어놓고 말하죠. 지금 당신은 메리 제러드를 사랑한다고 생각하고 있어요. 아마 그렇겠죠. 하지만, 지금은 그녀에게 접근할 시기가 아니에요—당신도 그것은 아주 잘 알고 있어요. 우리의 약혼은 분명히 깨졌어요. 그러니까 자유로운 몸으로 외국에 나가 있다가 3개월 뒤에 자연스럽게 돌아와 당신의 마음을 결정하세요. 그때 가면 당신은—정말로 메리를 사랑하는지, 아니면 그것이 단지 일시적인 감정이었는지를 알게 될 거예요. 그래서 당신이 만일 그녀를 정말로 사랑한다는 것을 확신하면……, 그러면 그때 돌아와서 그녀에게 그렇게 말하세요. 당신이 분명히 확신한다면, 아마 그때는 그녀도 따를 거예요."

로디가 그녀에게 다가왔다. 그는 그녀의 손을 잡았다.

"엘리노어, 당신은 정말 훌륭해! 너무 명석해! 정말 놀라울 만큼 이성적이야, 당신한테는 비열함이나 야비함은 조금도 찾아볼 수가 없어. 정말 말할 수 없을 정도로 당신이 존경스러워. 나는 당신이 말한 그대로 하겠어. 나가서 모든 것을 훌훌 털어 버리고—내가 진짜 병에 걸렸는지, 아니면 내가 아주 형편없는 바보짓을 했는지 알아낼 거야. 오, 엘리노어, 내가 당신을 정말 얼마나 좋아하는지 당신은 모를 거야. 당신이 나에게 항상 너무너무 잘해 주었다는 것을 알겠어. 당신의 그 착한 마음에 축복이 가득하길 빌어.”

그는 충동적으로 그녀의 뺨에 키스하고 방에서 나갔다.

그가 뒤돌아 그녀의 얼굴을 보지 않은 것이 어쩌면 큰 다행이었을지도 모른다.

4

메리가 홉킨스 간호사에게 장래가 밝아진 것을 알린 것은 이틀이 지난 뒤였다.

그 노련한 여인은 열렬히 축하해 주었다.

“정말 운수대통했구나, 메리. 노부인이 너에게 잘해 주려고 마음먹고 있었더라도, 일이 일단 문서로 옮겨지면 생각했던 만큼 그렇게 후해지지는 않는 법이야. 너는 어쩌면 아무것도 받지 못했을지도 모른다고.”

“엘리노어 양의 말로는 웰먼 부인이 돌아가시던 그날 밤 나를 위해 무엇인가를 해주라고 당부하셨다던데요.”

홉킨스 간호사는 콧방귀를 뀌었다.

“그러셨겠지. 하지만, 지나고 나면 이것저것 다 편의상 잊어버리게 되거든. 친족은 다 그래. 그런 경우를 몇 번 본 적이 있다니까! 사람들은 죽어가면서 아들딸에게 자기가 원하는 바를 맡겨도 되는 줄 알고 있지. 하지만, 십중팔구 아들딸은 그런 일을 하지 않을 아주 좋은 구실을 찾아낸단다. 인간 본성이 다 그래. 법적으로 어쩔 수 없이 해야 하는 경우가 아니라면, 아무도 돈을 나눠 갖고 싶어 하지 않는 법이야. 분명히 말하지만, 메리, 너는 운이 좋았어. 칼리슬 양이 대단히 고지식한 거야.”

메리는 천천히 말했다.

"그렇기는 한데……, 하여튼 그녀는 나를 좋아하지 않는 것 같아요."

"그럴 만한 이유가 있지." 홉킨스 간호사가 솔직하게 말했다.

"자, 그렇게 순진한 척하지 마, 메리! 로더릭 씨가 지금 너한테 곁눈질하고 있잖아."

메리는 얼굴을 붉혔다.

홉킨스 간호사가 계속했다.

"그는 아주 푹 빠진 것 같던데. 갑자기 너한테 반한 거야. 그래, 너는 어때? 그에게 어떤 감정이 있니?"

메리는 주저하며 말했다.

"나ㅡ, 나는 잘 모르겠어요. 그런 것 같지는 않아요. 하지만, 그는 아주 멋진 사람이에요."

홉킨스 간호사가 말했다.

"흠, 그는 내 취미에는 안 맞아! 까다롭고 신경이 지나치게 과민한 사람이거든. 아마 음식에 대해서도 몹시 까다로울걸. 한창때의 남자들은 대단한 것이 못 돼. 너무 서두르지 마, 메리. 네 용모라면 얼마든지 골라잡을 수 있으니까. 오브라이언 간호사는 요 전날 나에게 너는 영화계로 나가야 한다는 말을 했단다. 영화계에서는 금발을 좋아한다고 늘 들어왔거든."

메리는 얼굴을 약간 찌푸리며 말했다.

"아주머니, 아버지한테는 어떻게 해야 하죠? 아버지는 내가 그 돈에서 얼마 정도를 자기에게 주었으면 하시는 것 같은데."

"그렇게 할 생각은 조금도 말아라." 홉킨스 간호사가 화를 내며 말했다.

"웰먼 부인도 그 돈을 네 아버지에게 줄 생각은 절대 하지 않았을 테니까. 내 생각엔, 네가 없었으면 네 아버지는 벌써 몇 년 전에 쫓겨났을 거야. 그렇게 게으른 사람이 어디에 발붙일 수 있겠니!"

메리가 말했다.

"돈을 그만큼 가지고 계시면서도 노부인이 어떤 식으로 하라는 유언장을 남기지 않았다는 것은 정말 이상한 것 같아요."

홉킨스 간호사는 고개를 저었다.

"사람들은 그렇다니까. 너는 놀랐을 거야. 항상 그것을 미루는 거지."

메리가 말했다.

"내게는 아주 어리석어 보여요."

홉킨스 간호사가 눈을 살짝 깜박이며 말했다.

"너는 유언장을 만들었니, 메리?"

메리는 눈을 동그랗게 뜨고 그녀를 쳐다보았다.

"오, 아니요."

"너는 이미 스물한 살이 넘었잖아."

"하지만, 나, 나는 물려줄 게 아무것도 없었으니까―지금은 있다고 할 수 있겠지만."

홉킨스 간호사가 냉정하게 말했다.

"물론 있지. 그것도 꽤 상당한 액수가."

메리가 말했다.

"오, 그래도 급할 건 없어요……."

"저렇다니까." 홉킨스 간호사가 비꼬며 말했다.

"다른 사람하고 다를 게 뭐가 있어. 네가 지금 건강하고 젊은 처녀라고 해서, 관광버스 같은 걸 타고 가다가 박살 나거나 길거리에서 언제라도 차에 차이지 말란 법이 어디 있어."

메리가 웃으며 말했다.

"나는 유언장을 어떻게 만드는지조차도 모르는걸요."

"아주 쉬워. 우체국에 가면 용지를 얻을 수 있어. 당장 가서 하나 가져오자."

홉킨스 간호사의 작은 집에서 그 용지를 펼쳐놓고 중요한 문제가 거론되었다. 홉킨스 간호사는 매우 신이 나 있었다. 유언장이란, 그녀의 생각으로는 죽음 다음으로 중요하다는 것이었다.

메리가 말했다.

"내가 유언장을 만들지 않으면 누가 그 돈을 갖게 되죠?"

홉킨스 간호사가 좀 미심쩍어하며 말했다.

"네 아버지일걸."

메리가 매정하게 말했다.

"아버지가 그것을 갖게 하지는 않겠어요. 나는 차라리 그것을 뉴질랜드에 사는 이모한테 물려주겠어요."

홉킨스 간호사가 쾌활하게 말했다.

"그것을 네 아버지에게 남기면 별로 쓸모가 없을 거야—네 아버지는 이제 얼마 더 살지 못할 테니까."

메리는 홉킨스 간호사가 이런 말을 너무 자주 해서 이제는 별 느낌도 없었다.

"이모네 주소를 기억할 수가 없군요. 몇 년 동안 소식을 듣지 못했거든요."

홉킨스 간호사가 말했다.

"그건 문제 될 게 없을 거야. 이모의 세례명을 알고 있어?"

"메리인데, 메리 라일리예요."

"좋아. 그럼, 네가 메이든스퍼드, 헌터버리의 고(故) 엘리자 제러드의 여동생 메리 라일리에게 모든 것을 남긴다고 써."

메리는 그 용지에 몸을 기울이고 써내려갔다. 다 썼을 때쯤 그녀는 갑자기 몸을 떨었다. 웬 그림자 하나가 그녀 쪽으로 서서히 다가오고 있었던 것이다. 고개를 들어 보니 엘리노어 칼리슬이 창 밖에서 안을 들여다보고 서 있었다.

엘리노어가 물었다.

"뭘 그렇게 열심히 하고 있어요?"

홉킨스 간호사가 웃으며 말했다.

"메리는 지금 유언장을 작성하고 있는 거랍니다."

"유언장?"

갑자기 엘리노어는 소리 내어 웃었다—이상한, 거의 히스테릭한 웃음이었다.

"그러니까, 당신이 유언장을 만들고 있다고요, 메리? 그것참 재미있군요. 정말 재미있는 일이에요……."

계속 웃으며 그녀는 돌아서서 길을 따라 서둘러 걸어갔다.

홉킨스 간호사의 눈이 휘둥그레졌다.

"설마, 저 여자가 어떻게 된 거 아니야?"

5

엘리노어가 채 몇 걸음도 가지 못했을 때—그녀는 여전히 웃고 있었는데, 누군가가 뒤에서 그녀의 팔을 붙잡았다. 그녀는 갑자기 멈추며 돌아보았다.

로드 박사가 이마를 찌푸리며 그녀를 똑바로 바라보고 있었다.

그는 거만하게 말했다.

"무슨 일인데 그렇게 웃고 있습니까?"

엘리노어가 말했다.

"글쎄요, 나도 잘 모르겠어요."

피터 로드가 말했다.

"그건 좀 이상한 대답 같은데요!"

엘리노어는 얼굴을 붉히며 말했다.

"내가 신경과민이 아니라면 제정신이 아닌 게 분명해요. 그 구역 간호사네 집을 들여다보았는데—메리 제러드가, 세상에, 유언장을 쓰고 있지 뭐예요. 그것이 바로 나를 웃게 한 거예요. 하지만, 이유는 모르겠어요!"

로드가 불쑥 말했다.

"모르겠다고요?"

엘리노어가 말했다.

"내가 생각해도 바보 같아요. 분명히, 신경이 날카로워진 거예요."

피터 로드가 말했다.

"강장제 하나를 보내 드리죠."

엘리노어는 비꼬듯이 말했다.

"정말 도움이 될 거예요!"

그는 천진하게 싱긋 웃었다.

"다 소용없다는 것에 동감을 표합니다. 하지만, 딱 한 가자—사람들이 자신에게 무슨 문제가 있는지 말하지 않을 때 말할 수 있게 하는 효능은 있죠!"

엘리노어가 말했다.

"나한테는 아무런 문제도 없어요."

피터 로드가 침착하게 말했다.

"당신에게는 아주 많은 문제가 있습니다."

엘리노어가 말했다.

"그동안 신경이 좀 과민해졌던 것 같아요."

"꽤 심한 편이었으리라 생각하는데요. 하지만, 나는 그걸 말하자는 게 아닙니다." 그는 말을 멈췄다.

"저—, 여기 오래 머무르실 겁니까?"

"내일 떠나려고 해요."

"이곳에—, 살지 않을 건가요?"

엘리노어가 고개를 저었다.

"예, 결코 내 생각은, 내 생각은—, 좋은 조건만 된다면 집을 팔 거예요."

로드 박사는 좀 활기 없이, "예에……." 하고 말했다.

엘리노어가 말했다.

"이제 집에 가봐야겠군요."

그녀는 손을 쑥 내밀었다. 피터 로드는 그 손을 꼭 잡으며 아주 진지하게 말했다.

"칼리슬 양, 조금 아까 웃었을 때 당신의 마음속에 어떤 생각을 품고 있었는지 말해 주시겠습니까?"

그녀는 손을 재빨리 잡아 뺐다.

"내 마음속에 어떤 생각이 들어 있어야 하는 거죠?"

"그게 바로 내가 알고 싶은 겁니다."

그의 얼굴은 엄숙했고 좀 슬퍼 보였다.

엘리노어는 성급하게 말했다.

"나는 다만 그게 우습게 느껴졌을 뿐이에요!"

"메리 제러드가 유언장을 만드는 게? 왜죠? 유언장을 만드는 것은 아주 현명한 처사인데, 많은 문제를 덜어 주죠. 물론, 때때로 그게 문제를 일으키기도 하지만!"

엘리노어가 성급하게 말했다.

"그야 사람들은 모두 유언장을 만들어야 해요. 나는 그걸 말하는 것이 아니에요."

로드 박사가 말했다.

"웰먼 부인도 유언장을 만드셨어야 했어요."

엘리노어는 격렬하게, "예, 정말이에요." 하고 말했다.

그녀는 얼굴을 붉혔다.

로드 박사는 갑자기 다그치듯 물었다.

"당신은 어떻습니까?"

"나요?"

"예, 방금 모든 사람들이 유언장을 만들어야 한다고 말했잖습니까! 당신은 그걸 만들어 놓았나요?"

엘리노어는 잠깐 그를 빤히 쳐다보다가 갑자기 웃음을 터뜨렸다.

"정말 뜻밖이군요!" 그녀가 말했다.

"아뇨, 안 만들었어요. 나는 그럴 생각조차도 안 한걸요! 나도 로라 고모와 똑같네요. 그렇죠, 로드 박사님? 집에 가서 지금 당장 세든 씨에게 그걸 써 보내야겠어요."

피터 로드가 말했다.

"아주 현명하십니다."

6

서재에서 엘리노어는 다음과 같은 편지 한 통을 막 끝냈다.

친애하는 세든 씨, 유언장 하나를 작성해서 제가 서명하도록 해주시겠어요? 아주 간단한 내용이에요. 저는 전 재산을 로더릭 웰먼에게

물려주고 싶어요

충심으로
엘리노어 칼리슬

그녀는 시계를 흘끔 쳐다보았다. 몇 분 뒤면 우편물이 도착할 것이다.

그녀는 책상서랍을 열었다가, 그날 아침에 마지막 우표를 사용했다는 것을 기억했다. 그러나 그녀의 침실에 분명히 몇 장이 더 있는 것 같다는 생각이 들었다.

그녀는 2층으로 올라갔다. 그녀가 우표를 가지고 서재에 다시 들어왔을 때, 로디가 창가에 서 있었다.

그가 말했다.

"이제 내일이면 우리가 이곳을 떠나고 마는군. 추억의 헌터버리. 우리는 여기에서 좋은 시간을 가졌었는데."

엘리노어가 말했다.

"이걸 판다는 게 마음에 걸려요?"

"오, 아니, 아니야! 그렇게 하는 것이 최선의 방법이라는 것을 난 잘 알고 있어."

침묵이 흘렀다. 엘리노어는 자기 편지를 집어들고 잘 되었는지 한번 쭉 훑어보았다. 그런 뒤 봉하여 우표를 붙였다.

오브라이언 간호사가 홉킨스에게 보내는 7월 14일 편지.

라보로 정원

친애하는 홉킨스

요 며칠 동안 계속 당신에게 편지하려고 마음먹고 있었어요. 이 집은 정말 아름다워요. 그리고 내가 보기에 아주 유명한 그림들이 많이 있어요. 하지만 헌터버리만큼 편하지는 못하군요. 내가 무엇을 말하는지 아실지 모르겠네요. 한적한 시골에 있으니 하녀 구하기가 어려워요. 여기 있는 처녀들은 다 풋내기예요. 그중 몇몇은 도대체 공손하지도 않다니까요. 나는 어디 가서 투덜거리는 사람은 결코 아니지만, 쟁반에 얹어 보내 주는 식사가 적어도 따뜻하기는 해야 하잖아요. 게다가 물을 끓일 수 있는 설비가 안 되어 있어서, 따끈하게 끓인 차 한 잔 제대로 못 마셨어요! 모든 게 이것도 저것도 아니랍니다. 환자는 훌륭하고 조용한 신사분으로—양쪽 폐렴인데, 위험한 고비는 넘겼고 의사 말로는 회복되어 가고 있다는군요.

지금 내가 하는 얘기에 굉장히 흥미를 느끼실 거예요. 당신이 여태껏 알고 있는 것 중 가장 이상한 우연의 일치가 될 거예요. 응접실 그랜드 피아노 위에 커다란 은틀에 끼워진 사진이 하나 있는데, 믿으시겠어요? 그건 내가 당신에게 말했던 사진과 똑같은 것이었어요—돌아가신 웰먼 부인이 꺼내 달라고 하셨던 루이스라는 이름이 적힌 사진 말이에요. 나는 당연히 호기심을 느꼈죠—누군들 그렇지 않겠어요? 그래서 요리사에게 그 사람이 누구냐고 물어봤더니, 그는 대뜸 그것은 래터리 부인의 동생인 루이스 라이크로프트 경이라는 거예요. 그는 여기서 멀리 떨어지지 않은 곳에서 살았던 것 같은데, 전쟁터에서 죽었대요. 슬픈 일이죠. 나는 지나가는 말투로 그가 결혼했었느냐고 물었더니, 요리사 말이 결혼은 했는데, 그 부인이 가엾게도 결혼하자마자 정신병원에 들어갔대요. 그녀는 아직도 살아 있다는군요.

자, 흥미롭지 않아요? 그러니까 우리가 생각했던 게 틀렸던 거예요. 그들은 서로 굉장히 좋아했지만 그와 웰먼 부인 말이에요. 정신병원에 있는 부인 때문에 결혼할 수 없었던 게 분명해요. 꼭 영화 같죠. 그래서 노부인은 돌아가시기 바로 전에 그 모든 세월을 회상하며 그의 사진을 들여다보고 있었던 거라고요. 그는 1917년에 죽었다고 요리사가 그러더군요. 정말 로맨틱한 것 같아요.

미르나 로이의 새 영화 봤어요? 이번 주에 메이든스퍼드에 들어간 걸로 알고 있어요. 이 근처에는 영화관이 한 군데도 없답니다! 오, 시골에 파묻혀 있는 건 정말이지 끔찍해요. 웬만한 하녀를 구하지 못하는 것도 이상할 게 조금도 없다고요!

자, 그럼 안녕, 그곳 소식도 좀 알려 주세요.

충심으로
에일린 오브라이언

홉킨스 간호사가 7월 14일자로 오브라이언에게 보낸 편지.

친애하는 오브라이언

여기는 모든 것이 평상시와 똑같아. 헌터버리에는 아무도 살지 않고 ―하인들은 모두 떠나고 '집 팝니다'라는 푯말만 하나 세워져 있어요. 전날 비숍 부인을 보았는데, 그녀는 지금 1마일가량 떨어진 곳에 사는 언니네 집에 머무르고 있다는군. 그곳을 판다니까 굉장히 당황한 모양이던데, 상상할 수 있겠지? 그녀는 칼리슬 양이 웰먼 씨와 결혼해서 그곳에서 살게 될 거라고 확신했던 것 같아. 비숍 부인 말로는 그 약혼이 취소되었나 봐! 칼리슬 양은 당신이 떠난 뒤 곧 런던으로 가버렸어. 한두 번인가 그녀의 태도가 아주 이상하긴 했었지. 나는 정말 그녀를 어떻게 이해해야 할지 모르겠더라고. 메리 제러드는 마사지를 배우기 위해 런던으로 올라갔고 그녀가 아주 현명하다고 생각해. 칼리슬 양이 그녀에게 2천 파운드를 할당해 줄 예정인데, 그 정도면 아주 멋지잖겠어? 누가 그렇게까지 해주겠어.

그런데 세상일이란 참 재미있어. 당신이 웰먼 부인이 보여 주었다는 그 루이스라는 사진에 대해 나한테 말해 준 것 생각나지? 요 전날 슬래터리 부인과 잡담을 나누었거든(그녀는 로드 박사가 오기 전에 일했던 랜섬 박사 집의 가정부였어). 그녀는 여기서 평생을 살았기 때문에 이 근방의 소문에 대해서는 훤히 알고 있거든. 내가 그 얘기를 슬쩍 꺼내어, 세례명에 대해 얘기하며 루이스라는 이름은 흔하지 않다고 했더니, 그녀는 그중에서도 특히 저 너머 포브스 파크의 루이스 라이크로프트 경을 언급하더군. 그는 제17기병대 소속으로 참전했다가 전쟁이 끝날 무렵 전사했대. 그래서 내가 그분은 헌터버리의 웰먼 부인과 굉장히 친한 사이가 아니었느냐고 물어보았지. 그랬더니 그녀는 흘끔 쳐다보면서, '그럼요, 아주 절친한 친구 사이였죠. 어떤 사람들은 친구 이상이었다고 말했지만(그 노부인은 말이 많은 사람이 아니었다면서). 그런데 그들이 친구 사이면 안 되나요?'라고 하잖아. 그래서 내가 웰먼 부인은 그 당시에 미망인이 아니었느냐고 했더니, '오, 물론이에요. 그녀는 미망인이었죠'라고 하지 않겠어. 나는 그녀의 그 말이 무언가 의미가 있다는 것을 금방 알아차릴 수 있었어. 그래서 그때 그들이 결혼을 안 했다는 게 이상하다고 했더니 그녀는 얼른 '그분들은 결혼할 수 없었답니다. 그분에게는 정신병원에 있는 부인이 있었거든요' 하고 말하더군. 자, 이제 우리는 그에 관한 모든 것을 알게 되었어! 세상일이란 참 묘하지? 요즘엔 이혼이 쉬운데, 그 당시엔 정신이상이 이혼의 사유가 될 수 없었다는 것은 좀 너무한 것 같아.
테드 빅랜드라는, 메리 제러드한테 매일같이 귀찮게 붙어다니던 그

잘생긴 젊은이 생각나? 그가 그녀의 런던 주소를 물으러 찾아왔지만 난 가르쳐 주지 않았어. 내가 보기로는 메리는 테드 빅랜드보다 한 수 위야. 당신이 알아차렸는지 모르겠지만 로더릭 웰먼 씨가 그녀에게 푹 빠졌지. 유감스럽게도 그것 때문에 문제가 생겼어. 글쎄, 그와 칼리슬 양의 약혼이 깨진 것도 그것 때문이거든. 그런데 그게 그녀에게 몹시 충격을 준 모양이야. 그녀가 그에게서 무슨 매력을 느꼈는지는 모르겠지만 그는 확실히 내 취향에는 안 맞아. 그런데 믿을 만한 소문으로는 그녀는 로디를 정말 열렬히 사랑했다는군. 꽤나 복잡하지? 게다가 그녀는 상당한 재산도 물려받았잖아. 내가 생각하기로는 그는 항상 아주머니가 자기에게 거의 모든 재산을 물려줄 것으로 기대하고 있었던 것 같아.

별채에 있는 제러드 영감은 날로 쇠약해져 가고 있어—몇 차례 위험한 고비를 넘기곤 했지. 그는 언제나 퉁명스럽고 까다롭게 군다니까. 그가 요 전날 메리가 자기 딸이 아니라는 말까지 한 거야. 나는 '저런 내가 당신이라면 당신의 아내에 대해 그런 식으로 말하지는 않았을 거예요' 하고 말했거든. 그랬더니 그는 물끄러미 나를 쳐다보며, '당신은 무척이나 바보로구먼. 알지도 못하면서' 하고 중얼거리더라고. 예의라고는 하나도 없는 영감이야. 나는 그를 호되게 나무라 주었어. 그의 아내는 결혼하기 전에 웰먼 부인의 몸종이었을 거야.

지난주에 《대지》를 읽어 보았어. 정말 멋지더군! 중국에서는 여자들이 많은 것을 참고 견뎌내야 하나 봐.

그대의 영원한 벗
제시 홉킨스

홉킨스 간호사가 오브라이언에게 보낸 우편엽서.

어쩜 우리 편지가 그렇게 똑같이 엇갈릴 수가 있지! 요즘 날씨가 굉장히 덥지?

오브라이언 간호사가 홉킨스에게 보낸 우편엽서.

오늘 아침 당신의 편지를 받았어요. 정말 우연의 일치로군요!

로더릭 웰먼이 엘리노어 칼리슬에게 보낸 7월 15일 편지.

사랑하는 엘리노어
방금 당신의 편지를 받았어. 아니야. 헌터버리 저택을 판다는 것에 대해서 정말 나는 아무렇지도 않아. 당신이 거기에서 살 생각이 아니라면 그게 가장 현명하다고 생각하고 있어. 하지만 그것을 처분하려면 좀 어려움이 있을 거야. 요즈음의 추세로 보면 그 집은 좀 큰 편이거든. 하지만 현대적이고 최신식 시설이 갖추어져 있고 하인들 방도 훌륭하고 가스와 전기 등 모든 것이 완비되어 있으니까 어쨌든 행운이 있기를 빌어.
이곳은 더위가 굉장해. 나는 요즈음 대부분의 시간을 바다에서 보내고 있어. 이곳 사람들은 상당히 쾌활하고 흥미로운 것 같아. 하지만 나는 그네들과 잘 어울리는 편은 아니야. 당신이 언젠가 나에게 사교성이 없는 사람이라고 말한 적이 있지. 그게 사실인 것 같아. 사람들은 대부분 아주 불쾌하기 짝이 없어. 그들은 그런 감정을 그저 교환하는 거겠지.
나는 오래전부터, 당신은 정말 이 세상 누구보다 행복한 사람 중 하나라는 생각을 해왔어. 여기서 한두 주쯤 있다가 달마티아 해변으로 가볼까 생각 중이야. 22일 이후부터 주소는 두드로닉의 토머스 쿡 씨 방이야. 내가 할 수 있는 일이 있으면 알려 줘.

당신을 찬미하고 감사하는
로디

'세든, 블래더윅 앤드 세든' 사무실의 세든 씨가 엘리노어 칼리슬 양에게 보내는 7월 20일 편지.

블룸스버리 스퀘어 104번지

친애하는 칼리슬 양

나는 당신이 소머벌 소령이 헌터버리 저택을 1만 2,500파운드에 사겠다고 한 제의를 받아들이는 것이 좋겠다고 생각합니다. 요즈음의 부동산 시세에 따르면 그렇게 큰 집을 매매한다는 것은 극히 어려운 일이지요. 제의된 가격도 그만하면 상당히 유리한 편이라고 생각합니다. 그런데 그 제의는 즉시 입주가 가능한지에 달렸으며, 내가 알기로는 소머벌 소령은 이미 그 근처 다른 집들도 보고 있다고 하니, 즉시 수락하는 것이 옳다고 봅니다.

소머벌 소령은 법적인 절차를 밟아, 매매가 완전히 마무리 지어질 때까지 3개월 동안 그곳에 가구를 비치할 의향인 걸로 알고 있습니다.

별채 관리인 제러드에게 연금을 주어 퇴직시키는 문제에 대해서는 로드 박사로부터 그 노인의 병세가 위독하여 얼마 더 살지 못할 거라는 얘기를 들었습니다.

유언 검인증이 아직 나오지 않았지만 그게 해결될 동안 메리 제러드 양에게 100파운드를 보내 주었습니다.

충심으로
에드먼드 세든

로드 박사가 엘리노어 칼리슬 양에게 보낸 7월 24일 편지.

친애하는 칼리슬 양

제러드 노인이 오늘 숨을 거두었답니다. 어떤 식으로든 내가 당신을 도울 수 있는 일이 있다면 얘기해 주십시오. 당신이 우리의 새 하원의원 소머벌 소령에게 그 집을 팔았다는 소식은 들었습니다.

충심으로

피터 로드

엘리노어 칼리슬이 메리 제러드에게 보낸 7월 25일 편지.

친애하는 메리
당신 아버지의 별세를 진심으로 애도합니다.
나는 소머벌 소령의 헌터버리 저택에 대한 매매 제의를 받아들이기로
했어요. 그는 가능한 한 빨리 입주하고 싶어 해요. 그래서 나는 거기
내려가서 고모의 서류들을 처리하고 집 안을 대충 정리하려고 해요.
별채에서 당신 아버지의 물건을 가능한 한 빨리 치워 줄 수 있겠어
요? 잘 지내고 있기를 바라며, 마사지 강습이 너무 힘들지 않기를 바
라요.

충심으로
엘리노어 칼리슬

메리 제러드가 홉킨스 간호사에게 보낸 7월 25일 편지.

친애하는 홉킨스 간호사
아버지에 대해 써 보내 주신 편지 고맙게 받았어요. 아버지가 고통을
겪지 않고 돌아가셨다니 정말 다행이에요. 엘리노어 양으로부터 편지
를 받았는데, 그 집이 팔렸으니 가능한 한 빨리 별채를 비웠으면 좋
겠다고 하는군요. 장례식을 준비하러 내일 내려가면 당신 집에 묵어
도 될까요? 괜찮으면 일부러 답장하진 마세요.

메리 제러드로부터

제7장

1

7월 27일 목요일 아침, 엘리노어 칼리슬은 킹스 암스 여인숙에서 나와 잠깐 메이든스퍼드의 중심가를 두리번거리며 서 있었다.

그러다가 갑자기 탄성을 지르며 그녀는 길을 가로질러갔다.

몸집이 크고 품위 있는 그 태도, 돛을 전부 올린 군함처럼 그 침착한 걸음걸이로 봐서 비숍 부인임이 틀림없다.

"비숍 부인!"

"아니, 엘리노어 양! 이제 웬일이에요! 아가씨가 이곳에 오리라고는 상상도 못했어요! 아가씨가 헌터버리 저택에 온 줄 알았더라면, 내가 거기 갔을 텐데! 거기선 누가 아가씨 시중을 들고 있나요? 런던에선 아무도 안 데리고 오셨나요?"

엘리노어는 고개를 저었다.

"나는 그 집에 살고 있지 않아요. 킹스 암스 여인숙에 묵고 있어요."

비숍 부인은 길을 이리저리 살피더니 의심스러운 듯이 콧방귀를 뀌었다.

"거기는 머무를 만하다더군요." 부인은 말했다.

"깨끗하죠. 그리고 음식도 훌륭하다고들 하지만, 분명히 아가씨는 익숙지 못할 텐데요, 엘리노어 양."

엘리노어는 미소를 띠며 말했다.

"나는 정말 아주 편해요. 겨우 하루나 이틀인걸요, 뭐. 나는 그 집에 있는 물건들을 정리해야 해요. 고모의 개인적인 물건은 모두요. 그리고 내가 런던에 가져가고 싶은 가구도 몇 점 있고요."

"그 집이 그럼 정말 팔렸어요?"

"예, 소머벌 소령에게요. 새 하원의원이죠. 조지 커 경이 죽었으니까 보궐선

거를 했거든요.”

“그러니까 단독 출마로 선출되었죠.” 비숍 부인이 거만하게 말했다.

“메이든스퍼드에서는 보수당이 아니면 당선될 수가 없어요.”

엘리노어가 말했다.

“나는 그 집을 진심으로 거기서 살고 싶어 하는 사람에게 팔게 되어서 기뻐요. 만일 그게 호텔이나 다른 곳으로 개조된다면 정말 너무나 안타까워했을 거예요.”

비숍 부인은 눈을 감고는 그 풍만하고 당당한 몸을 바르르 떨었다.

“그래요. 그건 나도 마찬가지예요. 그렇게 된다면 너무 끔찍한 일일 거예요—정말로. 헌터버리 저택이 낯선 사람들의 손으로 넘어간다는 것만으로도 서운한데.”

“그래요. 하지만, 그곳은 나 혼자서 살기에는 너무 큰 집이에요.”

비숍 부인은 냉소적인 표정을 지었다.

엘리노어가 얼른 말했다.

“당신에게 물어보려고 했는데, 혹시 특별히 갖고 싶은 물건이라도 있다면 한번 얘기해 봐요. 그것을 당신에게 기꺼이 드리겠어요.”

비숍 부인은 밝게 미소 지으며 정중하게 말했다.

“엘리노어 양, 정말 생각이 깊으시군요. 정말 친절하기도 하시지. 만일 실례가 안 된다면—”

그녀가 말을 멈추자 엘리노어가 말했다.

“오, 물론이에요.”

“나는 응접실에 있는 책상을 볼 때면 항상 찬탄을 금할 수가 없었답니다. 정말 훌륭한 가구예요.”

엘리노어는 상감 세공을 한 다소 현란한 그 가구가 생각났다. 그녀는 얼른 말했다.

“그럼, 그것을 가지세요, 비숍 부인. 그밖에 다른 것은 또 없나요?”

“없어요, 엘리노어 양. 그것만으로도 나에겐 너무 과분한걸요.”

“그 책상과 똑같은 양식의 의자도 몇 개 있던데, 가지시겠어요?”

비숍 부인은 적절한 감사의 표시를 하며, 그 의자들도 갖겠다고 했다. 잠시 침묵이 흐른 뒤 비숍 부인이 다시 입을 열었다.

"나는 지금 언니와 함께 지내고 있어요. 혹시 그 집에서 당신을 도와줄 일은 없나요, 엘리노어 양? 좋으시다면 내가 함께 거기로 가겠어요."

"아뇨, 그렇게 생각해 주다니 정말 고마워요." 엘리노어는 재빨리 말했다.

"조금도 어렵지 않아요. 존경하는 웰먼 부인의 물건을 정리하는 일은 아주 슬픈 일일 거예요."

"감사하지만, 비숍 부인, 나 혼자서 하는 게 낫겠어요. 혼자서 하는 게 더 나은 일도 있잖아요—."

비숍 부인은 딱딱하게, "좋으실 대로 하세요." 하고 말했다.

그녀가 계속 말을 이었다.

"제러드의 딸이 여기 내려와 있어요. 어제가 장례식이었죠. 그녀는 홉킨스 간호사네 집에 머물고 있어요. 그들도 오늘 아침 그 별채로 올라갈 거라고 하던데요."

엘리노어는 고개를 끄덕이며 말했다.

"예, 내가 메리에게 내려와서 그곳을 정리해 달라고 했거든요. 소머벌 소령이 가능한 한 빨리 이사 오기를 원해서요."

"그랬었군요."

"그럼, 이제 그만 가봐야겠어요. 만나서 반가웠어요, 비숍 부인. 책상과 의자는 잊지 않겠어요."

그녀는 악수하고 지나갔다.

그녀는 제과점에 들어가서 빵 한 덩어리를 샀다. 그리고 우유 판매점에 가서 버터 반 파운드와 우유를 조금 샀다.

마지막으로 그녀는 식품점으로 갔다.

"샌드위치에 바를 페이스트 좀 주세요."

"그러죠, 칼리슬 양."

애버트가 손아래 점원을 밀어젖히고 부산을 떨며 나왔다.

"무엇으로 드릴까요? 연어와 새우? 칠면조와 혓바닥 고기? 연어와 정어리?

햄과 혓바닥 고기?”

그는 병을 하나하나 후딱후딱 꺼내어 판매대 위로 올려놓았다.

엘리노어는 슬며시 미소 지으며 말했다.

“이름은 달라도 맛은 모두 다 똑같은 것 같던데요.”

애버트는 즉시 동감을 표시했다.

“글쎄요, 아마 그럴 겁니다, 어느 정도는. 예, 어느 정도는요. 하지만, 맛은 굉장히 좋습니다—아주 맛있어요.”

“생선 페이스트는 먹기가 좀 꺼려져요. 거기에는 푸토마인 중독이 발생하는 경우가 있잖아요?”

애버트는 소름끼치는 체했다.

“이것은 훌륭한 품질이라는 것을 제가 보장합니다—아주 확실해요. 한 번도 말썽을 일으킨 적이 없지요.”

엘리노어가 말했다.

“연어와 멸치로 된 것하고, 연어와 새우로 된 것을 하나 주세요. 고마워요.”

2

엘리노어 칼리슬은 뒷문을 통해 헌터버리 저택의 마당으로 들어섰다.

햇살이 쨍쨍 내리쬐는 무더운 여름날이었다. 스위트피가 한창 피어 있었다. 엘리노어는 꽃들이 늘어선 길 바로 옆으로 지나갔다. 그곳을 지키기 위해 계속 남아 있기로 한 부정원사 홀릭이 그녀를 정중하게 맞이했다.

“안녕하세요, 아가씨. 아가씨의 편지 잘 받아보았습니다. 옆문을 열어 두었어요, 아가씨. 덧문들도 벗기고 창문도 거의 다 열어 두었지요.”

엘리노어가 말했다.

“고마워요, 홀릭.”

그녀가 지나가자, 그 젊은이는 목젖을 발작적으로 오르락내리락하며 흥분하여 말했다.

“실례지만, 아가씨—.”

엘리노어가 뒤돌아보았다.

"왜 그러세요?"

"집이 팔렸다는 게 사실입니까? 제 말은, 완전히 결정이 다 된 건지요?"

"오, 그래요!"

홀릭은 초조한 듯이 말했다.

"혹시, 아가씨, 저를 위해 한 말씀해 주시면 어떨는지요—소머벌 소령에게 말입니다. 그분도 정원사가 필요할 겁니다. 어쩌면 그분은 제가 수석 정원사가 되기에는 너무 젊다고 생각할지 모르겠지만, 저는 스티븐슨 씨 밑에서 4년 동안이나 일했습니다. 그래서 저는 아주 깔끔하게 가꿀 줄도 알고, 여기에 온 이래 혼자서도 일을 아주 잘 해왔습니다."

엘리노어가 얼른 말했다.

"물론 당신을 위한 일이라면 다 해주겠어요, 홀릭. 그렇지 않아도 내가 소머벌 소령에게 당신이 상당히 훌륭한 정원사라고 말해 주려고 마음먹고 있었답니다."

홀릭의 얼굴이 다소 붉어졌다.

"감사합니다, 아가씨. 정말 친절하시군요. 제게는 정말 큰 충격이었답니다—웰먼 부인이 돌아가시고, 게다가 곧바로 집이 팔리게 되어서 말입니다. 그리고 저는—저, 사실은 올가을에 결혼할 예정이었거든요. 한 가지만 확실해진다면⋯⋯."

그는 말을 멈췄다.

엘리노어가 상냥하게 말했다.

"소머벌 소령이 당신을 꼭 채용했으면 좋겠군요. 내가 힘닿는 데까지 해보겠어요."

홀릭은 머리를 숙이며 말했다.

"감사합니다, 아가씨. 우리는 모두 집안사람이 이 집을 지켜주기를 얼마나 바랐는지 모른답니다. 감사합니다, 아가씨."

엘리노어는 계속해서 앞으로 나아갔다.

갑자기 터져 내린 봇물처럼, 분노와 난폭한 원망의 물결이 세차게 그녀를 휩쓸었다.

'우리는 모두 집안사람이 이 집을 지켜주기를 얼마나 바랐는지 모른답니다……'

그녀와 로디는 여기에서 살 수도 있었을 텐데! 그녀와 로디는……, 로디는 그것을 원했었다. 그녀 자신도 원했던 바였다. 그들은 언제나 헌터버리를 사랑했다. 둘 다. 사랑하는 헌터버리……. 그녀의 부모님이 돌아가시기 전, 그들이 인도에 있었을 때 그녀는 이곳에 휴가를 보내러 왔었다. 그녀는 숲 속에서 놀거나 시냇가를 거닐었고, 꽃이 만발한 스위트피를 한 아름 따기도 했으며, 잘 익은 초록빛 구즈베리와 검붉은 빛의 달콤한 라즈베리를 따먹기도 했었다. 그리고 군데군데 사과나무도 있었다. 또한 그곳엔 사람의 눈에 잘 띄지 않는 모퉁이가 있어서, 그녀는 그곳에 털썩 주저앉아 몇 시간이고 책을 읽곤 했었다.

그녀는 헌터버리를 사랑했었다. 항상 그녀의 마음 한구석에는, 언젠가는 거기에 영원히 안주하게 되리라는 믿음이 있었다. 로라 고모가 그런 생각을 하게끔 해주었었다. 이렇게 말이다.

"언젠가는, 엘리노어, 저 주목들을 모두 잘라내 버리는 게 좋을 것 같구나. 저것들은 좀 우울해 보이지, 그렇지 않니? 여기에다 연못을 하나 만들어도 괜찮을 거야. 아마, 언젠가는 네가 그렇게 하겠지."

그럼, 로디는? 로디도 역시 헌터버리가 자기 집이 되기를 기대하고 있었다. 그것은 아마도 그녀, 엘리노어에 대한 그의 감정의 저변에 깔려 있었으리라. 또한 그의 잠재의식 속에는 늘 그들 둘이서 헌터버리에 함께 사는 게 더할 나위 없이 어울린다는 생각이 들어 있었으리라.

그래서 그들은 함께 거기에서 살았을지도 모른다―지금 집을 팔려고 짐을 꾸리는 게 아니라, 그것을 다시 장식하면서 집과 정원을 새로이 아름답게 꾸밀 계획을 세우고 그들만의 달콤한 즐거움을 만끽하며 나란히 걷고 있었으리라, 행복하게―그래, 둘이 함께 행복하게. 그런데 그만 한 처녀의 들장미와 같은 아름다움이 가져온 숙명적인 사건 때문에……

로디가 메리 제러드에 대해서 무엇을 어떻게 느끼고 있을까? 아무것도 아닐 거야―전혀 아무것도! 그는 그녀의, 메리의 어떤 점이 마음에 든 거지? 그녀는 어쩌면 많은 매력을 지니고 있는지도 모르지만, 로디가 그중에서 어떤 것에 이끌린 걸까? 마치 옛날이야기 같군—자연의 여신에 대한 케케묵은 이야기!

로디도 그것을 '홀린 것'이라고 말하지 않았던가?

로디 자신도, 정말로 거기서 벗어나고 싶어 하지 않았던가?

만일 메리 제러드가, 예를 들어 죽는다면, 로디는 언젠가 이런 고백을 하지 않을까?

"모두가 원만히 해결된 거야. 나는 이제야 알겠어. 그녀와 나는 공통점이 전혀 없었어……."

그는 부드러운 우수에 잠겨, 어쩌면 이렇게 덧붙일지도 모르지.

"그녀는 아름다운 여자였지……."

그녀를 그쯤으로 생각하게 내버려두자—그래, 멋진 추억으로 아름답고 달콤한 일로 영원히……

만일 메리 제러드에게 일이 생긴다면, 로디는 그녀에게 돌아올 것이다—엘리노어에게로……. 그녀는 그것을 분명히 확신했다!

만일 메리 제러드에게 일이 생긴다면…….

엘리노어는 옆문의 손잡이를 돌렸다. 그녀는 따스한 햇볕에서 벗어나 어둠침침한 집으로 들어갔다. 그녀는 몸을 부르르 떨었다.

어쩐지 음산하고 어두컴컴했으며, 불길한 예감이 점점 들기 시작했다. 마치 집 안에서 무엇인가가 그녀를 기다리는 것처럼…….

그녀는 홀을 따라 걸어가 식기실로 통하는 베이즈 천으로 된 문을 밀었다. 거기에선 약간 곰팡내가 났다. 그녀는 창문을 활짝 열어젖혔다.

그녀는 자기가 사온 버터와 빵, 그리고 우유가 담긴 작은 유리병이 든 꾸러미를 내려놓으며 생각에 잠겼다.

"아 참! 커피를 사려고 했는데."

그녀는 선반 위에 있는 통들을 들여다보았다. 그중 하나에 차만 약간 남아 있을 뿐, 커피는 없었다.

그녀는, '오, 그럼 어쩔 수 없지.' 하고 생각했다.

그녀는 생선 페이스트가 든 유리병 두 개의 포장을 벗겼다.

그녀는 잠시 빤히 들여다보며 서 있었다. 그 뒤 식기실을 나와 2층으로 올라갔다. 그녀는 웰먼 부인의 방으로 곧장 갔다. 그녀는 먼저 커다란 2층장의 서랍을 열고는 옷들을 정리하여 작은 꾸러미로 만들었다……

3

별채에서 메리 제러드는 기운이 빠진 채 주위를 둘러보고 있었다.

그녀는 모든 일이 어떻게 해서 이렇게 비비 꼬이게 되었는지 도무지 알 수가 없었다.

그녀의 지난날들이 물밀듯이 한꺼번에 그녀를 엄습해 왔다. 어머니는 인형에게 입힐 옷을 만드셨고, 아버지는 항상 까다롭고 퉁명스러웠다. 아버지는 어머니를 싫어했다. 그래, 싫어했지……

그녀는 갑자기 고개를 돌려 홉킨스 간호사에게 말했다.

"아버지가 아무 말씀도 안 하시던가요. 돌아가시기 전에 나한테 아무런 말씀도 안 남기셨어요?"

홉킨스 간호사는 쾌활하고 무표정하게 말했다.

"오, 저런, 없었어. 네 아버지는 돌아가시기 전 한 시간 동안 의식불명이었단다."

메리가 천천히 말했다.

"아무래도 내가 내려와서 아버지를 보살펴 드렸어야 할 걸 그랬나 봐요. 아버진 아버지였는데."

홉킨스 간호사는 당황한 기색으로 말했다.

"아니, 내 말 좀 들어봐, 메리. 그분이 네 아버지건 아니건 그것과는 아무런 상관이 없어. 내가 보기로는, 요즈음 아이들이 이상하게도 자기 부모를 별로 좋아하지 않는 것 같아. 그리고 자기 아이들을 좋아하지 않는 부모들도 꽤 많지. 중학교에 있는 램버트 양의 말로는 정말 그렇다는 거야. 그녀는 가족생활이 영 잘못되어 있으며, 어린애들이 그런 상태에서 자라고 있다고 하더구나. 그럴지도 몰라—그건 꼭 미화된 고아원같이 보여. 하지만, 과거를 되돌아보며 감상에 빠지는 것은 시간 낭비일 뿐이야. 우리는 살아나가야 해—그게 우리의 일이지. 물론 생각만큼 그렇게 쉽지는 않겠지만."

메리가 천천히 말했다.

"당신 말이 옳은 것 같아요. 하지만, 아버지하고 좀더 화목하게 지내지 못했던 것은 아무래도 내 잘못인 것 같아요."

홉킨스 간호사는 호기를 띠며 말했다.

"말도 안 되는 소리."

그 말은 마치 폭탄이 터지는 소리 같았다.

메리는 그 기세에 눌렸다. 홉킨스 간호사는 좀더 구체적으로 얘기하기 시작했다.

"가구는 어떻게 할 생각이야? 보관해둘 거야? 아니면 팔아 버릴 거야?"

메리는 모호하게 말했다.

"모르겠어요. 어떻게 하면 좋을까요?"

홉킨스 간호사는 예리한 눈으로 대충 훑어보고는 입을 열었다.

"몇 가지는 아주 훌륭하고 튼튼한데. 저것들은 보관해 두었다가 런던에 조그만 아파트라도 하나 장만하거든 들여놓지그래. 잡동사니는 모두 없애버려. 의자들도 좋은데, 탁자도 그렇고. 저기 멋진 책상이 있구나—유행에 뒤떨어지긴 했지만, 튼튼한 마호가니 제품이야. 빅토리아풍은 언제고 다시 유행한다고 하잖아. 그리고 내가 너라면 저 커다란 옷장은 치워 버리겠다. 너무 커서 어디에 놓아도 어울리지 않을 거야. 정말로 침실의 반은 차지하겠어."

그들은 보존할 것과 처분할 것의 목록을 만들었다.

메리가 말했다.

"그 변호사는 무척 친절하더군요—세든 씨 말이에요. 그분이 돈을 미리 보내 준 덕분에 학원비와 다른 비용을 낼 수 있었거든요. 그분은 그 돈이 나한테 완전히 인수되려면 아직 한 달 정도 더 있어야 한다고 하더군요."

홉킨스 간호사가 말했다.

"배우고 있는 일은 어때?"

"다행스럽게도 내 적성에 아주 딱 맞는 것 같아요. 처음이라 좀 힘이 들긴 하죠. 집에 올 때면 완전히 파김치가 되어 버린답니다.”

홉킨스 간호사가 냉혹하게 말했다.

“나도 성 누가 병원에서 수습생으로 있을 때 정말이지 죽는 줄로만 알았지. 도저히 3년 동안 배겨내지 못할 것 같았어. 하지만, 해냈지.”

그들은 죽은 제러드 노인의 옷가지를 챙기는 일을 모두 끝냈다. 이제 그들은 서류로 가득 찬 양철통으로 발을 옮겼다.

메리가 말했다.

“이것도 죄다 샅샅이 살펴봐야겠어요.”

그들은 탁자 양쪽에 각각 앉았다.

간호사가 그중 한 뭉치를 움켜잡고는 투덜거렸다.

“웬 잡동사니를 이렇게 잔뜩 모아두었지! 신문 오려낸 것들, 오래된 편지들. 별의별 게 다 있군!”

메리는 어떤 문서를 펼치며 말했다.

“여기 아버지 어머니의 결혼 증명서가 있군요. 세인트 알반스에서 1919년에.”

홉킨스 간호사가 말했다.

“결혼 인가증이지. 그건 구식 용어야. 그런데 마을 사람들은 아직도 그 용어를 많이들 사용하고 있다지.”

메리는 숨 막힌 듯한 목소리로 말했다.

“그런데, 아주머니—.”

“왜 그래?”

메리 제러드는 약간 떨리는 목소리로 말했다.

“모르시겠어요? 올해가 1939년이고 나는 스물한 살이에요. 1919년이면 나는 한 살이었어요. 그렇다면, 그렇다면—, 아버지와 어머니는 그, 그……, 그 뒤까지도 결혼하지 않았다는 거잖아요.”

홉킨스 간호사는 얼굴을 찌푸렸다. 그리고 곧바로 활달하게 말했다.

“그게 어때서? 그런 것을 가지고 걱정하지는 말아, 요즈음 세상에서!”

“하지만, 아주머니, 저는 그럴 수가 없어요.”

홉킨스 간호사는 매우 엄숙한 분위기를 자아내며 말했다.

"교회에 조금 늦게 나가는 부부들이 많이 있지. 하지만, 결국 간다면야 무슨 상관이 있지? 그렇잖아!"

메리는 나지막한 목소리로 말했다.

"그래서 아버지가 나를 그렇게 미워했던 게 아닐까요? 어쩌면 어머니가 아버지에게 결혼을 강요했기 때문이 아닐까요?"

홉킨스 간호사는 머뭇거렸다. 그녀는 입술을 지그시 깨물고 나서 말했다.

"나는 그렇지 않았을 것으로 생각해."

그녀가 말을 멈췄다.

"오, 네가 그렇게 걱정이 된다면, 사실을 아는 게 좋겠구나. 솔직해 말해서, 너는 제러드의 딸이 아니야."

"오, 그래서 그랬었군요!"

홉킨스 간호사는, "그랬을 거야." 하고 말했다.

메리는 갑자기 뺨에 홍조를 띠며 말했다.

"그릇된 생각일지는 모르지만, 나는 기뻐요! 나는 아버지를 좋아하지 않았기 때문에 항상 마음이 편치 못했어요. 하지만, 그분이 친아버지가 아니었다면, 그건 당연한 일이잖아요! 그것을 어떻게 아셨어요?"

홉킨스 간호사가 말했다.

"네 아버지가 돌아가시기 전에 그 얘기를 굉장히 많이 했었지. 나는 그분에게 아주 호되게 입을 다물라고 했지만, 그분은 개의치 않았어. 이 말이 튀어나오지만 않았어도, 나는 너한테 아무 말도 하지 않았을 거야."

메리가 천천히 말했다.

"내 친아버지가 누구였는지 몹시 궁금하군요."

홉킨스 간호사는 망설이고 있었다. 그녀는 입을 열었다가 다시 다물었다. 그녀는 어떤 문제에 대해서 결심하기가 꽤 어려운 모양이었다.

그때 어떤 그림자가 그 방에 드리워져, 얘기하던 두 사람은 동시에 창가로 시선을 모았다. 거기엔 엘리노어 칼리슬이 서 있었다.

엘리노어가, "안녕하세요." 하고 말했다.

"안녕하세요, 칼리슬 양. 아주 화창한 날이죠?"

홉킨스 간호사가 쾌활하게 말했다.

메리가 의아해하며 말했다.

"오—, 안녕하세요, 엘리노어 양."

엘리노어가 말했다.

"샌드위치를 좀 만들어 놓았어요. 올라와서 좀 들지 않겠어요? 정각 1시인데, 점심 먹으러 집에 돌아가는 게 귀찮지 않아요? 그래서 일부러 3인분을 준비했어요."

홉킨스 간호사가 깜짝 놀라며 쾌활하게 말했다.

"어머나, 칼리슬 양, 정말 생각이 깊군요. 하던 일을 멈추고 마을에까지 갔다가 다시 되돌아와야 하니 사실 귀찮죠. 나는 오늘 오전에 일을 다 끝냈으면 해서 일찌감치 돌아다니며 환자들을 보고 왔는데도 생각보다 오래 걸린 것 같아요."

"고마워요, 엘리노어 양. 당신은 무척 친절하군요." 메리가 말했다.

그들 셋은 집을 향해 죽 뻗어 있는 차도로 걸어갔다. 엘리노어는 현관문을 열어 두었었다. 그들은 음산하고 약간 어두컴컴한 홀로 들어갔다. 메리가 움찔거리며 몸서리치자, 엘리노어가 휙 돌아다보며 말했다.

"왜 그러죠?"

"오, 아무것도 아니에요—추워서 약간 움찔했던 것뿐이에요. 밖에 있다가 안으로 들어왔더니……." 메리가 당황해 하며 말했다.

"이상하군요. 나도 오늘 아침에 그렇게 느꼈는데."

엘리노어가 나지막한 목소리로 말했다.

"이다음에는 집 안에 유령이라도 있는 것처럼 말하겠군. 나는 아무렇지도 않은데!" 홉킨스 간호사가 쾌활하게 말했다.

엘리노어가 미소를 지으며 현관문 오른쪽에 있는 응접실로 그들을 안내했다. 덧문이 올려진 채로 창문은 열려 있었다. 그것이 마음을 밝게 해주는 것 같았다.

엘리노어는 홀을 가로질러 식기실로 가서 샌드위치가 담긴 커다란 접시를 들고 들어왔다. 그녀는 그것을 메리에게 내밀며, "하나 들지 않겠어요?" 하고 말했다.

메리가 하나를 집었다. 엘리노어는 그녀가 희디흰 이빨로 샌드위치를 베어 무는 모습을 잠시 지켜보며 서 있었다.

그녀는 잠깐 숨을 죽였다가 짤막하게 한숨을 내쉬었다.

그녀는 접시를 허리에 받친 채 잠시 동안 멍하니 서 있다가, 약간 입을 벌린 채 몹시 시장한 표정을 짓고 있는 홉킨스 간호사를 보고 얼굴을 붉히며 접시를 중년 여인에게 재빨리 내밀었다.

그리고 자기도 하나를 집어들며 사과하듯이 말했다.

"커피를 좀 끓이려고 했는데, 깜박 잊고 안 사왔어요. 하지만, 탁자 위에 맥주가 좀 있는데 드시겠어요?"

"내가 차를 좀 가져올걸. 미처 생각하지 못했군요."

홉킨스 간호사가 힘없이 말했다.

엘리노어는 멍하니 서 있다 말고 말했다.

"식기실에 있는 통에 차가 조금 남아 있어요."

홉킨스 간호사의 얼굴이 환해졌다.

"그럼, 내가 얼른 가서 주전자를 불 위에 올려놓고 오겠어요. 우유는 없겠죠?"

"아뇨, 내가 좀 가져왔어요." 엘리노어가 말했다.

"아, 그럼, 됐어요." 하고 말한 뒤 홉킨스는 급히 뛰어나갔다.

엘리노어와 메리 둘만이 남았다.

갑자기 그 방엔 이상한 긴장감이 감돌기 시작했다. 엘리노어는 애써 대화를 하려고 노력했다. 그녀는 바짝바짝 타는 입술에 침을 바르고는 뻣뻣한 투로 이렇게 말했다.

"런―, 던에서 하는 일은 잘되어가나요?"

"예, 덕분에. 나―, 나는 당신에게 늘 감사하고 있어요."

갑자기 엘리노어의 입에서 거친 소리가 터져 나왔다. 찢어질 듯한, 너무나 그녀답지 않은 웃음소리에 메리는 깜짝 놀라 휘둥그레진 눈으로 그녀를 쳐다보았다.

엘리노어가 말했다.

"그렇게 고마워할 필요 없어요!"

메리는 좀 어리둥절해하며 말했다.

"내 말은―, 그게 아니라……."

그녀는 말을 멈췄다.

엘리노어는 그녀를 똑바로 바라보고 있었다―너무 엄격하고 이상한 시선이었기에 메리는 그만 주춤하며 말했다.

"뭐―, 뭐가 잘못된 거라도 있나요?"

엘리노어는 벌떡 일어섰다. 그녀는 메리를 외면한 채, "꼭 그렇게 해야만 직성이 풀리겠어요." 하고 격렬하게 소리쳤다.

"당신, 당신의 표정이……."

메리가 말끝을 흐렸다.

"내가 너무 빤히 쳐다보고 있었나요? 그렇다면 정말 미안해요. 나는 가끔 그래요―뭔가 다른 것을 생각하고 있을 때면."

엘리노어가 미소를 띠며 비꼬는 듯한 투로 말했다.

홉킨스 간호사가 문에서 안을 들여다보며, "주전자를 올려놓았어요." 하고 즐거운 듯이 말을 하더니 다시 나갔다.

엘리노어는 갑자기 자지러지게 웃음을 터뜨렸다.

"앵무새야, 주전자를 올려놓아라. 앵무새야, 주전자를 올려놓아라. 앵무새야, 주전자를 올려놓아라―우리 모두 차를 마실 거란다! 우리가 어렸을 때, 메리, 그런 놀이 하던 생각나요?"

"예, 그럼요."

엘리노어가 말했다.

"우리가 어렸을 때……, 그 시절로 돌아갈 수 없다는 게 안타깝군요, 메리. 안 그래요?"

메리가 말했다.

"그 시절로 되돌아가고 싶으세요?"

엘리노어는 힘을 주며 말했다.

"그래요, 정말로……."

그들 사이에 잠시 동안 침묵이 흘렀다.

그때 메리가 얼굴을 붉히며 말했다.

"엘리노어 양, 이런 생각은 하지 말아요."

그녀는 엘리노어의 턱 끝이 올라가며 가냘픈 얼굴이 갑자기 굳어지는 것을 보고 말을 멈췄다.

"무슨 생각을 하지 말라는 거죠?" 엘리노어는 냉담하게 말했다.

메리는 중얼거리듯이 말했다.

"무, 무슨 말을 하려고 했는지 잊었어요."

엘리노어의 표정이 다시 부드러워졌다—위험물이 지나간 것처럼.

그때 홉킨스 간호사가 갈색 찻주전자와 우유, 그리고 잔 세 개를 얹은 쟁반을 들고 들어왔다.

그녀는 분위기를 전혀 의식하지 못한 채 말했다.

"여기 차를 가지고 왔어요!"

그녀는 쟁반을 엘리노어 앞에 놓았다. 엘리노어는 고개를 저었다.

"나는 아무것도 마시고 싶지 않아요."

그녀는 그 쟁반을 메리 쪽으로 밀었다.

메리는 두 잔을 따랐다.

홉킨스 간호사는 만족스럽게 한숨을 내쉬었다.

"진한 게 맛있군요."

엘리노어는 일어나서 창문 쪽으로 갔다.

홉킨스 간호사는 설득력 있게 말했다.

"정말 한잔 안 마시겠어요, 칼리슬 양? 맛이 좋아요."

엘리노어는, "아뇨, 고마워요." 하고 말했다.

홉킨스 간호사는 차를 다 마신 뒤, 잔을 쟁반에 내려놓으며 중얼거리듯이 말했다.

"주전자의 불을 꺼야겠네. 찻주전자를 다시 채워야 할까 봐, 그냥 켜두었는데.”

그녀는 호들갑을 떨며 방을 나갔다.

엘리노어는 창문에서 몸을 휙 돌렸다.

그녀는 갑자기 절망적인 호소력이 담긴 목소리로 말했다.

“메리…….”

메리는 얼른 대답했다.

“왜 그러죠?”

엘리노어는 얼굴에서 천천히 그 절망의 빛이 사라지며 입술이 닫혔다. 남은 것이라고는 단자—차갑게 얼어붙은 가면일 뿐이었다.

그녀는, “아무것도 아니에요” 하고 말했다.

침묵이 그 방에 무겁게 내려앉았다.

메리는 생각에 잠겼다.

‘오늘은 모든 것이 너무 이상해. 마치, 마치 우리가 무언가에 홀려 있기라도 한 것처럼.’

엘리노어가 마침내 움직였다.

그녀는 창문 쪽에서 걸어와 차 쟁반을 집어들고, 그 위에 샌드위치 접시를 얹었다.

메리가 얼른 일어섰다.

“오, 엘리노어 양, 내가 할게요.”

엘리노어가 또렷하게 말했다.

“아니에요, 그냥 여기 있어요. 내가 할 테니까.”

그녀는 그 쟁반을 들고 방을 나왔다. 그녀는 어깨너머로 창가에 있는 젊고 활기에 찬 메리 제러드를 한 번 돌아다보았다……

4

홉킨스 간호사가 식기실에 있었다. 그녀는 손수건으로 얼굴을 닦고 있다가 엘리노어가 들어오자 재빨리 올려다보았다. 그녀가 말했다.

“아이구, 여기는 몹시 덥군요!”

엘리노어는 무심결에 대답했다.

“예, 식기실은 남향이거든요.”

홉킨스 간호사는 그녀한테서 쟁반을 받아들었다.

“내가 설거지할게요, 칼리슬 양. 아가씨는 그런 일에 안 어울려요.”

엘리노어는, “오, 나는 괜찮아요.” 하고 말했다.

“내가 닦을게요.”

홉킨스 간호사는 소매 끝을 걷어올렸다. 그녀는 주전자에 있는 뜨거운 물을 혼응지(송진과 기름을 먹인 딱딱한 종이)로 된 통에 부었다.

엘리노어는 그녀의 손목을 보며 별생각 없이 말했다.

“찔렸군요.”

홉킨스는 웃었다.

“별채 장미 덩굴에서, 가시에 찔렸어요. 빨리 빼내야겠어요.”

별채 장미 덩굴……, 추억이 파도처럼 엘리노어에게 덮쳐왔다. 로디와 자주 싸움을 했었지—장미 전쟁이라면서. 로디와 싸움을 했었어—거짓 싸움을. 아름답고 재미있고 행복한 나날들. 하지만, 지금은 혐오스럽게 급변한 거센 파도가 마구 밀려오다니, 이게 웬 말인가? 증오와 음흉한 구렁텅이라니…….

그녀는 몸이 약간 흔들거리는 상태로 서 있었다. 그녀는 생각했다.

‘내가 미쳤어—정말 미쳤어.’

홉킨스 간호사는 호기심에 찬 눈초리로 그녀를 쳐다보았다.

“아주 이상해 보였어요, 그녀는…….”

이건 나중에 홉킨스 간호사의 얘기였다.

“그녀는 자기가 무엇을 말하고 있는지도 모르는 채 말하는가 하면, 눈도 너무 이상하게 빛이 났어요.”

컵과 접시들이 통 안에서 덜거덕거렸다. 엘리노어는 탁자에서 빈 생선 페이스트 병을 집어 통 속에 넣었다. 그런 뒤 그녀는 자신의 변함없는 목소리에 흠칫 놀라며 말했다.

“나는 2층에 있는 로라 고모의 옷들을 몇 가지 가려냈어요. 그것을 마을 어느 곳에 갖다 주면 쓸모가 있을지 당신은 알고 있을 것 같은 생각이 들어서 요.”

홉킨스 간호사는 재빠르게 말했다.

“물론 그렇게 하죠. 파킨슨 부인도 있고, 넬리 노인도 있고, 아이비 오두막에 사는 머리가 완전히 돈 불쌍한 사람도 있지요. 그들에게는 뜻밖의 선물이 될 거예요.”

그녀와 엘리노어는 식기실을 깨끗이 치웠다. 그러고 나서 2층으로 함께 올라갔다. 웰먼 부인의 방에는 속옷류, 드레스류, 호화로운 옷 몇 벌, 차 마실 때 입는 벨벳 옷 몇 벌, 그리고 사향뒤쥐 모피코트 한 벌이 각각 다른 꾸러미로 말끔하게 싸여 있었다. 맨 마지막 것은 비숍 부인에게 줄 생각이라고 엘리노어가 설명하자, 홉킨스 간호사가 고개를 끄덕였다.

그녀는 웰먼 부인의 검은담비 모피 옷들이 옷장 위에 널려 있는 것을 보고, ‘자기 몸에 맞게 다시 고쳐 입으려나 봐.’ 하고 마음속으로 생각했다.

그녀는 2층장을 흘끔 보았다. 엘리노어가 ‘루이스’라고 쓰인 사진을 보았는지 궁금했다. 보았다면 그녀는 그것을 어떻게 생각했을까?

‘오브라이언의 편지와 내 편지가 엇갈린 것을 생각하면 참 재미있어. 나는 그런 일이 일어나리라고는 꿈에도 생각지 못했는데. 내가 슬래터리 부인에 대해 편지를 쓴 바로 그날 그녀도 그 사진 얘기를 썼단 말이야.’

그녀는 엘리노어를 도와 옷들을 분류하여, 꾸러미들을 따로따로 묶은 다음 잘 나눠졌는지를 살폈다. 그녀가 말했다.

“나는 메리가 별채에 내려가서 일을 마저 끝내는 동안 저것들을 나눠 줘야겠어요. 그녀는 이제 서류 상자 하나만 정리하면 되거든요. 그런데 메리는 어디에 있죠? 별채로 내려갔나요?”

엘리노어가 말했다.

“나는 그녀를 응접실에 남겨 두고 나왔는데……”

홉킨스 간호사가 말했다.

“지금까지 거기에 있지는 않을 거예요.”

그녀는 손목시계를 보더니 말했다.

“저런, 우리가 여기 올라온 지 한 시간이 거의 다 되어가네요!”

그녀는 서둘러 계단을 내려갔다. 엘리노어도 그 뒤를 따랐다.

그들은 응접실로 들어갔다.

홉킨스 간호사가 소리쳤다.

“저런, 맙소사, 잠이 들었군요.”

메리 제러드는 창가에 있는 커다란 안락의자에 앉아 있었다. 그녀는 약간 쓰러져 있었다. 방 안에서 이상한 소리가 났다. 코 고는 듯한 힘겨운 호흡소리였다.

홉킨스 간호사가 가로질러 가서 메리를 흔들었다.

“일어나, 메라—.”

그녀는 깨우던 것을 멈추고는 몸을 바짝 숙이고서 눈꺼풀 하나를 뒤집어 보았다. 그러더니 그녀를 마구 흔들기 시작했다.

그녀는 엘리노어에게 대들듯이 다가와서는, 위협적인 목소리로 말했다.

“이게 대체 어떻게 된 거예요?”

엘리노어가 말했다.

“무슨 말인지 모르겠군요. 그녀가 아픈가요?”

홉킨스 간호사가 말했다.

“전화가 어디 있죠? 빨리 로드 박사를 데리고 오세요.”

엘리노어가 말했다.

“무슨 일이에요?”

“무슨 일이냐고? 위독해요. 그녀는 죽어가고 있다고요.”

엘리노어는 뒤로 한 걸음 물러섰다. 그러고는 말했다.

“죽어가고 있다고요?”

홉킨스 간호사가 말했다.

“그녀는 독살되었어요…….”

그녀는 의심스러운 눈초리로 엘리노어를 무섭게 노려보았다.

에르퀼 포와로는 달걀 모양의 머리를 우아하게 한쪽으로 기울이고, 눈썹은 캐묻듯이 추켜세우고서 손가락을 깍지낀 채, 주근깨가 난 쾌활한 얼굴을 잔뜩 찌푸리고 성급하게 방을 왔다 갔다 하는 청년을 지켜보았다.

에르퀼 포와로가 말했다.

"여봐요, 무슨 일로 그러시오?"

피터 로드는 걸음을 딱 멈추었다.

그가 말했다.

"포와로 씨, 이 세상엔 당신밖에 저를 도와줄 수 있는 사람이 없습니다. 저는 당신에 관해 스틸링플리트에게서 들은 적이 있죠. 그가 저에게 베네딕트 팔리 사건에서 당신이 한 일을 얘기해 주었습니다. 사람들은 하나같이 그것이 자살이라고 생각했지만, 당신은 그것이 살인이라는 것을 밝혀냈다더군요."

에르퀼 포와로가 말했다.

"그럼, 당신이 돌보는 환자 중에서 이해가 안 가는 자살사건이라도 발생했다는 거요."

피터 로드는 고개를 저었다.

그는 포와로의 맞은편에 앉아서 입을 열었다.

"한 젊은 여자가 있습니다. 그녀는 살인죄로 체포되어 재판에 회부될 예정입니다! 그녀가 저지르지 않았다는 것을 밝혀내 주실 수 있겠습니까?"

포와로의 눈썹은 조금 더 높이 솟아올랐다. 그러고 나서 짐짓 신중하고 은밀한 태도를 보이며 말했다.

"당신과 그 젊은 아가씨는——, 약혼한 사이인가요? 당신들은 사랑하는 사이인가요?"

피터 로드는 쓰디쓴 미소를 지으며 말했다.

"아뇨, 그렇지 않습니다! 그녀는 불쾌하게도 우울한 말 같은 얼굴에 코가 긴 거만한 녀석을 더 좋아하고 있죠! 울화통 터지지만, 사실입니다!"

포와로는, "알겠소" 하고 말했다.

로드는 거침없이 말했다.

"오, 예, 당신은 잘 아시겠죠! 그 문제에 관해 그렇게 눈치가 빠르실 필요는 없습니다. 저는 솔직히 그녀에게 반했어요. 그렇기 때문에 그녀를 교수형에 처하게 하고 싶지는 않은 겁니다. 아시겠어요?"

포와로가 말했다.

"그녀에 대한 혐의가 무엇이오?"

"그녀는 메리 제러드라는 처녀를 모르핀 하이드로클로라이드로 독살했다는 혐의로 고소되었습니다. 신문에서 그 검시에 대한 기사를 이미 읽으셨을 겁니다."

포와로가 말했다.

"그럼, 그 동기는?"

"질투심에서라는 겁니다!"

"그런데 당신 의견으로는 그녀가 저지르지 않았단 말이오?"

"예, 물론이죠"

에르퀼 포와로는 생각에 잠긴 채 잠시 동안 그를 쳐다보다가 말했다.

"당신이 나한테 원하는 것이 정확하게 무엇이오? 그 사건을 조사해 달라는 거요?"

"그녀를 빼내 달라는 겁니다."

"나는 변호사가 아니오, 젊은이."

"좀더 정확하게 말씀드리지요. 그녀의 변호사가 그녀를 빼낼 수 있도록 당신이 증거를 찾아 주시기 바랍니다."

에르퀼 포와로가 말했다.

"당신 말을 제대로 이해할 수가 없는데……"

피터 로드가 말했다.

"제가 간단히 말씀드리지 않았다고 그러시는 겁니까? 제게는 아주 분명해 보이는데. 저는 그 아가씨가 석방되기를 원합니다. 제 생각에는 그것을 할 수 있는 사람은 오직 당신밖에 없어요!"

"당신은 내가 조사해 주기를 원하는 겁니까? 진실을 밝혀내 주기를? 실제로 발생한 일을 알아내기를?"

"어떠한 것이든 그녀에게 유리한 사실을 밝혀내 주십시오."

포와로는 아주 작은 담배에 조심스럽고 꼼꼼하게 불을 붙이며 말했다.

"하지만, 당신이 말하는 것은 좀 비윤리적이지 않소? 진실을 밝혀내라면, 좋소, 그것은 항상 흥미가 있지. 그렇지만 진실이란 두 개의 날을 가진 무기라오. 만일 내가 그 아가씨에게 불리한 사실을 발견한다면? 그땐 그것을 비밀로 하라는 겁니까?"

피터 로드가 벌떡 일어섰다. 그는 아주 창백한 얼굴로 말했다.

"그건 불가능한 일입니다! 그녀에게 이미 드러난 사실들보다 더 불리한 사실은 결코 없어요! 그 사실만으로도 치명적입니다! 그녀에게 불리한 증거들은 하나같이 절망적이고 명백한 것들뿐이에요! 당신은 이미 나온 것보다 더 완전하게 그녀를 파멸시킬 수 있는 사실을 절대 찾아낼 수 없을 겁니다! 저는 당신에게 모든 능력을 총동원해서(스틸링플리트가 그러는데 당신은 굉장한 재능을 가지셨다고 하더군요), 그럴듯한 대안을 찾아내 달라고 부탁하는 겁니다."

에르큘 포와로가 말했다.

"그런 일이라면 그녀의 변호사들이 하지 않겠소?"

"변호사요?" 젊은이는 경멸하듯이 웃었다.

"그들은 시작하기 전부터 좌절해 있었죠! 절망적이라는 거예요! 그들은 왕실 고문 변호사인 벌머 경에게 변호를 의뢰했습니다─성공할 가망이 없는 사람이죠. 그러니, 그것은 본질적으로 포기나 마찬가지입니다! 변사처럼 장황하게, 동정을 얻으려는 구실이나 대고 죄수가 젊다는 것을 강조하면서─고작 그거예요! 그러나 재판관은 그 정도로 무죄 방면은 안 하죠. 희망이라곤 하나도 없습니다!"

에르큘 포와로가 말했다.

“만일 그녀가 유죄라고 가정한다면—당신은 그래도 그녀가 석방되기를 바라시오?”

피터 로드가 침착하게 말했다.

“예.”

에르큘 포와로는 의자에서 몸을 움직이며 말했다.

“당신은 재미있군……”

잠시 뒤 그가 말했다.

“자, 그럼 사건을 정확하게 나한테 얘기해 주시오.”

“신문에서 아무것도 못 보셨습니까?”

에르큘 포와로는 한 손을 내저었다.

“사건에 대한 언급이라면—읽었지. 하지만, 신문은 너무 부정확해서 나는 절대로 그들의 말을 다 믿지는 않소.”

피터 로드가 말했다.

“아주 간단합니다. 너무 간단하죠. 그 엘리노어 칼리슬이라는 아가씨는 이 근처에 있는 헌터버리 저택이라는 곳을 바로 얼마 전에 물려받았습니다. 그건 유언장을 쓰지 않은 채 돌아가신 그녀의 고모에게서 받은 유산이죠. 고모의 이름은 웰먼이었습니다. 그 고모에게는 로더릭 웰먼이라는 남편 쪽의 조카가 하나 있었죠. 그는 엘리노어 칼리슬과 약혼한 사이였습니다—어렸을 때부터 알던 사이라, 오랜 시일에 걸쳐 이루어진 일이었죠.

헌터버리 저택에는 문지기의 딸인 메리 제러드라는 처녀도 있었습니다. 돌아가신 웰먼 부인은 그녀를 굉장히 좋아해서, 그녀의 교육비 일체를 다 대주었죠. 그 결과, 그 처녀는 겉으로 보기에도 그럴듯한 숙녀가 되었어요. 아마 로더릭 웰먼은 그녀에게 반했던 것 같습니다. 결과적으로 약혼은 깨졌죠.

이제 그 일로 넘어갑니다. 엘리노어 칼리슬이 헌터버리 저택을 내놓고, 소머빌이라는 사람이 그것을 샀습니다. 엘리노어는 고모의 개인적인 소유물 등을 치우려고 런던에서 내려왔습니다. 메리 제러드도 그녀의 아버지가 막 돌아가셨기에 별채를 치우고 있었습니다. 그때가 7월 27일 오전이었죠.

엘리노어는 근처 여인숙에 묵고 있었습니다. 길거리에서 그녀는 예전 가정부인 비숍 부인을 만났어요. 비숍 부인은 그 집으로 가서 그녀를 도와주겠다고 했으나, 엘리노어는 좀 지나치게 열을 내며 거절했습니다. 그런 뒤 그녀는 식료품점에 들어가서 생선 페이스트를 좀 샀고, 거기에서 식중독에 대해 이야기를 했습니다. 아시겠어요? 그건 얼마든지 할 수 있는 이야기인데도, 그녀를 불리하게 하는 증거들이에요! 그녀는 저택으로 올라갔다가 한 시쯤 그 별채로 내려왔죠. 거기에는 메리 제러드가 홉킨스라는 참견 잘하는 구역 간호사와 함께 바쁘게 일하고 있었습니다. 엘리노어는 그들에게 집에 샌드위치를 좀 만들어 놓았다고 말했습니다. 그들은 그녀와 함께 집으로 가서 샌드위치를 먹었는데, 약 한 시간쯤 지난 뒤에 저를 불러서 가봤더니, 메리 제러드는 혼수상태에 빠져 있었습니다. 제가 할 수 있는 것은 다 해보았지만, 아무런 소용이 없었어요. 검시 결과, 죽기 전에 모르핀을 다량 복용했음이 드러났습니다. 그리고 경찰은 엘리노어 칼리슬이 샌드위치에 페이스트를 바르던 바로 그 자리에서 '모르핀 하이드로클로라이드'라는 상표의 한 조각을 찾아냈습니다."

"메리 제러드는 그 밖에 또 무엇을 먹거나 마셨소?"

"그녀와 그 구역 간호사는 샌드위치와 함께 차를 마셨습니다. 아무것도 들어 있을 수가 없습니다. 물론 저는 변호사가 샌드위치에 관해서는 세 명이 함께 그것을 먹었으니까 한 사람만 독살되기란 불가능하다는 이야기를 늘어놓으리라고 봅니다. 기억하시겠지만, 옛날 사건에서도 그런 얘기가 있었죠."

포와로는 머리를 끄덕이며 말했다.

"하지만, 그건 아주 간단한 일이오. 우선 샌드위치를 만듭니다. 그중 하나에는 독약이 들어 있소. 그리고 접시를 내밉니다. 예의상 상대방은 자기에게서 가장 가까이 있는 샌드위치를 집게 되는 게 당연한 일이지요. 엘리노어 칼리슬도 메리 제러드에게 제일 먼저 접시를 내밀었으리라고 보는데?"

"그렇습니다."

"나이가 많은 간호사가 그 방에 있었는데도?"

"예."

"그건 별로 자연스러워 보이지 않는군."

"그건 별문제가 안 됩니다. 소풍 가서 먹는 간단한 식사에 격식을 차리지는 않죠.”

“샌드위치는 누가 만들었소?”

“엘리노어 칼리슬이지요.”

“그 집 안에 그들 말고 또 누가 있었소?”

“아무도 없었습니다.”

포와로는 머리를 흔들었다.

“안됐군, 거참. 죽은 처녀는 차와 샌드위치밖에는 아무것도 안 먹었다는 말이오?”

“예. 위 속에 든 내용물로 알 수 있죠.”

포와로가 말했다.

“엘리노어 칼리슬이 그녀의 죽음이 식중독 때문이라고 주장하지는 않았소? 그녀는 그들 중 한 사람만 영향을 받았다는 사실에 대해선 어떻게 설명했소?”

피터 로드가 말했다.

“가끔 그런 일이 발생하기도 하죠. 또, 거기에는 페이스트 병이 두 개 있었어요—둘 다 겉으로 보기에는 아주 똑같아 보였죠. 그러니까 한 병은 괜찮았고, 상한 페이스트는 우연히 메리가 먹게 되었다고 볼 수도 있겠죠.”

포와로가 말했다.

“확률의 법칙으로 아주 흥미로운 연구를 했군. 나는 그런 일이 발생할 수학적인 가능성은 지극히 희박하리라고 봅니다만. 하지만 다른 문제를 생각해 봅시다. 만일 식중독으로 위장할 생각이었다면, 왜 다른 독약을 택하지 않았을까? 모르핀 증상은 식중독 증상과 조금도 같지 않은데 말이오. 아트로핀을 택하는 것이 훨씬 더 좋았을걸!”

피터 로드가 천천히 말했다.

“정말 그렇겠군요. 그런데 거기에 이런 일도 있었습니다. 그 지긋지긋한 구역 간호사가 모르핀 통 하나를 잃어버렸다고 하더군요!”

“언제?”

“오, 몇 주 전 웰먼 부인이 돌아가시던 그날 밤에요. 간호사 말로는, 그녀는 홀에 가방을 두었는데 아침에 모르핀 통 하나가 없어진 것을 발견했다는 겁니다. 제가 보기에는 모두 부질없는 얘깁니다. 아마 그전에 집에서 그것을 깨뜨려 놓고서는 잃어버렸다고 했을 겁니다.”

“그녀는 그것을 메리 제러드가 죽은 이후에 기억해냈소?”

피터 로드는 마지못해 말했다.

“아니, 사실은 그 당시에 같이 일하던 간호사에게 말했답니다.”

에르퀼 포와로는 약간 흥미를 느끼며 피터 로드를 쳐다보고 있었다.

그는 점잖게 말했다.

“내 생각으로는, 젊은이, 뭔가 다른 게 있소―당신이 아직 나에게 말하지 않은 것 말이오.”

피터 로드가 말했다.

“오, 그렇다면 당신에게 다 얘기하는 게 좋겠군요. 경찰에선 무덤 발굴 명령서를 신청하여 돌아가신 웰먼 부인을 파내려 하고 있습니다.”

포와로는, “그래요?” 하고 말했다.

피터 로드가 말했다.

“그렇게 하면, 아마 그들이 찾고 있는, 모르핀을 발견하게 될 겁니다!”

“당신은 그것을 알고 있었소?”

피터 로드의 주근깨 난 얼굴이 갑자기 창백해지며 중얼거렸다.

“어렴풋이 느꼈죠.”

에르퀼 포와로는 손으로 자기 의자 팔걸이를 치며 소리쳤다.

“이보시오, 나는 당신을 이해하지 못하겠소! 그 부인이 죽었을 때 이미 당신은 그녀가 살해되었다는 사실을 알았다는 말 아니오?”

피터 로드가 갑자기 외쳤다.

“오, 아닙니다! 그런 일은 꿈에도 생각해 보지 않았습니다! 저는 부인 스스로 그것을 먹은 줄 알았어요.”

포와로는 의자에 털썩 등을 기댔다.

“아! 그런 줄 알았다고……?”

“물론입니다! 노부인이 저한테 그런 얘기를 한 적이 있었거든요. 저한테 자기의 목숨을 끊어 줄 수 있겠느냐고 여러 번 물어보았죠. 노부인은 병을 증오하고 그것이 주는 무기력함과 그……, 노부인의 말을 빌리자면, 누워서 어린 애 같은 취급을 받는 모욕감을 증오했어요. 게다가 노부인은 무척 자존심 강한 여자였죠."

그는 잠깐 말을 멈추었다가 계속했다.

"저는 노부인의 죽음에 깜짝 놀랐습니다. 전혀 예상치 못했거든요. 그래서 간호사를 방에서 내보내고 제가 할 수 있는 한 철저하게 조사해 보았죠. 물론 검시를 하지 않고 확신하기란 불가능했습니다. 하지만, 그렇게 해서 좋을 게 뭐가 있습니까? 만일 그녀가 지름길을 택했다면, 왜 괜히 떠들어 추문이 생기도록 합니까? 차라리 증명서에 서명하고서 그녀를 편안히 묻히게 하는 게 낫죠. 결국 저는 확신이 안 섰던 겁니다. 제 생각이 잘못되었던 것 같군요. 하지만, 저는 부정한 음모가 있었을 줄은 한순간도 생각해 보지 않았어요. 저는 분명히 노부인이 스스로 택한 것으로 알았습니다."

포와로가 물었다.

"노부인이 모르핀을 어떻게 손에 넣었으리라고 생각하오?"

"저는 그런 생각은 조금도 해보지 않았습니다. 하지만, 그분은 재주도 많고 남달리 의지가 강하고 머리도 좋은 여자였습니다."

"간호사들에게서 그것을 얻었을까?"

피터 로드는 머리를 흔들었다.

"아니, 그럴 리는 없어요! 당신은 간호사들을 모르시는군요!"

"그럼, 가족으로부터?"

"그럴 수 있겠죠. 그들의 감정을 이용했을지도 모릅니다."

에르큘 포와로가 말했다.

"당신은 나에게 웰먼 부인이 유언장을 쓰지 않고 돌아가셨다고 했는데, 만일 그녀가 더 살았더라면 유언장을 만들었을까요?"

피터 로드는 갑자기 씩 웃었다.

"귀신같이 절대적으로 필요한 것만 딱딱 집어내시는군요. 그래요, 그분은 유언장을 만들 예정이었죠. 그것 때문에 굉장히 흥분해 있었어요. 똑똑하게 말을 할 수는 없었지만, 자기가 원하는 것만은 확실하게 전달했죠. 엘리노어 칼리슬은 아침에 제일 먼저 변호사에게 전화를 걸기로 되어 있었습니다.”

“그럼, 엘리노어 칼리슬은 자기의 고모가 유언장을 만들기를 원한다는 것을 알고 있었소? 유언장을 만들지 않고 죽는다면 자신이 전 재산을 상속받는다는 것도?”

피터 로드가 얼른 말했다.

“그것까지는 몰랐어요. 그녀는 고모가 유언장을 만들어 놓지 않은 줄은 전혀 몰랐습니다.”

“그건, 이보시오, 그녀가 한 말이지. 그녀는 알고 있었을지도 모르잖소”

“이것 보세요, 포와로, 당신은 검사입니까?”

“지금은 그렇소 나는 그녀에게 불리한 사실들을 완전히 다 알고 있어야 합니다. 엘리노어 칼리슬이 그 작은 가방에서 모르핀을 훔칠 수도 있었겠지?”

“예, 그 밖에 다른 어떤 사람도 할 수 있었죠. 로더릭 웰먼, 오브라이언 간호사, 또 하인 중에서 누구라도요.”

“또는 로드 박사도?”

피터 로드는 놀라 눈을 크게 뜨고 말했다.

“물론입니다……. 하지만, 무슨 생각으로?”

“아마도 연민을 느껴서.”

피터 로드는 고개를 저었다.

“그런 일은 절대로 없었습니다! 당신은 저를 믿으셔야만 할 거예요.”

에르큘 포와로는 몸을 의자 뒤에 기대며 말했다.

“한 가지 가정을 해봅시다. 엘리노어 칼리슬이 그 작은 가방에서 모르핀을 훔쳐 자기 고모에게 먹였다고 칩시다. 모르핀이 분실된 것에 대해 어떻게들 애기됐었소?”

“집안사람들에게는 알리지 않았습니다. 그 두 간호사가 자기네끼리만 알고 있었죠.”

포와로가 말했다.

“당신 생각에 경찰은 어떤 행동을 취할 것 같소?”

“웰먼 부인의 시신에서 모르핀이 발견되면 말입니까?”

"그렇소."

피터 로드는 냉혹하게 말했다.

"엘리노어는 현재의 고소가 취하된다고 할지라도, 재구속되어 고모를 살해한 죄를 뒤집어쓸 가능성이 있죠."

포와로는 생각에 잠긴 채 말했다.

"동기는 다르지. 즉, 웰먼 부인의 사건에서는 재산이 그 동기였던 반면, 메리 제러드의 사건에서는 질투가 동기일 거요."

"그렇습니다."

포와로가 말했다.

"피고 측은 어떤 방침을 취할 생각이오?"

피터 로드가 말했다.

"벌머 경은 아무런 동기가 없다는 방침을 세우고 있습니다. 그는 엘리노어와 로더릭 사이의 약혼이 웰먼 부인을 기쁘게 해주려고 취해진 집안 문제였으며, 노부인이 돌아가시자 엘리노어가 자진해서 그것을 깼다고 주장하게 될 겁니다. 로더릭 웰먼이 그런 취지에 대한 증거를 제시할 거고요. 그는 거의 그렇게 믿는 것 같습니다."

"엘리노어가 끔찍이도 그를 좋아한 줄은 전혀 모른다는 말이오?"

"예."

포와로가 말했다.

"그렇게 되면 그녀는 메리 제러드를 죽일 이유가 없는 것이겠군."

"그렇죠."

"그렇다면 누가 메리 제러드를 죽였겠소?"

"글쎄요."

포와로는 머리를 절레절레 흔들었다.

"곤란한 문제야."

피터 로드는 열성적으로 말했다.

"바로 그겁니다! 그녀가 안 했다면, 누가 한 짓일까요? 거기에는 차(茶)도 있었는데, 홉킨스 간호사와 메리 둘 다 그것을 마셨습니다. 변호사 측에서는

다른 두 사람이 방을 나간 뒤 그녀 스스로 모르핀을 마셨는지도 모른다고 주
장할 겁니다—즉, 그녀가 자살했다고 말입니다."

"그녀에게 자살할 이유가 있었소?"

"전혀 없었습니다."

"그녀는 자살할 형이었소?"

"아니요."

포와로가 말했다.

"메리 제러드는 어떤 사람이었소?"

피터 로드는 곰곰이 생각해 보았다.

"그녀는—글쎄요, 착했죠. 예, 무척 마음이 너그러웠답니다."

포와로는 한숨을 쉬며 입속말로 중얼거리듯이 말했다.

"그럼, 로더릭 웰먼은 그녀가 착했기 때문에 그녀를 사랑하게 되었소?"

피터 로드가 미소 지었다.

"오, 무슨 말씀이신지 알겠어요. 그녀는 아주 아름다웠죠."

"그런데 당신은? 당신은 그녀에 대해 아무런 감정도 안 느꼈소?"

피터 로드의 눈이 갑자기 크게 떠졌다.

"전혀요."

에르퀼 포와로는 잠시 생각에 잠겨 있다가 입을 열었다.

"로더릭 웰먼은 자기와 엘리노어 칼리슬 사이에 애정은 있었지만 그리 열정
적인 애정은 아니었다고 말하는데, 당신도 그렇게 생각하시오?"

"제가 그것을 어떻게 알겠습니까?"

포와로는 머리를 흔들었다.

"당신은 이 방에서 나에게 엘리노어 칼리슬은 코가 긴 거만한 녀석을 좋아
하는 불쾌한 취향을 가졌다고 말했잖소. 그건 아마도 로더릭 웰먼을 묘사한
것으로 생각되는데? 그러니까 당신 말에 따르면 그녀는 그를 정말 좋아하고
있다는 거지."

피터 로드가 격양된 목소리로 나지막하게 말했다.

"그녀가 그를 좋아한 건 분명합니다! 끔찍이도 좋아했죠!"

포와로가 말했다.

"그럼, 동기가 있었던 게로군……."

피터 로드는 얼굴에 분노의 빛을 가득 띤 채 그에게 몸을 홱 돌렸다.

"그것도 문제가 됩니까? 그녀가 한 짓인지도 확실치 않은데요, 예? 저는 그녀가 했다고 하더라도 상관치 않습니다."

포와로는, "아하!" 하고 말했다.

"하지만, 분명히 말씀드리지만, 저는 그녀가 교수당하는 것을 원치 않습니다. 그녀가 절망적인 상태에 빠졌다고 가정해 볼까요? 사랑이란 절망적으로 사람의 가슴을 갈가리 쥐어뜯는 것이기도 합니다. 그것은 벌레 같은 인간을 훌륭한 사람으로 변화시킬 수도 있고, 점잖고 훌륭한 사람을 쓰레기 같은 존재로 끌어내리기도 합니다! 설사 그녀가 살인을 저질렀다고 칩시다. 당신은 조금도 동정을 느끼지 않습니까?"

에르큘 포와로가 말했다.

"나는 살인에 찬성하지는 않소이다."

피터 로드는 그를 빤히 쳐다보다가 눈길을 돌렸다. 그러고는 다시 쳐다보더니 마침내 웃음을 터뜨렸다.

"어떻게 그런 말씀을, 너무 점잔을 빼며 위엄을 부리시는군요! 누가 당신에게 찬성하시라고 했습니까? 저는 당신에게 거짓말을 하라고 요구하고 있는 게 아닙니다! 진실은 진실이죠. 안 그래요? 만일 당신이 피고에게 유리한 것을 발견한다고 하더라도, 그녀가 죄인이라는 이유로 그것을 감추시겠습니까?"

"물론 그렇지는 않소."

"그럼, 도대체 제가 부탁하는 것을 왜 들어주실 수 없다는 겁니까?"

"이보시오, 나는 들어줄 준비가 완전히 되어 있소……."

에르큘 포와로가 만족스럽게 말했다.

피터 로드는 그를 빤히 쳐다보며, 손수건을 꺼내어 얼굴을 닦고는 의자에 털썩 주저앉았다.

"후우!" 그가 말했다.

"저를 철저히 당황하게 하시는군요! 저는 당신이 무슨 생각을 하고 계신지 조금도 몰랐어요!"

포와로가 말했다.

"나는 그 사건을 엘리노어 칼리슬에게 불리한 쪽으로 조사하고 있었는데, 이제는 제대로 알게 되었소. 메리 제러드는 모르핀을 먹게 되었는데, 내가 보기에 그것은 샌드위치 속에 들어 있었음이 틀림없소. 엘리노어 칼리슬 외에는 아무도 샌드위치에 손을 대지 않았지. 엘리노어 칼리슬은 메리 제러드를 죽일 만한 동기를 가졌고, 당신이 볼 때 그녀는 메리 제러드를 죽일 수 있는 아가씨이며, 또 모든 가능성을 비추어 봐서 그녀가 메리 제러드를 죽인 것으로 여겨졌소. 나도 어떻게 달리 생각할 수가 없었지!

그것이, 이보시오, 그 사건의 한 측면이었소. 자, 이제 제2단계로 넘어가 봅시다. 우리 머릿속에서 그러한 생각들을 모두 떨쳐 버리고 정반대의 각도에서 문제에 접근하는 겁니다. 즉, 엘리노어 칼리슬이 메리 제러드를 죽이지 않았다면, 누가 한 짓일까? 아니면, 메리 제러드는 자살한 것은 아닐까?"

피터 로드는 꼿꼿이 앉아 있었다. 이맛살을 찌푸리며 그는 입을 열었다.

"방금 그 얘기는 별로 정확하지 않군요."

"내가? 정확하지 않다고?"

포와로는 모욕을 느낀 것 같았다.

피터 로드는 사정없이 퍼부었다.

"예, 당신은 엘리노어 칼리슬 외에는 아무도 샌드위치에 손을 대지 않았다고 하셨는데, 그건 모르고 하시는 말입니다."

"그 집에는 그들밖에 아무도 없었잖소."

"우리가 아는 한은 그렇다는 거죠. 하지만, 당신은 짧은 순간순간을 완전히 무시하고 있어요. 엘리노어 칼리슬이 별채에 가느라고 그 집을 비워 둔 시간이 있었습니다. 그 시간에 샌드위치는 식기실 접시 위에 놓여 있었으니까, 누군가가 그것을 건드렸을 수도 있죠."

포와로는 심호흡을 하며 말했다.

"당신 말이 맞소, 젊은이. 내 인정합니다. 그동안 누군가가 샌드위치 접시에 손을 댈 수도 있었지. 그럼, 우리는 그 누군가가 어떤 사람인지를 좀 생각해 봐야겠군. 다시 말해서, 누가……"

그가 말을 멈췄다.

"이 메리 제러드를 생각해 봅시다. 엘리노어 칼리슬이 아닌 누군가가 그녀가 죽기를 바라고 있다―왜? 누군가 그녀의 죽음으로 이익을 볼 사람이 있소? 그녀는 물려줄 재산이라도 가지고 있었소?"

피터 로드가 고개를 저었다.

"지금은 없습니다. 한 달 뒤에 그녀는 2천 파운드를 받게 되어 있죠. 엘리노어 칼리슬이 자기 고모가 그렇게 해주길 원했으리라고 생각해서 그녀에게 그만한 액수를 양도한 겁니다. 하지만, 노부인의 재산권이 아직 다 해결되지는 않았죠."

포와로가 말했다.

"그럼, 그 돈에 대해서는 일단락 지어야겠군. 메리 제러드가 아름다웠다고 했소? 그런 것엔 항상 말썽거리가 생기게 마련이지. 그녀에게 구혼자들이 있었소?"

"아마 그랬겠죠. 저는 잘 모릅니다."

"누가 알 것 같소?"

피터 로드가 싱긋 웃었다.

"당신에게 홉킨스 간호사를 알려 주는 것이 좋겠군요. 그녀는 동네방네 떠들고 다니는 사람이죠. 메이든스퍼드에서 일어나는 일이라면 죄다 알고 있거든요."

"나는 그 두 간호사를 당신이 어떻게 보는지 말해 달라고 할 참이었소"

"글쎄요, 오브라이언은 아일랜드인으로 훌륭하고 유능한 간호사이지만, 좀 어리석고 짓궂은 편이며 약간 거짓말쟁이죠. 그다지 교묘하다고는 할 수 없지만, 헛된 상상을 많이 하지요. 하찮고 사소한 일을 가지고도 그럴듯한 것으로 꾸며대곤 한답니다."

포와로는 고개를 끄덕거렸다.

"홉킨스 간호사는 분별 있고 빈틈없는 중년 여성으로, 아주 친절하고 유능하지만 다른 사람의 일에 너무 관심이 많아요!"

"마을에 있는 어떤 젊은이에게 무슨 일이 발생하면, 홉킨스 간호사가 모두 다 알고 있겠군?"

"그럼요! 하지만, 저는 그쪽에서는 유리한 것이 별로 없을 것 같습니다. 메리는 오랫동안 집에 없었거든요. 그녀는 2년 동안 독일에 나가 있었죠."

그는 천천히 덧붙였다.

"그녀가 스물한 살이라고 했소?"

"예."

"그럼, 독일에서 어떤 문제가 있었을지도 모르겠군."

피터 로드의 얼굴이 환해졌다.

그는 진지하게 말했다.

"그럼, 어떤 독일 녀석이 그녀에게 앙심을 품었을지도 모른다는 겁니까? 그녀를 따라 이리로 건너와 때가 오기를 기다렸다가 마침내 목적을 달성했을 수도 있겠죠?"

"그건 좀 감상적인 얘기 같은데." 에르퀼 포와로가 미심쩍은 듯 말했다.

"하지만, 있을 수 있는 일이잖아요?"

"물론이오. 하지만, 별로 그럴듯하지는 않구먼."

피터 로드가 말했다.

"저는 그렇게 보지 않습니다. 누군가가 그 처녀에 대해 잔뜩 열이 나 있는데, 그녀가 그를 거절하자 살의를 느꼈는지도 모르죠. 그는 그녀가 자기를 업신여겼다고 생각했는지도 모릅니다. 그럴 수 있는 일이죠."

"물론, 그럴 수도 있지."

에르퀼 포와로의 어조에는 자신이 없었다.

피터 로드는 애원하듯이 말했다.

"계속하세요, 포와로 씨."

"나에게 마술사가 되라는 얘기요? 텅 빈 모자에서 토끼를 자꾸만 더 꺼내라고 하니."

"가능하다면 그렇게라도 하십시오."

"또 다른 가능성이야 있지." 에르퀼 포와로가 말했다.

"말씀해 보세요."

"누군가가 6월의 그날 밤 홉킨스 간호사의 가방에서 모르핀 한 통을 빼냈는데, 예를 들어 메리 제러드가 그렇게 한 사람을 보았다면?"

"그녀는 그것을 말했을 겁니다."

"아니, 아니지. 이보시오, 잘 생각해 봐요. 만일 엘리노어 칼리슬이나 로더릭 웰먼이나 오브라이언 간호사, 또는 하인 중에서 누가 그 가방을 열고 작은 유리병을 꺼냈다면, 어느 누가 의심했겠소? 간호사가 거기서 뭔가를 꺼내 오라고 보낸 줄 알겠지. 그 문제는 메리 제러드의 마음을 스쳐 지나갔겠지만, 나중에 가서야 그 사실이 생각나서 문제의 그 사람에게 무심코―털끝만큼의 의심도 없이 언급했을지도 모르지. 그러나 웰먼 부인을 살해한 사람에게 그 말은 어떻게 들렸겠소! 메리는 본 겁니다. 그러니까 어떻게 해서라도 메리의 입을 다물게 해야겠지! 분명히 장담하지만, 이보시오, 한 번 살인을 저지른 사람은 아무 거리낌 없이 두 번째 살인을 저질러 버린다오!"

피터 로드는 얼굴을 찌푸리며 말했다.

"저는 줄곧 웰먼 부인이 스스로 그것을 먹었으리라고 믿어 왔는데……."

"하지만, 그 노부인은 온몸이 마비되어 있었잖소―무기력했고 두 번째 발작이 막 일어난 다음이었으니까."

"오, 알고 있습니다. 제 생각은, 어떻게 해서든지 모르핀을 손에 넣은 뒤, 꺼내기 쉬운 가까운 곳에다 그것을 보관했으리라는 겁니다."

"하지만, 그럴 경우 그녀는 그 모르핀을 두 번째 발작을 일으키기 전에 손에 넣었음이 분명한데, 간호사는 그 뒤에 그것을 잃어버렸잖소?"

"홉킨스 간호사는 그날 아침에야 모르핀이 없어졌다는 것을 깨달았는지도 모르죠. 그게 이틀 전쯤에 없어졌는데, 그녀가 알아차리지 못했을 수도 있는 겁니다."

"노부인은 그것을 어떻게 손에 넣었을까?"

"모르겠어요. 어쩌면 하인을 시켰는지도 모르죠. 그럴 경우, 하인은 결코 입 밖에 내지 않을 겁니다."

"간호사 중에 어느 한쪽을 시켰으리라고는 생각지 않소?"

로드는 머리를 흔들었다.

"절대로 그럴 리는 없어요! 우선, 그들은 자기 직업에 대해 매우 엄격한 윤리의식을 가지고 있을 뿐 아니라, 벌을 받을까 봐 그런 일을 하지도 못할 겁니다. 그들은 자신들에 대한 위험을 잘 알고 있으니까요."

포와로는, "그렇겠군." 하고 말했다. 그리고 잠깐 골똘히 생각에 잠긴 채 덧붙였다.

"우리가 드디어 본론으로 들어간 것 같지 않소? 모르핀 병을 훔쳤을 가능성이 가장 큰 사람은 누구인가? 엘리노어 칼리슬이라오. 그녀는 막대한 유산의 상속을 확실하게 해두고 싶었는지도 모르지. 좀더 관대하게 말하면, 동정심 때문에 자기 고모가 자꾸 되풀이하는 요구에 따라 모르핀을 꺼내어 먹였는지도 모르는 겁니다. 그녀가 그것을 꺼냈다—그리고 메리 제러드가 그녀의 행위를 목격했다고 칩시다. 그렇게 해서 샌드위치와 빈집을 생각해 보면, 다시 한 번 더 엘리노어 칼리슬과 만나게 되자—그렇지만 이번에는 동기가 달라. 즉, 그녀의 목숨을 취하자는 것이지."

피터 로드가 격렬하게 소리쳤다.

"그건 너무 터무니없는 말이에요. 분명히 말씀드리지만, 그녀는 그럴 사람이 아닙니다! 돈에 그렇게 집착할 사람이 아니에요—로더릭 웰먼 또한 그렇다는 것을 솔직히 인정합니다. 저는 그들이 그렇게 말하는 것을 들은 적이 있습니다!”

“그래요? 그것참 재미있군. 그 이야기야말로 내가 지난번부터 몹시 알고 싶어 했던 것이라오.”

피터 로드가 말했다.

“이것 보세요, 포와로 씨, 당신은 항상 모든 점을 그녀에게 불리하게 돌아가도록 그렇게 왜곡시켜야만 만족하시겠습니까?”

“내가 왜곡시키는 게 아니라, 일이 저절로 그렇게 되돌아가는 거요. 한 바퀴빙 돌아서 멈추면 항상 똑같은 이름인 엘리노어 칼리슬을 가리키고 있는 거지.”

“그렇지 않습니다!”

피터 로드가 단호하게 말했다.

에르큘 포와로는 애처로운 듯 고개를 저었다. 그리고 재빨리 말했다.

“엘리노어 칼리슬에게는 부모나 친척이 있소? 자매든 사촌이든?”

“아뇨, 그녀는 고아입니다—이 세상에 완전히 혼자뿐이지요.”

“정말 안됐군! 벌머 경은 틀림없이 그걸 이용해 보려고 무척 애를 쓰고 있을 거요! 그럼, 그녀가 죽으면 누가 그녀의 재산을 물려받게 됩니까?”

“모르겠는데요. 생각해 보지 않았어요.”

포와로는 꾸짖듯이 말했다.

“그런 문제들은 항상 염두에 두어야 하오. 예를 들어, 그녀는 유언장을 만들었소?”

피터 로드는 얼굴을 붉히며 우물거렸다.

“모―, 모르겠습니다.”

에르큘 포와로는 갑자기 고개를 들어 천장을 쳐다보며 손가락을 깍지 낀채 말했다.

“나한테 모두 다 털어놓는 게 좋을 거요.”

“뭘 말씀입니까?”

“정확하게 당신 마음속에 있는 것을 말이오—그게 엘리노어 칼리슬에게 아무리 해로운 영향을 끼친다고 하더라도.”

“당신이 어떻게 그것을―?”

“그래요, 나는 알고 있지. 뭔가—당신은 무슨 일인가를 감추고 있어! 나한테 말하는 게 좋아요. 그렇지 않으면 나는 그것보다 더 나쁜 쪽으로 상상하게 될 테니까!”

“실은 아무것도 아닌데……”

“나중엔 그게 아무것도 아니라는 것을 우리는 잘 알게 될 거요. 하지만, 뭔지 한번 들어나 봅시다.”

피터 로드는 천천히, 마지못해 하며 그 이야기를 들려주었다—엘리노어가 홉킨스 간호사네 집 창문에서 안을 들여다보고 있던 장면과 그녀의 웃음에 대해서.

포와로는 생각에 잠긴 듯이 눈을 가늘게 뜨고는 말했다.

“그녀가, ‘그러니까 당신이 유언장을 만들고 있다고요, 메리? 그것참 재미있군요—정말 재미있는 일이에요.’ 하고 말했다는 거로군. 그래서 당신은 그때 그녀가 무슨 생각을 품고 있었는지 분명히 알 수 있었고 그녀는 어쩌면 메리 제러드가 얼마 못 살 거라는 생각을 하고 있었을 거라고……”

“그건 단지 제 상상이었을 뿐입니다. 저는 확실히는 몰라요.”

피터 로드가 약간 겁먹은 듯한 어조로 말했다.

“아니야, 당신은 그것을 단지 상상만 했던 게 아니야.”

제3장

에르큘 포와로는 홉킨스 간호사의 작은 집에 앉아 있었다.

로드 박사는 그를 거기로 데려가서 소개한 뒤 포와로가 눈짓을 하자 그들 둘만 남겨두고는 떠났다.

홉킨스 간호사는 그의 이국적인 풍채를 약간 의심스러운 눈초리로 훑어본 뒤, 부드러운 태도로 약간 우울한 기색을 띠며 말했다.

"예, 정말 끔찍한 일이에요. 제가 지금까지 알고 있던 가장 끔찍스런 일 중 하나죠. 메리는 정말 보기 드문 아름다운 처녀였어요. 영화계로 나갔어도 괜찮았을 거예요! 거기다 훌륭하고 착실했을 뿐 아니라, 겸손하기까지 했죠. 그래서 노부인의 관심을 끈 것 같아요."

포와로는 틈을 주지 않고 얼른 물었다.

"웰먼 부인이 그녀에게 쏟은 관심 말인가요?"

"예, 그래요. 노부인은 그녀를 끔찍이도 좋아하셨어요―정말 끔찍이도."

에르큘 포와로는 중얼거리듯이 말했다.

"그건 의외였던 모양이죠?"

"생각하기 나름이에요. 실제로는 아주 당연한 일이었는지도 모르죠. 제 말은……."

홉킨스 간호사가 입술을 깨무는 것으로 봐서 꽤 당황한 것 같았다.

"제 말은, 메리는 맑고 상냥한 목소리에 아주 명랑한 태도를 지니고 있었거든요. 그리고 이건 제 생각인데, 주위에 젊은 사람이 있으면 나이 많은 사람에게 도움이 되는 것 같아요."

에르큘 포와로가 말했다.

"칼리슬 양도 가끔 고모를 보러 내려왔겠죠?"

홉킨스 간호사가 날카롭게 말했다.

"칼리슬 양은 자기 자신에게 편리할 때만 내려왔죠."

"칼리슬 양을 별로 좋아하지 않는군요." 포와로가 중얼거리듯이 말했다.

홉킨스 간호사가 약간 흥분한 듯이 외쳤다.

"좋아하고 싶지도 않아요! 그녀는 독살자인걸요! 냉혹한 독살자라고요!"

"아, 당신은 이미 마음을 결정하신 것 같군요."

에르퀼 포와로가 말했다.

홉킨스 간호사가 의혹에 찬 시선을 보내며 말했다.

"그게 무슨 말씀이세요? 제 마음을 결정하다니요?"

"당신은 메리 제러드에게 모르핀을 먹인 사람이 그녀였다고 확신하고 있습니까?"

"그녀 말고 누가 그렇게 할 수 있었는지 저도 알고 싶군요? 설마 제가 했다는 말씀은 아니겠죠?"

"그런 뜻이 아닙니다. 하지만, 그녀의 죄가 아직 증명되지 않았다는 사실을 기억하십시오."

홉킨스 간호사가 침착하고도 단호하게 말했다.

"분명히 그녀가 한 짓이에요. 다른 것은 다 그만두고라도, 그녀의 얼굴만 봐도 알 수 있어요. 그녀는 줄곧 이상했거든요. 게다가 저를 2층으로 데리고 가서 거기에 잡아두고—가능한 한 오래 끌려고 했죠. 그리고 메리가 그렇게 된 것을 안 뒤, 제가 그녀에게 다가갔을 때도 얼굴이 그렇게 덤덤할 수가 없었어요. 제가 아는 것을 그녀도 알고 있었던 거예요!"

에르퀼 포와로는 생각에 잠긴 채 말했다.

"그밖의 다른 사람이 그렇게 할 수 있었다는 것을 알아내기란 확실히 어려운 일입니다. 물론 그녀 스스로 그렇게 했다면 모르지만."

"무슨 뜻이죠, 그녀 스스로 그렇게 하다니요? 그럼, 메리가 자살했다는 말인가요? 그렇게 터무니없는 말이 어디 있어요!"

"그건 아무도 모를 일이지요. 젊은 아가씨들의 마음이란 너무 감수성이 예민하고 연약해서요." 그는 말을 멈췄다.

"그럴 가능성도 있지 않을까요? 그러니까 당신 모르게 자기 차에 뭔가를 넣을 수도 있다는 말이죠."

"그럼, 모르핀을 그녀가 자신의 잔에다 넣었다는 거예요?"

"그렇습니다. 당신은 그녀를 계속 지켜보고 있지는 않았으니까."

"저는 그녀를 지켜보지는 않았어요—분명히. 그래요, 그녀는 그렇게 할 수도 있었으리라 생각해요. 하지만, 그건 정말 말도 안 되는 소리예요! 무엇 때문에 그런 짓을 했겠어요?"

에르큘 포와로는 다시 조금 전의 태도를 보이며 고개를 저었다.

"젊은 아가씨의 마음은⋯⋯, 분명히 말하지만, 너무나 감수성이 예민해요. 불행한 연애 사건이 있었다면, 아마도—."

홉킨스 간호사는 콧방귀를 뀌었다.

"처녀들은 연애 사건 때문에 자살하지는 않아요—임신한 경우가 아니라면. 하지만, 메리는 분명히 말씀드리는데, 그렇지 않았어요!"

그녀는 금방이라도 달려들 듯한 태도로 그를 노려보았다.

"그럼, 그녀는 사랑에 빠져 있지 않았습니까?"

"예, 아주 자유로운 상태였죠. 열심히 자기 일을 하며 인생을 즐기고 있었어요."

"하지만, 틀림없이 남자들이 쫓아다녔을 테지요—그렇게 매력적인 아가씨였다면."

홉킨스 간호사가 말했다.

"그녀는 남아메리카나 이탈리아 처녀들하고는 달랐어요. 아주 조용한 처녀였답니다!"

"하지만, 마을에 그녀를 좋아하는 청년 한둘쯤은 분명히 있었을 텐데요."

"테드 빅랜드가 있었죠." 홉킨스 간호사가 말했다.

포와로는 테드 빅랜드에 대한 여러 가지 자세한 사항을 얻어냈다.

"그는 메리한테 푹 빠져 있었죠. 하지만, 제가 그녀에게도 말했다시피 그녀는 그보다 한 수 위였어요."

포와로가 말했다.

"그는 그녀가 자기를 전혀 상대해 주지 않자 무척 화가 났겠군요?"

"그는 괴로워했죠, 물론." 홉킨스는 시인했다.

"그 때문에 저한테까지도 책임을 뒤집어씌웠죠."

"그게 당신 탓이라고 생각했나 보죠?"

"그가 그렇게 말하더군요. 저는 그녀에게 충고해줄 의무가 엄연히 있다고요. 저는 그녀보다 세상을 좀더 많이 아니까. 저는 그녀가 자신을 내팽개치게 하고 싶진 않았어요."

포와로는 상냥하게 말했다.

"무엇이 당신으로 하여금 그 처녀에게 그렇게 관심을 두게끔 했죠?"

"글쎄요, 모르겠어요……." 홉킨스 간호사는 멈칫했다.

그녀는 얼굴에 홍조를 띠며 약간 창피해 하는 것 같았다.

"메리에게는……, 글쎄요—뭔가 로맨틱한 데가 있었어요."

포와로는 나지막한 목소리로 말했다.

"그녀에게는 그런 점이 있었겠지만, 아마 그녀의 환경에는 없었겠죠. 그녀는 문지기의 딸이었잖습니까?"

홉킨스 간호사가 말했다.

"예—그래요, 적어도……."

그녀는 망설이며 포와로를 쳐다보았다. 그는 가장 호의적인 태도로 그녀를 바라보고 있었다.

갑자기 자신감을 얻은 홉킨스 간호사가 입을 열었다.

"사실은 그녀는 죽은 제러드의 딸이 아니었어요. 그가 저한테 그렇게 말했죠. 그녀의 아버지는 신분이 높은 사람이었대요."

포와로는 의아해하며 물었다.

"그랬군요. 그럼, 그녀의 어머니는?"

홉킨스 간호사는 주저하며 입술을 지그시 깨물더니 계속했다.

"그녀의 어머니는 웰먼 부인의 몸종이었죠. 그녀는 메리를 낳은 뒤에 제러드와 결혼했어요."

"당신 말대로 정말 로맨틱한 얘기로군요—신비에 싸인 로맨스 말입니다."

홉킨스 간호사의 얼굴이 밝아졌다.

"그렇죠? 사람은 아무에게도 잘 알려지지 않은 사람들에 대한 비밀을 알고 있으면, 그들에게 관심을 두지 않을 수가 없죠. 정말 우연하게 저는 많은 것을 알게 되었답니다. 사실은 저에게 귀띔해준 사람은 오브라이언 간호사였죠. 하지만, 그건 다른 얘기였어요. 어쨌든 당신이 말한 대로 지난 일을 아는 것은 흥미로워요. 상상도 못할 비극이 많이 있죠. 정말 슬픈 세상이에요."

포와로는 한숨을 쉬며 고개를 저었다.

홉킨스 간호사는 갑자기 놀란 모습을 하고는 말했다.

"하지만, 이런 말을 계속 늘어놓으면 안 되는데. 어떤 일이 있어도 이 얘기는 하지 말았어야 하는 건데! 이 사건과는 아무런 상관도 없어요. 알려진 사실 그대로 메리는 제러드의 딸이었고, 그밖의 다른 소문 같은 것도 떠돌아서는 안 돼요. 그녀가 죽은 지금에 와서 그녀에 대한 세상의 이목을 손상시키게 될 테니까요! 그는 그녀의 어머니와 결혼했으니까, 그럼 된 거죠."

포와로는 나지막한 목소리로 중얼거리듯 말했다.

"하지만, 당신은 그녀의 친아버지가 누군지 알고 있지요?"

홉킨스 간호사는 내키지 않는 듯한 투로 말했다.

"글쎄, 어쩌면 알 것도 같아요. 하지만, 역시 모른다고 말하는 것이 옳겠군요. 즉, 저는 아무것도 아는 바가 없어요. 그냥 추측해 봤을 뿐이죠. 오래된 죄는 그림자가 길다고 하잖아요! 하지만, 저는 수다쟁이가 아니니까 더 이상 말하지 않겠어요."

포와로는 요령 있게 그 얘기에서 한발 물러나 다른 문제를 끄집어냈다.

"또 한 가지—미묘한 문제가 있습니다. 하지만, 나는 당신의 판단을 신뢰할 수 있으리라 확신합니다."

홉킨스 간호사가 걸려들었다. 그녀의 평범한 얼굴에 환한 미소가 떠올랐다.

포와로가 계속했다.

"로더릭 웰먼 씨에 대한 얘기입니다. 그는, 내가 듣기로는 메리 제러드에게 반했다고 하던데요."

홉킨스 간호사가 말했다.

"그녀한테 완전히 빠졌었죠!"

"그 당시 그는 칼리슬 양과 약혼한 사이였는데 말이죠?"

홉킨스 간호사가 말했다.

"제가 보기에는, 그는 칼리슬 양에게 그렇게 깊게 빠져 있지는 않았던 것 같았어요."

포와로는 구식 용어를 사용하여 말했다.

"메리 제러드는, 어―, 그의 구애를 받아들였나요?"

홉킨스 간호사가 날카롭게 말했다.

"그녀는 처신을 아주 잘했어요. 아무도 그녀가 그를 꾀었다고 말할 수는 없을 거예요."

포와로가 말했다.

"그럼, 그녀는 그를 사랑하지 않았다는 말입니까?"

"예, 그래요."

"그럼, 칼리슬 양은 그를 좋아했겠군요."

"오, 예. 그녀는 그를 퍽 좋아했어요."

"그렇다면 시간이 지남에 따라 거기에서 무슨 일인가가 발생할 수도 있었겠군요."

홉킨스 간호사는 그것을 시인했다.

"그럴지도 모르죠. 하지만, 메리는 무엇이든 서두르지는 않았어요. 그녀는 여기서 그에게, 엘리노어 양과 약혼한 신분으로 그런 말을 할 자격이 없다고 대답했죠. 그가 런던으로 그녀를 만나러 갔을 때에도 똑같이 말했고요."

포와로는 진지한 태도로 물었다.

"당신은 로더릭 웰먼 씨를 어떻게 생각하십니까?"

홉킨스 간호사가 말했다.

"그는 꽤 훌륭한 젊은이예요. 하지만, 신경이 좀 과민해요. 꼭 소화불량에라도 걸린 것처럼 생겼죠. 그렇게 신경질적인 사람도 가끔 있어요."

"평상시 그는 자기 아주머니를 좋아했습니까?"

"예, 전 그렇게 알고 있어요."

"그녀가 발작을 일으키며 병석에 누워 있었을 때, 그는 노부인과 얘기를 많이 나눴나요?"

"노부인이 두 번째 발작을 일으켰을 때 말씀인가요? 노부인이 돌아가시기 전에 그들이 내려왔던 날 밤에요? 제가 알기로는 그는 노부인의 방에 들어가 보지도 않았어요!"

"저런."

홉킨스 간호사가 재빨리 말했다.

"노부인은 그를 찾지도 않았어요. 물론 우리는 그렇게 빨리 돌아가시리라는 것도 몰랐고요. 그런 남자들이 많이 있죠. 병실을 피하는 사람들 말이에요. 그들은 그렇게밖에 할 수가 없는 거예요. 그건 무정한 것이 아니라, 다만 감정의 폭발을 원치 않는 것뿐이죠."

포와로는 이해한다는 듯 고개를 끄덕이며 말했다.

"당신은 웰먼 씨가 노부인이 돌아가시기 전에 그녀 방에 들어가지 않았다고 확신합니까?"

"글쎄요, 제가 일하는 동안에는 안 들어왔죠! 제가 오브라이언 간호사와 새벽 3시에 교대했으니까, 임종하기 전에 노부인이 그를 불렀는지도 모르죠. 하지만, 그녀는 저한테 그런 말은 하지 않았어요."

포와로가 말했다.

"당신이 자리를 비웠을 때 그가 방에 들어갔을 수도 있잖습니까?"

홉킨스 간호사가 딱딱거렸다.

"저는 제 환자들을 돌보지 않은 채 내버려두지는 않아요, 포와로 씨."

"대단히 죄송합니다. 그런 뜻으로 한 말이 아닙니다. 나는 혹시 당신이 물을 끓여야 했다거나 신경안정제가 좀 필요해서 아래층으로 내려갔을지도 모른다고 생각했던 거죠."

홉킨스 간호사는 경직된 태도를 누그러뜨리며 말했다.

"저는 병을 바꾸어 거기에 다시 물을 채워 넣기 위해 내려갔었죠. 부엌에 끓는 주전자가 있다는 것을 알고 있었거든요."

"오래 걸렸습니까?"

“5분 정도였어요.”

“아, 예. 그럼 웰먼 씨가 그때 노부인한테 잠깐 들렀는지도 모르겠군요?”

“만일 그랬다면, 그는 굉장히 민첩했음이 틀림없어요.”

포와로는 한숨을 내쉬며 말했다.

“당신이 말했다시피, 남자들은 병을 피하죠. 구원의 천사는 여자들입니다. 여자들이 없다면 우리가 무엇을 할 수 있겠습니까? 특히 당신과 같은 직업을 가진 여성들이 없다면 말입니다―진실로 고귀한 천직이죠.”

홉킨스 간호사는 얼굴을 약간 붉히며 말했다.

“그렇게 말씀해 주시니 대단히 친절하시군요. 저는 한 번도 그렇게 생각해 본 적이 없었어요. 간호하기란 너무 힘이 들어서 그것의 고귀한 면을 생각해 볼 겨를이 없었어요.”

포와로가 말했다.

“그런데 메리 제러드에 대해서 말해 줄 수 있는 또 다른 것은 없습니까?”

홉킨스 간호사는 약간 주저하는 듯하며 말했다.

“더 이상 아무것도 없는 것 같아요.”

“정말입니까?”

홉킨스 간호사는 앞뒤가 맞지 않는 말을 했다.

“당신은 이해하지 못하실 거예요. 저는 메리를 좋아했답니다.”

“그런데 더 이상 해줄 말이 없습니까?”

“예, 없어요! 사실이에요.”

　검은색 옷으로 차려입은 비숍 부인의 두려우리만큼 당당한 태도에 눌려, 에르큘 포와로는 초라하고 겸손하게 앉아 있었다.

　비숍 부인을 누그러뜨리는 일은 쉽지 않았다. 보수적인 성격과 사고방식을 가진 비숍 부인과 같은 사람에게는 외국인이란 상당히 부정적으로 비쳤음이 틀림없으리라. 게다가 에르큘 포와로는 의심할 여지없는 외국인이었던 것이다.

　그녀는 냉담한 태도를 보이며 의심스러운 눈초리로 못마땅하다는 듯이 그를 쏘아보았다.

　그에 대한 로드 박사의 소개도 그 상황을 부드럽게 하는 데 거의 도움이 되지 못했다.

　로드 박사가 간 뒤 비숍 부인이 말했다.

　"저는 로드 박사가 아주 훌륭한 의사이며 착하다는 것은 확신해요. 그의 전임자인 랜섬 박사는 여기에 여러 해 동안 있었답니다!"

　랜섬 박사는, 말하자면 그 지방 사람들에게 어울리는 태도로 행동했다고 볼 수 있었다. 그에 비해 무책임한 젊은이에 지나지 않는 로드 박사는 랜섬 박사의 자리를 물려받은 건방진 녀석으로서 오직 한 가지, 자기 직업을 수행함에 '유능하다'라는 장점만 가졌을 뿐이었다.

　비숍 부인의 태도를 봐서는 그 유능함만 가지고는 충분하지 않다는 투였다!

　에르큘 포와로는 설득력이 있고 기민했지만 분위기를 그다지 슬기롭게 이끌지 못했으므로, 비숍 부인은 여전히 냉담한 태도를 보이고 있었다.

　웰먼 부인의 죽음은 너무나 슬픈 일이었다. 그녀는 그 일대에서는 무척 존경받고 있었다. 칼리슬 양이 구속된 것은 '불명예스러운 일!'이었고, '경찰의 신기한 수법'이 가져온 결과라고 믿어졌다. 메리 제러드에 대한 비숍 부인의 생각은 극히 모호했다. 그녀는 기껏해야, "저는 뭐라고 말할 수가 없군요, 정말이에요."라는 말밖에 하지 않았다.

에르큘 포와로는 마지막 수단을 썼다. 그는 약간의 긍지를 가지고 최근에 샌드링햄을 방문한 이야기를 자세히 해주었다. 그는 왕실의 우아함과 고귀함, 그리고 친절함에 대해서 감탄하며 이야기했다.

왕실 안내장으로 매일 왕실의 동정을 자세히 살피던 비숍 부인은 그만 넘어가고 말았다. 그런 사람들이 포와로 씨를 부르러 보냈다면……. 글쎄, 당연히 문제는 완전히 달라져 버린다. 외국인이건 외국인이 아니건, 왕족이 지나간 곳을 에마 비숍이 누구라고 망설이겠는가?

이윽고 그녀와 포와로는 엘리자베스 공주에게 어울리는 미래의 남편감을 꼽아 보며, 정말 직접 뽑기라도 하는 듯이 신이 나서 유쾌하게 대화를 나누었다.

마침내 가능성 있는 모든 후보자들을 거론하여 자격이 충분치 않다는 결론을 내린 뒤, 대화는 좀 덜 고상한 궤도로 되돌아갔다.

포와로는 격언을 얘기하듯이 말했다.

"결혼에는 슬프게도 위험과 함정이 많이 도사리고 있답니다!"

비숍 부인은 마치 수두와 같은 전염병에 대해서 말하는 것처럼, "예, 정말이에요—불쾌한 이혼이 따르기도 하고요." 하고 말했다.

포와로가 말했다.

"웰먼 부인은 돌아가시기 전에 자기 조카딸이 결혼하는 것을 무척 보고 싶어 하셨겠죠?"

비숍 부인은 고개를 숙였다.

"정말 그러셨어요. 엘리노어 양과 로더릭 씨의 약혼은 마님에게 굉장한 위안이 되었죠. 그건 마님이 항상 바라시던 일이었거든요."

포와로는 과감하게 말했다.

"그 약혼은 어느 정도 노부인을 기쁘게 해주려는 바람에서 맺어졌겠군요?"

"오, 아니에요, 저는 그렇게 생각지 않아요, 포와로 씨. 엘리노어 양은 로디 씨를 늘 정열적으로 사랑했어요—작은 꼬마처럼 말이에요. 보기에도 아주 아름다웠죠. 엘리노어 양은 천성적으로 충실하고 헌신적인 성격으로 타고났답니다!"

포와로는 중얼거리듯이 말했다.

"그럼, 그는?"

비숍 부인은 진지하게 말했다.

"로더릭 씨도 엘리노어 양은 무척 사랑했죠."

포와로가 말했다.

"하지만, 그 약혼은 깨진 걸로 알고 있는데요."

비숍 부인은 얼굴을 붉히며 말했다.

"그건, 포와로 씨, 풀밭에 숨은 꽃뱀 한 마리의 계략 때문이에요."

포와로는 놀란 기색을 감추지 못한 채, "그게 사실입니까?" 하고 말했다.

"이 지방에서는, 포와로 씨, 죽은 사람에 대해서 언급할 때 지켜야 할 예의가 있죠. 하지만 그 젊은 여자는, 포와로 씨, 태도가 비열했어요."

포와로는 잠시 생각에 잠긴 채 멍하니 그녀를 바라보았다. 잠시 뒤, 그는 아주 솔직한 태도로 입을 열었다.

"놀라운 얘기로군요. 나는 여태껏 그녀가 아주 솔직하고 겸손한 처녀였다는 인상을 받았는데."

비숍 부인의 턱이 약간 떨렸다.

"그녀는 교활했어요, 포와로 씨. 사람들이 그녀에게 속은 거예요. 가령 홉킨스 간호사 같은 사람 말이에요! 그리고 가엾은 우리 마님도요!"

포와로는 동정하는 듯이 머리를 흔들며 떠들썩하게 혀를 놀렸다. 다소 격려가 되는 이 소음에 자극을 받은 비숍 부인이 말했다.

"예, 정말이에요. 마님은 쇠약해져 있었고, 그래서 가엾게도 그 젊은 여자는 우리 마님이 점점 자기를 신뢰하도록 유도한 것이죠. 그녀는 어느 쪽이 더 유리한가를 알고 있었어요. 항상 마님 곁에 붙어 앉아 책을 읽어 주고 조그만 꽃다발을 갖다 주곤 했던 겁니다. 이것도 메리, 저것도 메리, 언제든지, '메리, 어디 있지?'였다니까요! 비싼 학비를 대주시고 외국 여행의 경비를 다 대주셨죠—하찮은 제러드 경감의 딸밖에 안 되는 그 처녀한테 말이에요! 그는 그런 것을 탐탁하게 여기지 않았어요! 그녀가 고상한 숙녀인 체하는 태도를 불쾌하게 생각하곤 했죠. 그녀한테는 과분하다는 거였어요. 그녀는 그 정도밖에 안 되었으니까요.”

이때 포와로는 머리를 흔들며 동정하듯이, “저런, 저런” 하고 말했다.

“그러더니 그런 방법으로 또 로디 씨에게도 접근한 거예요! 그분은 너무 단순해서 그녀를 꿰뚫어볼 수가 없었죠. 그리고 엘리노어 양은 워낙 마음씨가 착해서, 뭐가 어떻게 되어가고 있는 건지 전혀 깨닫지 못했어요. 게다가 남자들은 하나같이 예쁜 여자가 아첨하는 데는 꼼짝을 못하잖아요!”

포와로는 한숨을 쉬었다.

“그녀에게는 그녀와 같은 계층의 구혼자들이 있었겠죠?” 그가 물었다.

“물론 있었죠. 루퍼스 빅랜드의 아들인, 테드라는 아주 괜찮은 청년이죠. 하지만, 오, 안 되죠—고상한 우리 아가씨께서는 그에 비해 너무 훌륭했답니다! 그렇게 고상한 척 빼기는 태도는 눈 뜨고 볼 수가 없었어요!”

포와로가 말했다.

“그는 그러한 그녀의 태도에 화를 내지 않았습니까?”

“화를 내다마다요. 그는 그녀가 로디 씨와 시시덕거린다고 화를 냈지요. 저는 그 사실을 잘 알고 있죠. 그 청년이 화내는 것도 당연해요.”

“나도 동감입니다.” 포와로가 말했다.

“당신은 굉장히 흥미있는 분이군요, 비숍 부인. 몇 마디 말만 가지고도 어떤 인물에 대해 명확하고도 그럴듯하게 묘사하는 솜씨를 가진 사람들이 있죠. 그것은 굉장한 재능입니다. 나는 마침내 메리 제러드에 대해 뚜렷한 윤곽을 잡게 되었어요.”

비숍 부인이 말했다.

“분명히 저는 그 처녀를 비방하는 말은 한마디도 하지 않았어요! 저는 그런 짓은 하지 않아요—더구나 무덤 속에 있는 사람한테는. 하지만, 그녀가 많은 말썽거리를 일으켰다는 것은 의심할 여지가 없다고요!”

포와로는 중얼거리듯이 말했다.

“그것이 어디에서 끝이 났을까요?”

비숍 부인이 말했다.

"제 말도 바로 그거예요! 그건 제가 말씀드릴 수 있어요, 포와로 씨. 만일 우리 마님이 그때 돌아가시지 않았다면—그 당시에는 끔찍한 충격이었지만, 이제는 그것이 차라리 다행한 일이었다는 것을 알겠어요. 정말 이렇게 끝났을지 모르는 일이라고요!"

포와로는 상당한 호의를 보이며 말했다.

"당신 말은?"

비숍 부인은 엄숙하게 말했다.

"저는 그런 경우를 몇 번이고 봐왔죠. 제 언니가 그런 일이 있었던 곳에서 일하기도 했었어요. 랜돌프 대령이 죽었을 때, 자기 아내에게는 단 한 푼도 남기지 않고 이스트번에 사는 한 바람둥이 처녀한테 전 재산을 물려준 일, 그리고 또 데스크리스 부인은 교회의 오르간 연주자에게 물려주었죠—그는 머리를 길게 기르고 다니는 젊은이였어요. 그녀에게는 결혼한 아들과 딸이 여럿 있는데도 말이에요."

포와로가 말했다.

"당신 말은, 그럼 웰먼 부인이 메리 제러드에게 전 재산을 물려주었을지도 모른다는 겁니까?"

"그렇게 된다고 하더라도 저는 놀라지 않았을 거예요!" 비숍 부인이 말했다.

"그게 바로 그 젊은 여자가 바랐던 것임을 저는 의심치 않아요. 그리고 감히 말하건대, 웰먼 부인은 금방이라도 저를 내쫓을 기세였답니다. 제가 마님과 함께 있은 지 거의 20년이 다되었는데도 말이에요. 감사할 줄 모르는 세상이에요, 포와로 씨. 당신이 그렇게 애써 일을 해봤자 알아주는 사람이라고는 아무도 없어요."

포와로는 한숨을 푹 쉬었다.

"슬프게도 그건 맞는 말입니다."

"하지만, 악이 항상 활개치는 것은 아니지요." 비숍 부인이 말했다.

"그렇습니다. 메리 제러드는 죽었으니까……."

비숍 부인은 위로하듯이 말했다.

"그녀는 그 보답으로 갔으니까, 우리는 그녀를 비난해서는 안 돼요."

포와로는 주의 깊게 말했다.

"그녀의 죽음이 일어난 상황을 비추어 보면 정말 이해가 안 가는 것 같습니다."

"경찰과 그들의 비상한 아이디어가 만들어 낸 거예요." 비숍 부인이 말했다.

"엘리노어 양 같은 행실이 바르고 훌륭한 젊은 숙녀가 사람을 독살했을 것 같으세요? 제가 그녀의 태도가 이상했다는 말을 했다고 하면서, 저를 끌어들이려는 거예요!"

"아니, 조금도 이상하지 않았다는 말입니까?"

"그러면 안 되나요?"

비숍 부인이 숨을 들이켜는 순간 그 우람한 상체가 부풀어 올랐다.

"엘리노어 양은 감수성이 예민한 젊은 숙녀예요. 그녀는 고모가 쓰던 물건들을 처분하려는 중이었답니다—그건 정말 고통스러운 일이죠."

포와로는 동정하는 듯한 표정을 지으며 말했다.

"만일 당신이 그녀와 함께 갔더라면 훨씬 수월했을 텐데요."

"저는 그러고 싶었지만, 포와로 씨, 그녀가 단호하게 거절했어요. 오, 엘리노어 양은 아주 자존심이 강하고 내성적인 숙녀이지요. 하지만, 저는 그녀와 함께 갔으면 했어요."

포와로는 중얼거리듯이 말했다.

"당신은 그녀를 뒤쫓아 그 집에 가볼 생각은 해보지 않았습니까?"

비숍 부인이 머리를 꼿꼿하게 쳐들었다.

"저는 저를 필요로 하지 않는 곳이면 어느 곳에도 가지 않아요, 포와로 씨."

포와로는 겸연쩍어하며 말했다.

"게다가 당신은 분명히 그날 아침에 해야 할 중요한 일들이 있었겠죠?"

"그날은 무척 더운 날이었어요. 찌는 듯이 더웠죠."

그녀는 한숨을 내쉬었다.

"전 웰먼 부인의 묘소에 꽃을 갖다 두려고 묘지로 걸어갔죠. 저는 거기서 꽤 오랫동안 쉬어야 했어요. 더위를 먹었거든요. 점심시간이 다 되어서야 집에 돌아왔는데, 언니가 내 몸에 열이 있는 것을 보고 무척 놀랐어요! 그리고 그런 날씨에는 절대로 그런 일을 하지 말라고 했답니다.”

포와로는 찬탄의 눈길로 그녀를 바라보며 말했다.

“당신이 부럽군요, 비숍 부인. 죽은 뒤에 아무것도 비난받을 것이 없다는 건 정말 즐거운 일입니다. 로더릭 웰먼 씨는 그날 밤 자기 아주머니를 뵈러 들어가지 않은 것을 후회할 겁니다. 비록 노부인이 그렇게 빨리 돌아가실 줄 몰랐었다고 하지만.”

“오, 그건 당신이 잘못 알고 있는 거예요, 포와로 씨. 그 문제는 사실대로 말씀드릴 수가 있어요. 로디 씨는 아주머니의 방에 들어갔었어요. 저는 그때 마침 층계참에 나가 있었거든요. 저는 간호사가 아래층으로 내려가는 소리를 듣고, 마님께 뭔가 필요하신 게 없나 확인해 봐야겠다고 생각했어요. 간호사들이 어떻다는 건 잘 아실 거예요. 항상 아래층에 머무르며, 하녀들과 잡담하지 않으면 그들에게 이것저것 물어보고는 사람을 걱정하게 하지요. 홉킨스 간호사는 그 빨간 머리의 아일랜드인 간호사만큼 나쁘지는 않았어요. 그녀는 항상 재잘거리며 말썽을 일으키곤 했답니다! 그래서 저는 모든 것이 괜찮은가 한번 살펴봐야겠다고 생각했는데, 그때 막 로디 씨가 마님 방으로 살짝 들어가는 것이 보였어요. 저는 마님이 그분을 알아보았는지는 모르겠지만, 어쨌든 그는 자신을 나무랄 이유는 없는 거죠!”

포와로가 말했다.

“다행이군요. 그는 소심한 성격인 것 같아서.”

“정말 성미가 까다로워요. 늘 그렇답니다.”

포와로가 말했다.

“비숍 부인, 당신은 확실히 상당한 이해력을 가진 여성입니다. 당신의 판단력에 존경심을 표해야겠습니다. 당신은 메리 제러드의 죽음에 대해 어떻게 된 거라고 생각하십니까?”

비숍 부인은 콧방귀를 뀌었다.

“아주 명백하다고 생각해요! 에버트 상점의 그 페이스트 병들이 문제예요. 그런 것들을 몇 달씩이나 선반에 얹어 둔다니까요! 한번은 제 둘째 사촌도 게

통조림을 먹고 병이 나서 거의 죽을 뻔했었죠!"

포와로가 날카롭게 재빨리 말했다.

"하지만, 시체에서 발견된 모르핀은 어떻게 된 거죠?"

비숍 부인이 거만하게 말했다.

"모르핀에 대해서는 아는 바가 없어요! 저는 의사들이 어떤 사람들인지 알고 있어요. 그들에게 뭔가 찾아내라고 하면, 그들은 관련이 있든 없든 찾아내고야 말죠! 생선 페이스트가 상한 것만으로는 그들에게 충분치 않았던 모양이에요!"

포와로가 말했다.

"그녀가 자살했을 가능성은 없다고 보십니까?"

"그녀가요?"

비숍 부인은 콧방귀를 뀌었다.

"아니에요, 그럴 리가 없어요. 그녀는 로디 씨와 결혼하기로 마음먹지도 않았는데 왜 자살을 했겠어요!"

　일요일이었기 때문에 에르큘 포와로는 테드 빅랜드를 그의 아버지 농장에서 발견했다.

　테드 빅랜드에게 말을 시키는 데는 아무런 어려움이 없었다. 그는 그런 기회를 환영하는 것 같았다—마치 그것이 위안이 되는 것처럼.

　그는 생각에 잠긴 채 말했다.

　"그러니까 당신은 메리를 죽인 범인을 찾아내시려는 거죠? 그건 정말 암흑에 가려진 불가사의한 사건입니다."

　"그럼, 당신은 칼리슬 양이 그녀를 죽였다는 것을 믿지 않소?"

　테드 빅랜드는 얼굴을 찡그렸다—거의 어린애 같은 몹시 당황한 표정이었다. 그는 천천히 말했다.

　"엘리노어 양은 숙녀입니다. 그녀는 그런 사람이에요. 글쎄요, 당신은 그녀가 그와 같은 극단적인 짓을 했으리라고 상상하시는 것 같은데, 그렇다면 정말 유감입니다. 그렇게 훌륭한 숙녀가 어떻게 그런 일을 저지를 수가 있겠습니까?"

　에르큘 포와로는 명상에 잠긴 듯한 태도로 머리를 끄덕이며 말했다.

　"아니, 그럴 것 같지는 않소. 하지만, 혹시 질투심 때문이라면—."

　그는 말을 멈추고 자기 앞에 잘생긴 금발의 젊은이를 지켜보았다.

　테드 빅랜드가 말했다.

　"질투심이오? 그런 일도 있다는 것은 압니다. 그러나 사람을 격노시켜 미친 듯이 행패 부리게 만드는 것은 보통 술이죠. 그리고 그것은 서서히 그렇게 되죠. 하지만, 엘리노어 양은, 그와 같은 훌륭하고 조용한 숙녀라면—."

　"그러나 메리 제러드가 죽었소. 그리고 그녀는 자연사로 죽은 건 아니지. 당신, 혹시 메리 제러드를 살해한 사람이 누구인지 알아내는 데 도움이 될 만한 것을 내게 말해 줄 수 있겠소?"

테드는 천천히 고개를 흔들며 말했다.

"그건 정당한 일 같지가 않아요. 가능한 일 같지도 않고요. 어느 누군가가 메리를 죽일 수 있다는 사실은 말이죠. 그녀는……, 그녀는 한 송이 꽃과 같았어요."

그때 갑자기 그 죽은 처녀에 대한 새로운 생각들이 포와로의 뇌리를 스쳐 지나갔다. 그 주저하는 듯한 소박한 목소리에서 메리라는 처녀는 다시 살아나 꽃처럼 피어났던 것이다. "그녀는 한 송이 꽃과 같았어요."

갑자기 섬세한 어떤 것이 하나씩 파괴되는 듯한 통렬한 상실감이 느껴졌다…….

그의 머릿속에는 여러 사람과 나누었던 대화가 한 구절 한 구절 이어졌다. 피터 로드의, "그녀는 착했습니다." 홉킨스 간호사의, "그녀는 언제든 영화계에 진출할 수도 있었을 거예요." 비숍 부인의 악의에 찬, "그렇게 고상한 체 빼기는 태도는 눈 뜨고 볼 수가 없었어요." 그리고 지금 마지막으로, 다른 말들을 무색하게 하는 아주 이상한 말, "그녀는 한 송이 꽃과 같았어요."

에르큘 포와로가 말했다.

"하지만, 그렇다면……?"

그는 손을 넓게 벌려, 이국적인 느낌의 호소하는 듯한 태도를 보였다.

테드 빅랜드는 머리를 끄덕였지만, 그의 눈은 여전히 말 못하는 동물의 괴로워하는 듯한 표정을 띤 채 번들거리고 있었다.

"알고 있습니다, 선생님. 당신 말씀이 사실이라는 것을 알고 있어요. 그녀의 죽음은 자연사가 아니에요. 하지만, 저는 어쩌면……."

그가 말을 멈췄다.

포와로는, "어쩌면?" 하고 말했다.

테드 빅랜드는 천천히 입을 열었다.

"저는 어쩌면 그건 어떤 식이었든지 간에 사고였을 수도 있지 않을까 하는 의심이 드는데요."

"사고? 대체 어떤 종류의 사고란 말이오?"

"압니다, 선생님. 알고 있어요. 제 말이 앞뒤가 영 맞지 않는 것처럼 보인다는 걸요. 하지만, 저는 아무리 생각해 봐도 일이 그런 식으로 된 것이 틀림없는 것 같습니다. 그렇게 하려고 하지 않았던 어떤 일이었거나, 아니면 완전히 실수로 벌어진 일 말입니다. 꼭—글쎄요, 꼭 사고 같아요!"

그는 부족한 설득력에 쩔쩔매며 애원하듯이 포와로를 쳐다보았다.

포와로는 생각에 잠긴 듯 잠깐 침묵한 뒤, 마침내 입을 열었다.

"그렇게 느낀다니 흥미롭군."

테드 빅랜드는 애원조로 말했다.

"선생님께서 조금도 이해하시지 못한다는 것을 잘 압니다. 저는 그것이 왜 그렇게 되었는지 설명할 수가 없군요. 다만 그런 느낌이 들 뿐입니다."

포와로가 말했다.

"느낌이란 때때로 아주 중요한 안내자가 되기도 하지……. 혹시 내가 당신의 고통스러운 마음을 건드리더라도 용서해 주길 바라오. 당신은 메리 제러드를 굉장히 좋아했다고 하던데?"

햇볕에 그을린 약간 거무스름한 얼굴에 우울한 기색이 감돌았다.

테드는 아주 솔직하게 말했다.

"이 근방에 사는 사람이면 누구나 다 알고 있는 겁니다."

"그녀와 결혼하기를 원했소?"

"예."

"그런데 그녀는—, 그렇게 하려 하지 않았죠?"

테드의 얼굴이 점점 더 어두워지고 일그러지기 시작했다. 그는 끓어오르는 분노를 억제하려는 듯 입술을 꽉 깨물며 말했다.

"사람들은 아무리 착한 마음으로 행하는 일이라도 남의 인생을 간섭해서 못 쓰게 하면 안 됩니다. 학교다, 유학을 보낸다 하면서 말이에요! 그것이 메리를 변하게 했어요. 저는 그것이 그녀를 망쳤다거나 거만하게 만들었다는 말은 아닙니다—그녀는 그렇지 않았어요. 하지만, 그것 때문에……, 오, 그것 때문에 그녀는 많이 변해 버렸어요. 그녀는 어디로 나아가야 할지 몰랐습니다. 그녀는—, 글쎄요, 노골적으로 말해서, 그녀는 저한테 너무 과분했습니다. 하지만, 그녀는 웰먼 씨와 같은 진짜 지체 높은 사람에게는 또 어울리지가 않았단 말입니다."

에르큘 포와로는 그를 뚫어져라 쳐다보다가 입을 열었다.

"당신은 웰먼 씨를 좋아하지 않나 보군?"

테드 빅랜드는 매우 격렬한 어조로 말했다.

"제가 무엇 때문에 그를 좋아합니까? 웰먼 씨는 훌륭하죠. 저에겐 그를 비난할 아무런 근거도 없습니다. 하지만, 그에겐 제가 말하는 남자다움이라고는 거의 없어요! 저는 그를 들어 올려 두 동강이 낼 수도 있어요. 물론 그에게는 두뇌가 있겠죠…… 하지만, 가령 당신의 자동차가 부서졌을 때 그는 별로 도움이 되지 못할 겁니다. 자동차를 달리게 하는 원칙은 알고 있을지 모르지만, 막상 발전기를 꺼내어 닦아야 할 필요가 있을 때는 어린애처럼 무력해질 수밖에 없는 거죠."

"아, 당신은 자동차 정비소에서 일하고 있군요?"

테드 빅랜드는 머리를 끄덕였다.

"헨더슨 정비소에서요. 도로 아래쪽에 있죠."

"당신은 그 일이 일어났던 날 오전에 거기 있었소?"

"예, 어떤 신사분의 자동차를 시험해 보고 있었죠. 초크가 어딘가에 있었는데 찾을 수가 없었어요. 감쪽같이 없어졌던 거죠. 지금 와서 생각해 봐도 참 이상한 일 같습니다. 매우 쾌청한 날이었죠. 울타리에는 아직 인동덩굴이 남아 있었습니다―메리는 인동덩굴을 무척 좋아했었죠. 그녀가 외국으로 나가기 전에는 우리는 함께 그것을 따러 가곤 했었는데……."

또다시 그의 얼굴에는 놀랍게도 당황한 어린애 같은 표정이 깃들었다.

에르큘 포와로는 잠자코 있었다.

흠칫 놀라며 테드 빅랜드는 몽환의 경지에서 깨어났다.

그가 말했다.

"죄송합니다, 선생님. 저는 웰먼 씨에 대해 이야기하고 있던 것을 잠시 잊고 있었습니다. 저는 괴로웠어요―그가 메리의 뒤를 귀찮게 붙어다니는 것 때문에 말입니다. 그는 그녀를 내버려두어야 했어요. 그녀는 그의 상대가 되지 못했습니다—정말로요.”

포와로가 말했다.

“그녀가 그를 좋아했다고 생각하시오?”

다시 테드 빅랜드는 얼굴을 찌푸렸다.

“아니요, 그렇게 생각지는 않습니다. 하지만, 좋아했을는지도 모르죠. 그건 어떻게 말할 수가 없군요.”

포와로가 물었다.

“메리에게 다른 남자가 있었소? 예를 들면 그녀가 외국에서 만난 누구라도?”

“모르겠습니다, 선생님. 그녀는 거기에 대해서는 아무런 얘기도 하지 않았어요.”

“이곳 메이든스퍼드에는……, 아무 적(敵)도 없었고?”

“그녀에게 앙심을 품은 사람을 말씀하시는 겁니까?” 그는 고개를 저었다.

“아무도 그녀를 제대로 알지는 못했죠. 하지만, 모두 그녀를 좋아했어요.”

포와로가 말했다.

“헌터버리 저택의 가정부였던 비숍 부인도 그녀를 좋아했소?”

테드는 갑자기 씩 웃으며 말했다.

“오, 그건 심술이었죠! 그 늙은 부인은 웰먼 부인이 메리를 좋아하는 게 꽤나 못마땅했던 거예요.”

포와로가 물었다.

“메리는 여기에 내려와 있을 때 행복했었소? 그녀는 돌아가신 웰먼 부인을 좋아했었소?”

테드 빅랜드가 말했다.

“그녀는 아주 행복했을 거예요. 솔직히 말해서, 간호사가 그녀를 그냥 내버려두기만 했다면요. 홉킨스 간호사가 말입니다. 그녀의 머릿속에 생활비를 벌려면 마사지를 배우러 떠나라는 생각을 잔뜩 주입시켜 놓았거든요.”

“하지만, 메리는 그녀를 좋아했잖소?”

“오, 물론 그녀를 아주 좋아했죠. 하지만, 그녀는 모든 사람들에 대해 항상 최선이 무엇인지를 알고 있다는 식이었어요!"

포와로가 천천히 말했다.

"홉킨스 간호사가 무엇인가를 알고 있다고 가정한다면—이를테면 메리에게 불명예스러움을 가져오게 될 무엇인가를 말이오. 그녀가 그 사실을 혼자만 알고 있었으리라고 생각하시오?"

테드 빅랜드는 호기심에 찬 시선으로 그를 쳐다보았다.

"무슨 말씀이신지 정말 이해하지 못하겠는데요, 선생님."

"만일 홉킨스 간호사가 메리에게 불리한 것을 알고 있었다면, 그녀가 입을 다물고 있었겠느냐는 말이오."

테드 빅랜드가 말했다.

"저는 그 여자가 어떤 일에 대해서든 입을 다물고 있을 수가 있을지 의심스럽군요! 그녀는 마을에서 제일가는 수다쟁이죠. 그렇지만 만일 그녀가 누구에 대해 입을 다물고 있다면, 그건 아마 메리에 대해서일 겁니다."

그는 호기심에 가득 차 덧붙여 말했다.

"당신이 왜 그런 질문을 하는지 알고 싶은데요?"

에르큘 포와로가 말했다.

"사람은 다른 사람들에게 말할 때 어떤 인상을 받게 되는 법이오. 홉킨스 간호사는 겉으로 보기에는 아주 솔직하게 숨김없이 말하는 것 같지만, 나는 아주 강하게, 그녀가 뭔가 숨기고 있다는 인상을 받았소. 그건 별로 중요한 일이 아닐지도 모르지. 그 사건과 아무런 관련이 없을지도 몰라요. 하지만, 그녀가 알면서도 말하지 않는 무엇인가가 있소. 나는 또, 그 무엇인가가—그것이 어떤 것이든 간에, 메리 제러드의 평판에 손해를 끼치거나 이롭지 못한 어떤 것이라는 인상을 받았소."

테드는 힘없이 고개를 흔들었다.

에르큘 포와로는 한숨을 내쉬며 말했다.

"아, 그렇지만 나는 시간이 지나면 그게 무엇인지 알게 될 거요."

제6장

포와로는 로더릭 웰먼의 길고 민감한 얼굴을 흥미있게 바라보았다.

로디는 거의 절망상태에 빠져 있었다. 그의 손에는 경련이 일었고, 눈은 충혈되어 있었으며, 목소리는 거칠고 흥분해 있었다.

그는 명함을 내려다보며 말했다.

"당신의 이름은 잘 알고 있습니다, 포와로 씨. 하지만, 로드 박사가 당신이 이 일에서 무엇을 하실 수 있다고 생각했는지 모르겠군요! 그리고 그것이 그의 어떤 업무입니까? 그는 제 아주머니를 돌보지만 않았다면 완전히 남입니다. 엘리노어와 저는 지난 6월에 거기에 내려가기 전까지만 해도 그를 제대로 한 번 만난 적조차 없었어요. 이런 종류의 일에 정성을 들여야 할 사람은 확실히 세든 씨가 아닙니까?"

에르큘 포와로가 입을 열었다.

"전문적으로 말하자면 옳은 얘기죠."

로디는 비참한 심정으로 계속 말을 이었다.

"세든 씨를 그다지 신뢰하는 것은 아닙니다. 그분은 너무 지나치게 비관적이에요."

"그건 변호사들의 습성이죠."

"하지만ㅡ." 로디는 약간 기운을 내어 말했다.

"우리는 발머 경에게 변호를 의뢰했습니다. 그는 제1인자라고 여겨지지 않습니까?"

에르큘 포와로가 말했다.

"그는 희망이 없는 변호를 맡아서 성공하곤 했죠."

로디는 눈에 띌 정도로 주춤했다.

포와로가 말했다.

"내가 엘리노어 칼리슬 양에게 도움이 되고자 노력하는 것을 당신이 불쾌하게 생각지 않기를 바랍니다만?"

"아니, 아뇨, 절대로 그렇지 않습니다. 하지만―."

"하지만, 내가 무엇을 할 수 있겠느냐? 그게 당신이 묻고자 하는 겁니까?"

순간 어떤 미소가 로디의 근심스러운 얼굴을 스쳐 지나갔다―너무 갑작스럽게 호감이 가는 미소여서 포와로는 그 사람에게서 미묘한 매력을 느꼈다.

로디는 사과하듯이 말했다.

"이렇게 말하면 약간 무례하게 들릴지 모르겠습니다만, 솔직히 말해서 바로 그것이 요점입니다. 저는 넌지시 떠보는 일은 하지 않겠어요 당신이 무엇을 할 수 있습니까, 포와로 *씨*?"

"나는 진실을 찾아볼 수 있습니다."

"그렇습니까?"

로디는 약간 미심쩍은 듯이 말했다.

"내가 피고에게 도움이 될 사실들을 발견하게 될지도 모르죠"

로디는 한숨지으며 말했다.

"당신이 그렇게 할 수만 있다면!"

포와로가 계속했다.

"나는 진실로 도움이 되길 바랍니다. 당신은 나를 도와주는 셈치고 모든 사건에 대해 당신이 어떻게 생각하고 있는지 아주 정확하게 말해 주시겠소?"

로디는 안절부절못하며 왔다 갔다 했다.

"저는 드릴 말씀이 하나도 없습니다. 그 모든 일이 너무나 터무니없어요―너무 엄청납니다! 엘리노어가―저는 엘리노어를 어렸을 때부터 알아 왔죠 남을 독살하는 그런 연극 같은 일을 실제로 저질렀다는 생각만 해도 정말 웃음이 나올 일입니다! 하지만, 도대체 그것을 어떻게 배심원들에게 설명하죠?"

포와로는 이해를 못 한다는 듯이 말했다.

"당신은 칼리슬 양이 그런 일을 저지르는 것이 불가능하다고 생각합니까?"

"오, 물론입니다! 그건 말할 것도 없는 일이에요! 엘리노어는 아름답게 균형이 잡힌 우아한 아가씨예요—그녀의 천성에 격렬함이란 없습니다. 그녀는 지적이고 감수성이 강하며, 동물적인 열정이라곤 전혀 없어요. 하지만, 배심원석에는 열두 명의 어리석은 인간들이 앉아 있으니, 하나님만이 그들을 이해시키는 방법을 알고 계실 겁니다! 그리고 이치를 따져 볼 때, 그들은 인격을 심사하기 위해 거기 있는 겁니다. 사실들, 사실들, 사실들을 말이에요. 그런데 그 사실들이 공교롭게 되어 있어요!"

에르퀼 포와로는 생각에 잠긴 채 고개를 끄덕이며 말했다.

"당신은 민감하고 지적인 사람이군요, 웰먼 씨. 그 사실들이 칼리슬 양에게 유죄 판결을 내리고 있소. 그녀에 대해 당신이 아는 것들이 그녀를 의혹에서 풀어 줍니다. 그렇다면 실제로 무슨 일이 일어났습니까, 도대체?"

로디는 격분하여 손을 펼쳐보였다.

"그게 바로 문제입니다! 이건 제 생각인데, 그 간호사가 저질렀을 수도 있지 않을까요?"

"그녀는 샌드위치 근처엔 얼씬도 하지 않았소—그리고 그녀가 차에다 독약을 넣었다면, 자기 자신도 독약을 먹을 수밖에 없었죠. 그것은 확실해요. 게다가 그녀가 무엇 때문에 메리 제러드가 죽기를 원했겠습니까?"

로디가 외쳤다.

"누구든 무엇 때문에 메리 제러드가 죽는 것을 원했겠어요?"

"그것이 이 사건에서 가장 중요한 문제요. 아무도 메리 제러드가 죽는 것을 원치 않았습니다(그는 마음속으로, '엘리노어 칼리슬 외에는' 하고 덧붙였다). 그러므로 논리적으로 봐서 다음 단계는 '메리 제러드는 살해되지 않았다!'가 되는 것 같습니다. 하지만, 슬프게도 그렇지가 않아요. 그녀는 죽었습니다!"

그는 약간 감상적으로 이렇게 덧붙였다.

"그러나 그녀는 무덤 속에 있으니, 오, 나에게는 얼마나 엄청난 차이인가!"

"그게 대체 무슨 말씀이십니까?" 로디가 말했다.

에르퀼 포와로가 설명했다.

"워즈워스의 시라오. 나는 그의 시를 많이 읽었죠. 그 시행들이 아마 당신의 심정을 잘 표현하고 있을 테죠?"

“제 심정을?”

로디는 완강하여 접근하기 어려운 사람인 것 같았다.

포와로가 말했다.

“사과하겠소—깊이 사과하오! 탐정이 되기란, 그리고 또 신용받을 만한 행동을 하기란 너무 힘이 듭니다. 당신네 나라의 언어에 너무나 잘 표현되어 있듯이, 말해서는 안 되는 일들도 있죠. 그렇지만 슬프게도 탐정은 그런 것들을 말하지 않을 수가 없어요! 사람들의 사적인 문제에 대해서, 사람들의 감정에 대해서 질문을 해야만 한답니다!”

로디가 말했다.

“정말 꼭 그래야만 됩니까?”

포와로는 재빨리 솔직하게 말했다.

“만일 내가 상황을 이해하기만 한다면? 그렇다면 우리는 그 불쾌한 주제에서 벗어나 다시는 그것을 언급하지 않게 될 거요. 당신이—메리 제러드를 사랑했다는 건, 웰먼 씨, 아주 널리 알려진 사실이죠? 그건 사실이라고 보는데?”

로디는 일어나서 창가로 다가갔다. 그는 차양 끈을 만지작거리며 말했다.

“맞습니다.”

“당신은 그녀를 사랑했습니까?”

“그런 것 같습니다.”

“아, 그럼 지금 그녀의 죽음으로 비탄에 잠겨 있겠군요.”

“저—, 제가 생각하기로는, 제 말은……, 글쎄요, 정말, 포와로 씨—.”

그는 궁지에 몰려서 초조하고 애타고 걱정하는 사람으로 변했다.

에르퀼 포와로가 말했다.

“당신이 내게 말해 주기만 하면—확실하게 보여 주기만 하면, 그것으로 끝이 날 텐데.”

로디 웰먼은 의자에 앉았다. 그는 포와로를 쳐다보지도 않고 갑작스럽게 말했다.

“설명하기가 매우 어렵습니다. 꼭 그 문제를 조사해야만 합니까?”

포와로가 말했다.

"인간은 인생의 불쾌한 일을 항상 외면하고 지나갈 수는 없습니다, 웰먼 씨! 당신은 메리 제러드를 좋아한 것 같다고 했는데, 그럼 확신할 수는 없습니까?"

로디가 말했다.

"모르겠습니다……. 그녀는 너무 아름다웠어요. 마치 꿈처럼, 그건 꼭 지금의 상태와 같습니다. 꿈이에요! 현실이 아니라고요! 그 모든 것아—내가 그녀를 처음 본 것도, 내가—, 글쎄요, 그녀에게 열중했던 것도 모두요! 일종의 광기예요! 그리고 이젠 모든 것이 끝났어요—사라져 버렸습니다. 마치……, 마치 그것이 결코 한 번도 일어난 적이 없었던 것처럼."

포와로는 머리를 끄덕이며 말했다.

"예, 이해합니다." 그는 덧붙여 말했다.

"당신은 그녀가 죽었을 당시에 영국에 있지 않았죠."

"예, 저는 7월 9일 외국에 나갔다가 8월 1일에 돌아왔습니다. 엘리노어가 제가 가는 곳곳마다 전보를 보내 주었죠. 저는 그 소식을 듣자마자 바로 돌아왔습니다."

포와로가 말했다.

"그것은 당신에게 틀림없이 커다란 충격이었을 겁니다. 당신은 그 처녀를 굉장히 좋아했으니까."

로디는 비통하고 격렬한 목소리로 말했다.

"그런 일이 왜 우리 인간에게 일어나야만 합니까? 우리는 그런 일이 일어나는 것을 바라지 않습니다! 그건 모든, 모든 사람들의 인생에 대한 정연한 기대에 어긋나는 일이에요!"

"아, 하지만 인생은 그와 같습니다! 그것은 당신의 의지대로 조종하거나 명령하는 것을 허용치 않습니다. 당신이 지성과 이성으로 살려고 감정을 회피하는 것도 허용하지 않아요! 당신은, '나는 너무 많이 느껴서 더 이상 느끼지 않을 것이다.' 하고 말할 순 없어요. 인생이란, 웰먼 씨, 그것이 어떤 것인지는 몰라도 합리적이지는 않습니다!"

로더릭 웰먼은 중얼거리듯이 말했다.

"그런 것 같습니다……."

포와로가 말했다.

"어느 봄날 오전, 한 처녀의 얼굴—존재의 그 질서정연한 순서가 정해진 겁니다."

로디는 주춤했고, 포와로는 계속 말을 이었다.

"때때로 그건 표면에 지나지 않죠. 당신은 메리 제러드에 대해서 실제로 무엇을 알고 있었습니까, 웰먼 씨?"

로디는 침울하게 말했다.

"제가 무엇을 알고 있었느냐고요? 거의 없습니다. 이제야 그것을 알겠군요. 그녀는 온화하고 상냥했던 것 같습니다. 하지만, 실제로 저는 아무것도 모르고 있었어요—전혀 아무것도. 그것이 제가 그녀를 그리워하지 않는 이유인 것 같군요……."

그는 이제 적대시하지도 노하지도 않았다. 그는 자연스럽고 솔직하게 이야기했다. 에르퀼 포와로는 자기의 교묘한 술수가 통하자 로디의 방어벽을 뚫고 들어갔다. 로디는 자기 속마음을 털어놓음으로써 어떤 위안을 느끼는 것 같았다.

그가 말했다.

"상냥하고 온화했으나, 그다지 영리하지는 않았죠. 민감했던 것 같고 친절했습니다. 그녀에게는 그 계층의 처녀에게서 기대할 수 없는 우아함이 있었죠."

"그럼, 그녀가 자기도 모르게 적을 만들었을 만한 처녀였다는 말입니까?"

로디는 머리를 힘차게 흔들었다.

"아니, 아니요. 저는 아무도 그녀를 싫어했으리라고는 생각지 않습니다—정말로 싫어하는 것 말입니다. 원한과는 다르지요."

포와로는 재빨리 말했다.

"원한? 그럼, 원한 관계가 있었다고 생각합니까?"

로디는 얼떨떨한 표정을 지으며 말했다.

"있었던 게 틀림없어요—그 편지로 보면."

포와로는 날카롭게 말했다.

"무슨 편지 말입니까?"

로디는 얼굴을 붉히고는 귀찮은 기색을 띠며 말했다.

“오, 그다지 중요한 건 아닙니다.”

포와로는 되풀이해서 말했다.

“무슨 편지입니까?”

“어떤 익명의 편지죠.”

그는 내키지 않는 듯이 말했다.

“그게 언제 왔습니까? 누구 앞으로 쓰인 거죠?”

로디는 좀 마지못해 하는 기색으로 설명했다.

에르퀼 포와로는 중얼거리듯이 말했다.

“그거 흥미롭군요, 어디, 그 편지를 좀 볼 수 있을까요?”

“그럴 수 없어요. 사실은 제가 그것을 태워 버렸거든요.”

“아니, 왜 그렇게 했죠, 웰먼 씨?”

로디는 좀 딱딱하게 말했다.

“그 당시에는 그렇게 하는 게 당연한 것 같았습니다.”

“그럼, 그 편지 때문에 당신과 칼리슬 양은 헌터버리 저택으로 급히 내려갔습니까?”

“저희가 내려간 것은 사실입니다만, 서두르지는 않았습니다.”

“하지만, 당신들은 좀 불안했겠죠. 아닌가요? 어쩌면 좀 놀라기도 하고?”

로디는 한층 더 딱딱하게 말했다.

“그건 말할 수가 없군요.”

에르퀼 포와로가 소리쳤다.

“하지만, 확실히 그건 지극히 당연한 일이오! 당신들에게 약속된 유산이 위험했습니다! 그러니 당신들이 그 문제에 대해 불안해하는 것은 아주 당연한 일이오! 돈은 아주 중요하니까!”

“당신이 말하는 만큼 중요하지는 않습니다.”

포와로가 말했다.

“정말 놀랄 만한 비세속성이로군요!”

로디는 흥분하여 얼굴을 붉히며 말했다.

“오, 물론 돈은 우리에게 중요했습니다. 우리가 그것에 전적으로 무관심했던 것은 아닙니다. 하지만, 우리의 주된 목적은, 아주머니를 뵙고 잘 계신지 확인하는 것이었습니다."

포와로가 말했다.

"당신은 칼리슬 양과 함께 헌터버리에 내려갔습니다. 그 당시 당신의 아주머니는 유언장을 만들지 않은 상태였소. 아주머니가 또다시 발작을 일으킨 바로 뒤에, 비로소 유언장을 만들고자 했지만 칼리슬 양을 위해 아마 다행스럽게도 그것을 만들 수 있게 되기 전날 밤 돌아가셨습니다."

"이것 보십시오, 대체 무슨 말씀을 하고 계시는 겁니까?"

로디의 얼굴이 갑자기 일그러지기 시작했다.

포와로는 용수철처럼 그의 말에 대답했다.

"당신이 나에게 말했습니다, 웰먼 씨. 메리 제러드의 죽음에 관해서 엘리노어 칼리슬이 가졌던 동기는 터무니없는 것이라고 말이오—그녀는 절대로 그런 사람이 아니라고 말이오. 그런데 이제 다른 해석이 있습니다. 엘리노어 칼리슬은 어떤 생각지 못했던 경쟁자에 의해 상속권을 박탈당할지 몰라 불안해하는 이유를 가지고 있었습니다. 그 편지가 그녀에게 경고했고, 그녀의 고모가 띄엄띄엄 말한 중얼거림이 그 불안을 굳게 해주었습니다. 아래층 홀에는 여러 가지 약품과 의학적인 물품이 들어 있는 조그만 가방이 하나 있습니다. 모르핀 병 하나를 꺼내기란 쉬운 일이죠. 그리고 그 뒤 당신과 간호사들이 저녁식사를 하는 동안, 그녀는 고모와 단둘이 침실에 앉아 있었습니다……."

로디가 소리쳤다.

"이것 참, 포와로 씨, 지금 도대체 무슨 말씀을 하고 계시는 겁니까? 엘리노어가 로라 아주머니를 죽였다는 말입니까? 무슨 그런 뚱딴지같은 생각을 하십니까?"

"하지만, 당신도 웰먼 부인의 시신을 파내라는 명령서가 신청되었다는 사실을 알고 있잖습니까?"

"물론이죠. 하지만, 그들은 아무것도 찾아내지 못할 겁니다!"

"찾아낸다고 가정한다면?"

"못 찾아낼 거예요!" 로디는 단호하게 말했다.

포와로는 고개를 저었다.

"나는 그렇게 보고 있지 않소. 그리고 당신도 잘 알고 있겠지만, 그 당시 웰먼 부인이 죽게 됨으로써 이익을 보는 딱 한 사람이 있었습니다."

로디는 의자에 털썩 주저앉았다. 그는 얼굴이 창백해진 채 약간 떨고 있었다. 그는 포와로를 빤히 쳐다보다가 입을 열었다.

"저는—, 당신이 그녀의 편에 서 있는 줄 알았는데……."

"어느 편에 있건 간에 진실을 꿰뚫어볼 줄 아는 것이 중요합니다! 내 생각에는, 웰먼 씨, 당신은 언제나 대하기 거북한 진실과 마주치는 것을 피해 온 사람 같군요."

"당신은 왜 꼭 최악의 관점에서 사람을 그렇게 괴롭힙니까?"

에르큘 포와로는 침통하게 대답했다.

"그것이 때로는 필요하기 때문이오……."

그는 잠깐 멈췄다가 다시 입을 열었다.

"우리, 당신 아주머니의 죽음이 모르핀의 투여 때문으로 밝혀질 가능성에 대해서 한번 생각해 봅시다. 그러면 어떻게 되는 거죠?"

로디는 힘없이 고개를 저었다.

"모르겠어요."

"그래도 생각해 봐야만 됩니다. 당신 아주머니에게 그것을 줄 가능성이 가장 높은 사람이 누구인지? 당신은 엘리노어 칼리슬이 그렇게 하기에 가장 좋은 기회가 있었다는 것을 인정해야겠죠?"

"간호사는 어떻습니까?"

"그들 중 어느 한쪽도 분명히 그렇게 할 수 있었을 겁니다. 하지만, 홉킨스 간호사는 그 당시 모르핀 병이 사라진 것에 대해 몹시 걱정했으며, 또 그것을 얘기했었소. 그녀가 그렇게 할 필요는 조금도 없었는데 말입니다. 사망증명서에는 이미 서명이 끝난 뒤였소. 그녀가 죄가 있다면 무엇 때문에 사라진 모르핀에 주의를 불러모았겠습니까? 그러면 아마 그녀는 부주의하다고 질책받을 테고, 만일 그녀가 웰먼 부인을 독살했다면 모르핀에 주의를 끄는 것은 확실히 바보 같은 짓이죠. 게다가 그녀가 웰먼 부인을 죽임으로써 이득이 되는 게 뭐가 있습니까? 아무것도 없소. 똑같이 오브라이언 간호사에게도 적용해 보죠. 그녀도 홉킨스 간호사의 가방에서 모르핀을 훔쳐 그것을 투여할 수 있었습니다. 하지만, 다시 한 번—그녀는 왜 그랬을까요?"

로디는 고개를 저었다.

포와로가 말했다.

"그다음 당신도 있습니다."

로디는 잘 흥분하는 말처럼 깜짝 놀랐다.

"제가요?"

"물론이오. 당신도 그 모르핀을 꺼낼 수 있었습니다. 그것을 웰먼 부인에게 줄 수도 있었단 말입니다! 당신은 그날 밤 잠깐 노부인과 단둘이 있었습니다. 하지만, 돌이켜보건대 당신이 무엇 때문에 그랬겠소? 만일 노부인이 살아서 유언장을 만들었다면, 적어도 당신이 그 안에 언급될 가능성이 큰데 말이오. 그래서 또, 당신도 보다시피 동기가 없습니다. 단지 두 사람만이 동기를 가지고 있소."

로디의 표정이 밝아졌다.

"두 사람?"

"그렇소. 한 사람은 엘리노어 칼리슬이오."

"그리고 나머지 한 사람은?"

포와로는 천천히 말했다.

"나머지 한 사람은 그 익명의 편지를 쓴 사람이죠."

로디는 의아해하는 듯한 표정을 지었다.

포와로가 말했다.

"누군가가 그 편지를 썼습니다—메리 제러드를 증오했거나 최소한 그녀를 싫어했던 사람이며 그들 말대로 '당신들의 편'인 어떤 사람이 말이오. 즉, 웰먼 부인이 돌아가셨을 때 메리 제러드가 이득 보는 것을 원치 않았던 사람이오. 자, 웰먼 씨, 당신은 편지를 쓴 사람이 누구인지 혹시 알고 있습니까?"

로디는 머리를 흔들었다.

"저는 전혀 모릅니다. 그건 값싸 보이는 종이에 철자도 다 틀린 무식한 편지였어요.”

포와로는 한 손을 내저었다.

“그건 중요하지 않아요! 사실을 위장하기로 마음먹었다면 교양 있는 사람이라도 그런 것쯤은 쉽게 쓸 수 있으니까. 그래서 내가 당신이 그 편지를 그대로 가지고 있었으면 한 겁니다. 교양 있는 태도로 쓰려고 애쓰는 사람은 보통 그들 자신을 드러내게 마련이지요.”

로디가 미심쩍은 듯이 말했다.

“엘리노어와 저는 하인 중 하나일지도 모른다고 생각했습니다.”

“그들 중 누구인지 혹시 짚이는 사람이라도 있습니까?”

“아뇨―, 전혀.”

“혹시 가정부 비숍 부인이었을 수도 있지 않을까요?”

로디는 깜짝 놀라는 것 같았다.

“오, 아닙니다. 그녀는 아주 훌륭하고, 자기 지위에 대해 자부심이 있는 사람이에요. 긴 단어들로 복잡하게, 그리고 화려한 문체로 편지를 쓰죠. 게다가 저는 그녀가 절대로―.”

그가 멈칫거리자 포와로가 재빨리 끼어들었다.

“그녀는 메리 제러드를 좋아하지 않았습니다!”

“그런 것 같습니다. 하지만, 저는 조금도 그런 느낌을 받지 못했어요.”

“웰먼 씨, 당신은 그리 뛰어난 감각을 가지고 있지 못한 것 같군요.”

로디는 천천히 입을 열었다.

“포와로 씨, 당신은 제 아주머니가 스스로 그 모르핀을 먹을 수도 있었다는 생각은 안 드십니까?”

포와로는 천천히 말했다.

“그렇게 볼 수도 있습니다, 물론.”

로디가 말했다.

“아주머니는 자신의 무기력함을 증오했어요. 종종 죽어버렸으면 좋겠다고 말씀하셨죠.”

“아무리 그렇더라도 노부인이 침대에서 일어나 아래층으로 내려가 간호사의 가방에서 모르핀 병을 마음대로 꺼낼 수는 없었지 않겠습니까?”

로디가 천천히 말했다.

“그렇죠. 하지만, 누군가가 아주머니를 위해 갖다 줄 수는 있었겠죠.”

“그자가 누구라고 생각됩니까?”

“글쎄요, 간호사 중 하나가?”

“아뇨, 간호사들은 결코 그런 짓을 하지 않았을 거요. 그들은 자기들에게 닥쳐올 위험을 너무나 잘 알고 있기 때문이죠! 간호사들이야말로 가장 의심할 여지가 없는 사람들입니다.”

“그럼, 다른 누군가가……?” 그는 말을 하다 말고 다시 입을 다물었다.

포와로는 침착하게 말했다.

“무언가 떠오르는 것이 있소?”

로디는 단호하게 말했다.

“예, 하지만―.”

“당신이 나한테 그걸 꼭 이야기해야 하는지 의심스럽다는 말인가요?”

“글쎄요, 약간…….”

포와로는 호기심에 가득 찬 미소를 띠며 말했다.

“칼리슬 양이 그 말을 언제 했습니까?”

로디는 숨을 깊이 들이마셨다.

“빌어먹을, 당신은 천재로군요! 내려오는 기차에서였어요. 우리는 로라 아주머니가 또 발작을 일으켰다는 전보를 받았었죠. 엘리노어는 아주머니가 정말 너무 안됐다면서 아주머니가 아픈 것을 가뜩이나 싫어하는데 이젠 더 무기력해지셨을 테니, 아주머니에게는 생지옥 같을 거라고 했습니다. 그러면서 엘리노어는, ‘사람들은 자유롭게 놔줘야 할 것 같아요, 만일 그들 스스로가 진정으로 그것을 원한다면요.’ 하고 말했죠.”

“그래서 당신은 뭐라고 했습니까?”

“저도 동의했습니다.”

포와로는 아주 엄숙하게 이야기했다.

“지금까지, 웰먼 씨, 당신은 칼리슬 양이 금전적인 이익 때문에 당신의 아주

머니를 살해했을 가능성은 전혀 염두에 두지 않았습니다. 그러나 이제 그녀가
동정심에서 웰먼 부인을 살해했을지도 모른다는 것마저 부인하시겠습니까?”
　“저, 저는―, 아뇨. 그럴 순 없습니다…….”
　에르큘 포와로는 고개를 숙이며 말했다.
　“그래요, 나도 당신이 그렇게 말할 줄 알았소”

'세든, 블래더웍 앤드 세든'의 사무실에서는 불신이라고 할 정도는 아니나, 극도로 신중하게 에르퀼 포와로를 맞아들였다.

세든 씨는 둘째손가락으로 단정하게 면도한 턱을 쓰다듬으며 어물쩍거리면서, 기민한 회색빛 눈으로는 마치 감정이라도 하듯 탐정을 찬찬히 훑어보고 있었다.

"당신의 이름은 물론 잘 알고 있습니다, 포와로 씨. 하지만, 이 사건에서의 당신 위치를 이해하기가 어렵군요."

에르퀼 포와로가 말했다.

"나는 당신의 고객을 위해 행동하고 있습니다."

"아, 그래요? 그런데 누가 당신을 그런 자격으로—어, 고용했습니까?"

"나는 로드 박사의 의뢰를 받았소."

갑자기 세든 씨의 눈썹이 높이 추커세워졌다.

"그게 사실입니까? 그건 내가 보기에는 매우 비정상적인 일 같습니다—아주 비정상적이에요. 로드 박사라면 검찰을 위한 증인으로 소환장이 발부된 것으로 알고 있는데."

에르퀼 포와로는 어깨를 으쓱했다.

"그게 무슨 상관이 있습니까?"

"칼리슬 양의 변호를 위한 준비는 전적으로 우리에게 맡겨졌습니다. 정말이지 이 사건의 경우, 우리는 어떤 외부의 도움도 필요로 하지 않는다고 생각합니다."

포와로가 물었다.

"그건 당신의 고객이 결백하다는 것을 아주 간단하게 증명할 수 있기 때문이라는 말입니까?"

세든 씨는 주춤했다. 그러더니 냉정하게 법정에서의 태도로 날카롭게 말했다.

"그건 이치에 닿지 않는 질문입니다."

에르퀼 포와로가 말했다.

"이 사건은 당신의 고객에게 아주 불리합니다……"

"정말이지, 포와로 씨, 난 당신이 그것에 대해서 무엇을 어떻게 알고 있는지 모르겠군요."

"나는 사실상 로드 박사의 의뢰를 받긴 했지만, 여기 로더릭 웰먼 씨가 써 준 짧은 편지를 가지고 왔습니다."

그는 고개를 숙이며 그것을 건네주었다.

세든 씨는 거기에 쓰인 몇 줄의 글을 정독하고는 마지못해 입을 열었다.

"그렇다면 물론 문제는 달라집니다. 웰먼 씨는 칼리슬 양의 변호를 위한 책임을 맡았으니까요. 우리는 그의 요청에 따라 행동하고 있습니다."

그는 불쾌감을 역력히 드러내며 덧붙었다.

"우리 회사에서는ー, 어, 형사상의 소송 절차는 거의 맡지 않습니다만, 나는ー, 어, 돌아가신 내 고객의 조카딸의 변호를 맡는 것이 그분에 대한 의무라고 느꼈습니다. 그래서 이미 왕실 고문 변호사인 에드윈 벌머 경에게 변호를 의뢰해 놓았습니다."

포와로는 갑자기 비꼬는 듯한 미소를 지으며 말했다.

"비용은 절감되지 않겠군요. 아주 지당하고 옳은 처사요!"

안경 너머로 빤히 쳐다보며 세든 씨가 말했다.

"정말, 포와로 씨ー."

포와로는 그의 항의를 가로막기라도 하듯 재빨리 말했다.

"웅변이나 감정적인 호소가 당신의 고객을 구하지는 못할 것이오. 그건 그 이상을 필요로 합니다."

세든 씨가 냉정하게 말했다.

"대체 하고자 하는 말이 무엇입니까?"

"어디에나 항상 진실이라는 게 존재하는 법이죠."

“물론입니다.”

“그렇지만 이 사건에서 진실이 우리를 도와줄 수 있다고 생각하십니까?”

세든 씨가 날카롭게 말했다.

“그것 또한 대단히 부적당한 말이로군요.”

포와로가 말했다.

“대답을 듣고 싶은 몇 가지 질문이 있소.”

세든은 신중하게 말했다.

“나는 고객의 동의 없이는 답변을 보장할 수 없습니다.”

“당연하죠. 그건 나도 충분히 이해합니다.” 그는 멈췄다가 다시 말했다.

“엘리노어 칼리슬에게 앙심을 품은 사람이라도 있습니까?”

세든 씨는 약간 놀란 표정을 지었다.

“내가 아는 한에서는 없습니다.”

“돌아가신 웰먼 부인께서 살아생전에 어느 때였건 유언장을 만든 일이 있습니까?”

“한 번도 없었습니다. 노부인은 그것을 항상 미루어 왔죠.”

“그럼, 엘리노어 칼리슬 양은 유언장을 만들었습니까?”

“예.”

“최근에요? 그녀의 고모가 죽은 이후에?”

“예.”

“누구에게 그녀의 재산을 남겼나요?”

“그건, 포와로 씨, 비밀입니다. 나는 내 고객으로부터 허락받지 않고는 당신에게 말할 수 없습니다.”

“그렇다면 당신 고객과 얘기를 좀 나눠 봐야겠군요!”

세든은 냉소를 띠며 말했다.

“그건 그리 쉽지 않을 겁니다.”

포와로는 일어서서 다소 의례적인 태도를 보이며 말했다.

“에르큘 포와로에게는 모든 일이 쉽습니다.”

제8장

마스든 경감은 친절했다.

"오, 포와로 씨. 내가 맡은 사건 중 하나를 바로잡아 주러 오셨습니까?"

포와로는 그 반대의 뜻을 나타내며 중얼거렸다.

"아니, 아니오. 다만 호기심을 좀 가진 사건이 있을 뿐이라오."

"그렇다면 제가 기꺼이 궁금증을 풀어 드리겠습니다. 그게 어느 사건인데 요?"

"엘리노어 칼리슬이오만."

"오, 예. 메리 제러드를 독살한 아가씨 말씀이군요. 2주 뒤면 재판이 열릴 겁니다. 흥미있는 사건이죠. 묘하게도 그녀는 노부인도 살해했더군요. 최종 보고서가 아직 안 들어왔지만, 그건 의심할 여지가 없는 것 같습니다. 모르핀이 었어요. 정말 냉혹한 여자예요. 구속되었을 당시나 지금이나 여전히 태연하답니다. 아무것도 실토하지를 않아요. 하지만, 우리는 그녀에게 죄가 있다는 것을 명백히 알고 있지요. 그녀는 꼭 처벌받게 되어 있습니다."

"당신은 그녀가 한 짓이라고 생각하시오?"

친절하게 보이는 노련한 마스든은 확실하다는 듯이 머리를 끄덕였다.

"그건 의심할 여지가 없습니다. 모르핀을 맨 위 샌드위치 속에 넣은 거지요. 그녀는 아주 냉정해요."

"혹 의심스러운 데가 있다고 생각해 본 적은 없소? 전혀 조금도?"

"오, 물론입니다! 나는 분명히 확신합니다. 확신한다는 것은 유쾌한 일이죠! 다른 사람들이 실수하는 것을 좋아하지 않는 것과 마찬가지로, 우리도 실수하는 것을 좋아하지 않습니다. 우리는 일부 사람들이 생각하듯이 유죄 판결을 얻어내려고 억지로 애쓰지는 않습니다. 이번에는 나도 가벼운 마음으로 나갈 수 있어요.”

포와로는 천천히, “알겠소” 하고 말했다.

런던경시청 간부는 그를 이상한 듯이 쳐다보았다.

“거기에 뭐 잘못된 것이라도 있습니까?”

포와로는 천천히 고개를 저었다.

“아직까지는 없소. 지금까지 내가 그 사건에 대하여 조사해 본 바로는 모든 것이 엘리노어 칼리슬의 유죄를 가리키고 있었소”

마스든 경감은 확신을 하고 쾌활하게 말했다.

“그녀는 유죄입니다, 틀림없이.”

포와로가 말했다.

“그녀를 한번 만나봤으면 하는데.”

마스든 경감은 미소를 지으며 관대하게 말했다.

“주머니 속에 내무장관의 신임장이라도 가지고 오셨습니까? 그러면 아주 쉬울 겁니다.”

제9장

피터 로드가 말했다.

"잘 되어갑니까?"

에르퀼 포와로는, "아니, 별로 그런 것 같지가 않소" 하고 말했다.

피터 로드가 침울하게 말했다.

"아무런 단서도 잡지 못하셨습니까?"

포와로가 천천히 말했다.

"엘리노어 칼리슬은 질투심에서 메리 제러드를 죽였다……엘리노어 칼리슬은 재산을 상속받기 위해 자신의 고모를 죽였다……엘리노어 칼리슬은 동정심에서 자기 고모를 죽였다……. 이보시오, 당신은 여기서 하나를 골라잡아도 좋소!"

피터 로드가 말했다.

"당신은 지금 말도 안 되는 소리를 하고 있습니다!"

에르퀼 포와로가 말했다.

"내가?"

로드는 주근깨가 난 얼굴에 핏대를 올리며 말했다.

"이게 대체 뭡니까?"

에르퀼 포와로가 말했다.

"당신은 그것이 가능하다고 생각하시오?"

"뭘 말입니까?"

"엘리노어 칼리슬이 자기 고모가 겪고 있는 육체적 고통을 차마 볼 수가 없어서 고모가 목숨을 끊도록 도와주었다는 것 말이오"

"당치도 않아요!"

"당치도 않다고? 노부인이 당신에게 자기를 도와 달라고 요청했다는 것을 당신이 나한테 말했잖소?"

"노부인이 말로는 그랬죠. 하지만, 실제로는 그렇게 되기를 바라지 않았습니다. 노부인은 제가 그런 일을 하지 않으리란 것을 잘 알고 있었던 거지요."

"하지만, 그 생각은 아무도 모를 일이지. 엘리노어 칼리슬은 노부인을 도와 줬을지도 몰라요."

피터 로드는 산만하게 왔다 갔다 하다가 마침내 입을 열었다.

"그럴 수도 있다는 것을 완전히 부정하지는 않겠습니다. 하지만, 엘리노어 칼리슬은 분별력이 있고 명석한 사고력을 가진 아가씨입니다. 저는 그녀가 그에 부수된 위험을 잊을 만큼 동정심에 사로잡혀 목숨을 빼앗으리라고는 생각지 않습니다. 그녀는 그 위험이 어떤 건지도 정확하게 깨닫고 있었을 거고요. 자칫하면 살인 혐의로 구속되기 쉬우니까요."

"그럼, 당신은 그녀가 했으리라고는 전혀 생각지 않소?"

피터 로드는 천천히 신중하게 말했다.

"한 여자가 자기 남편을 위해서라든가 아이를 위해서, 또는 자기 어머니를 위해서라면 어쩜 그런 일을 할 수도 있겠죠. 제 생각엔 그녀가 자신의 고모를 아무리 좋아했다고 하더라도 고모를 위해서는 그런 일을 하지 않으리라고 봅니다. 만일 노부인이 정말로 그렇게 참을 수 없는 고통을 겪고 있었다면, 그녀 자신이 어떠한 경우에도 그것을 해내고야 말았을 겁니다."

포와로는 생각에 잠긴 채 말했다.

"아마 당신이 옳겠지." 그러고 나서 덧붙여 말했다.

"당신 생각에는 로더릭 웰먼의 감정이 그가 그런 일을 하게끔 충분히 유도할 수 있었을 것 같소?"

피터 로드는 경멸하는 듯한 어조로 대답했다.

"그에게는 그런 용기도 없었을 걸요!"

포와로는 나지막하게 말했다.

"글쎄, 어떤 면에서는. 하지만, 이보시오, 당신은 그 젊은이를 너무 얕보고 있어요."

“오, 물론 그는 영리하고 지적이긴 하죠.”

“정말 그렇더군—.” 포와로가 말했다.

“그리고 매력도 있고. 나는 그것을 느꼈소.”

“그래요? 저는 한 번도 못 느꼈는데!”

잠시 뒤 피터 로드는 진지하게 말했다.

“이것 보십시오, 포와로 씨, 뭔가 좀 찾아낸 거라도 있나요?”

포와로가 말했다.

“아직까지는 그리 신통한 게 없소. 내가 조사한 바로는! 늘 제자리로 되돌아오고 만다오. 메리 제러드의 죽음으로 득을 본 사람이라고는 한 사람도 없어. 아무도 메리 제러드를 미워하지 않았고—엘리노어 칼리슬을 제외하면 말이오. 딱 한 가지 우리 스스로에게 물어봐야 할 문제가 있어요. 말하자면 엘리노어 칼리슬을 미워한 사람이 있을까요?”

천천히 로드 박사는 고개를 저었다.

“저는 모르는 일입니다. 그럼, 누군가가 그녀가 죄를 지은 것처럼 조작했다는 말씀이세요?”

포와로는 머리를 끄덕이며 말했다.

“아니, 그건 대단히 무리한 추측이오. 그것을 뒷받침해줄 만한 근거라고는 하나도 없으니……. 다만, 어쩐지 사건이 그녀에게 너무 완벽하게 불리하게 되어 있다는 것밖에는.”

포와로는 또 그 익명의 편지에 대해 이야기했다.

“당신도 알고 있겠지만, 그것은 그녀에게 대단히 불리한 강력 사건을 충동질할 가능성을 주고 있어요. 그녀는 자기가 고모의 유언장에서 완전히 제외될지도 모르며, 제3자인 처녀가 전 재산을 물려받게 될지도 모른다는 경고를 받았소. 그래서 그녀의 고모가 더듬거리며 변호사를 불러 달라고 하자, 엘리노어는 요행수를 바라기보다는 그날 밤 노부인이 죽도록 조치를 취한 것일 수도 있소!”

피터 로드가 말했다.

“로더릭 웰먼은 어떻습니까! 그도 역시 손해 볼 처지에 있었잖습니까!”

포와로가 고개를 저었다.

"아니지. 노부인이 유언장을 만드는 게 오히려 그에게 유리하지. 노부인이 유언장을 만들지 못한 채 죽었기 때문에 그는 지금 아무것도 물려받지 못하게 되었다는 점을 기억하시오. 엘리노어가 제일 가까운 친척이니까."

로드가 말했다.

"하지만, 그는 엘리노어와 결혼하기로 되어 있었어요!"

"그랬지. 하지만, 그 일이 있은 직후 약혼이 깨졌다는 것을 알아야 합니다. 그건 그가 그녀에게 재산을 포기하고 싶다는 것을 보여준 거요."

"그럼, 또 그녀에게 화살이 돌아가는군요. 언제나!"

"그렇소. 다만……."

그는 잠시 동안 침묵한 뒤 입을 열었다.

"뭔가 있어……."

"뭔데요?"

"어떤……, 퍼즐에서 조그마한 부분이 빠져 있소. 그건, 내가 확신하건대, 메리 제러드와 관련된 것임이 틀림없을 거요. 당신은 이곳에 떠도는 소문이나 추문을 꽤 많이 들어왔을 거요. 혹시 그녀에 대한 어떤 안 좋은 이야기를 들은 적이 없소?"

"메리 제러드에 대한 안 좋은 이야기라뇨? 그녀의 성품을 말씀하시는 건가요?"

"아무거나. 그녀에 대한 얘기라면 죄다. 그녀에 대한 나쁜 소문이라든가, 아니면 그녀의 부정직함이나 경박함 등에 대해……. 그러니까 그녀와 관련된 악의 있는 소문 같은 것은 죄다 말이오. 무엇이든—정말 무엇이든. 하지만, 분명히 그녀에게 나쁜 영향을 미칠 수 있는 것 말이오."

피터 로드가 천천히 말했다.

"저는 당신이 그런 방법을 취하지 않았으면 좋겠습니다. 이미 죽어서 자기 변호도 할 수 없는 순진한 처녀에 대한 일들을 들추어내려고 하시다니……. 하지만, 아무튼 전 당신이 그런 것을 밝혀낼 수 있으리라고는 보지 않습니다!"

"그녀는 갤러해드 경(아서 왕의 원탁 기사 중 한 사람)과 같은 여자였나? 비난

받을 일이라고는 정말 조금도 하지 않고 살았단 말이오?"

"제가 알기로는 그렇습니다. 그밖에 다른 얘기는 한 번도 들은 적이 없어요."

포와로는 상냥하게 말했다.

"이봐요, 당신은 내가 진흙이 없는 곳에서 진흙을 휘젓는다고 생각해서는 안 돼요. 당치도 않아, 그렇지 않아요. 홉킨스 간호사는 자기감정을 숨기는 데는 그다지 노련하지가 못하더군. 그녀는 메리를 좋아했고, 그래서 메리에 대한 어떤 얘기도 알려지지 않기를 바라고 있어요. 즉, 내가 찾아낼까 봐 그녀가 몹시 두려워하는, 메리에게 불리한 어떤 이야기가 있다 이 말이오. 그녀는 그것이 이 사건과 아무런 관련이 없다고 생각하고 있더군. 그리고 그녀는 그 죄는 엘리노어 칼리슬이 저지른 게 분명하다는 겁니다. 그게 무슨 일인지는 잘 모르지만, 엘리노어와 아무런 상관이 없다는 것만은 분명해요. 그렇다고 할지라도 나는 절대적으로 모든 것을 알 필요가 있소. 메리가 어떤 제3의 인물에게 나쁜 짓을 했다면, 그 제3의 인물이 그녀가 죽기를 바랄만한 동기가 있는 게 되지."

피터 로드가 말했다.

"하지만, 그럴 경우 홉킨스 간호사도 그것을 분명히 깨달았을 텐데요."

포와로가 말했다.

"홉킨스 간호사는 자기의 한계 내에서는 아주 지적인 여자이지만, 그녀의 지능은 내 것과는 비교도 안 됩니다. 그녀가 못 알아차렸을지라도 에르큘 포와로는 그렇지 않지!"

피터 로드는 고개를 저으며 말했다.

"유감스럽군요. 저는 조금도 아는 바가 없습니다."

포와로가 생각에 잠긴 채 말했다.

"테드 빅랜드도 더 이상 모르고—그는 자기와 메리가 태어난 이래 지금까지 줄곧 여기서 살고 있는데 말이오. 비숍 부인도 더 이상 모를 거요. 왜냐하면 만일 그녀가 그 처녀에 대한 불쾌한 사실을 알고 있었다면, 그것을 혼자서만 알고 있을 수는 없었을 테니까! 그런데 한 가지 더 알고 싶은 게 있소만."

"뭔데요?"

"나는 오늘 오브라이언 간호사를 만날 거요."

피터 로드는 고개를 저으며 말했다.

"그녀는 이쪽 지방에 대해서 별로 아는 게 없어요. 여기 온 지 겨우 한두 달밖에 안 되었거든요."

포와로가 말했다.

"나도 그건 알고 있소. 하지만, 이봐요, 홉킨스 간호사는 우리가 쭉 들어왔듯이 수다쟁이요. 그런데도 그녀는 메리 제러드에 대한 악담이라고는 일절 하지 않았지. 하지만, 그녀의 마음을 사로잡고 있는 어떤 것을 이방인이자 동료인 여자에게 말하는 것까지 숨겨 왔으리라고는 믿어지지가 않는군요! 오브라이언 간호사는 뭔가를 알고 있을지도 모른단 말이오."

제10장

오브라이언 간호사는 빨간 머리를 뒤로 젖히며, 차 테이블을 사이에 두고 마주앉아 있는 조그만 남자에게 미소를 지어 보였다.

그녀는, '조그만 사람이 정말 우습게도 생겼어. 고양이처럼 초록빛 나는 저 눈 좀 봐. 그런데도 로드 박사가 저 사람을 그렇게 영리한 사람이라고 말하다니!' 하고 생각했다.

에르쿨 포와로가 말했다.

"건강하고 활기에 넘치는 사람을 만나게 되어 기쁘군요. 당신이 돌보는 환자들은 모두 빨리 회복되리라고 확신합니다."

오브라이언 간호사가 말했다.

"저는 가능한 한 우울한 표정은 짓지 않아요. 그래서 다행히도 제가 돌보는 환자 중에서는 죽은 사람이 그리 많지 않답니다."

"웰먼 부인은 자비로운 해방이었죠."

"아! 그건 그랬어요, 가엾게도."

그녀는 날카로운 시선으로 포와로를 쳐다보며 물었다.

"제게 그것에 관한 이야기를 하러 여기까지 오셨나요? 경찰에서 웰먼 부인의 무덤을 파내고 있다는 이야기는 들었어요."

"당신은 그 당시에 아무런 의심도 안 들었습니까?" 포와로가 물었다.

"조금도 안 들었어요. 하지만, 그날 아침 로드 박사님의 표정이라든가 저를 필요 이상으로 여기저기에 보내는 것을 보고 약간 의심을 해볼 만도 했었는데! 그렇지만, 그분이 증명서에 서명했거든요."

포와로가, "그에게는 나름대로 이유가 있었으니까—." 하고 입을 열자 그녀가 재빨리 말했다.

"정말이에요. 그리고 그분이 옳았어요. 이것저것 생각해서 가족들의 감정을 상하게 해보았자 의사에게 이로울 게 없죠. 그리고 그분이 오진했다면 그것으로 끝장나고 아무도 더 이상 그를 불러들이려고 하지 않을 거잖아요. 의사는 반드시 확신을 해야 해요!"

포와로가 말했다.

"웰먼 부인이 자살했을지도 모른다는 얘기도 있습니다만."

"그 노부인이? 그렇게 무기력하게 누워 있던 사람이? 한 손을, 그것도 간신히 들어 올리는 게 고작인데도!"

"누군가가 그녀를 도와주었을 수도 있지 않을까요?"

"아! 무슨 말씀인지 이제야 알겠어요. 칼리슬 양이나 웰먼 씨, 아니면 메리 제러드가요?"

"그럴 가능성도 있지 않겠습니까?"

오브라이언 간호사는 머리를 흔들며 말했다.

"감히 그러지 못했을 거예요—그들 중 아무도!"

포와로는, "아마 그렇겠죠!" 하고 천천히 말했다. 그러고 나서 다시 말을 이었다.

"홉킨스 간호사가 모르핀 병이 없어진 것을 안 것이 언제였습니까?"

"바로 그날 아침이었어요. 그녀는 '나는 분명히 그것을 여기에 가져왔는데.' 하고 말했어요. 처음에는 아주 확신하더니, 당신도 잘 아시죠, 왜. 그런 상황에서는 누구나 시간이 지남에 따라 마음에 혼동을 일으키게 된다는 것을 말이에요. 나중에 그녀는 그것을 집에 두고 온 게 분명하다고 하더군요."

포와로는 투덜거리며, "그럼, 그때도 당신은 의심스러운 생각이 안 들었다는 말입니까?" 하고 말했다.

"조금도 안 들었어요! 정말이지 그게 그런 식으로 좋지 못한 일을 빚어내리라고는 전혀 상상도 못했거든요. 그리고 지금까지도 그들이 단지 미심쩍어하고 있는 것이려니 하고 생각해요."

"당신이나 홉킨스 간호사는 사라진 모르핀 때문에 초조해하거나 불안을 느끼지는 않았습니까?"

"글쎄요, 그렇다고는 할 수 없어요……. 그런 생각이 가끔 떠올랐던 기억은 나요—그리고 홉킨스 간호사도 그랬으리라 믿어요. 우리가 블루 팃 카페에 앉아 있을 때였죠. 그때 저는 그녀도 저와 같은 생각을 하고 있다는 것을 알 수 있었죠. 그녀는, '내가 그것을 벽난로 선반에 두었는데 쓰레기통으로 떨어졌을 수밖에 달리 어떻게 될 리 있겠어?' 하고 말하더군요. 그래서 저도, '그러면 정말 그렇게 된 걸 거예요.' 하고 말했답니다. 그리고 우리는 아무도 마음속에 어떤 생각을 품고 있는지, 그리고 걱정이 된다든지 하는 말 따위는 하지 않았어요."

에르큘 포와로는, "그럼, 지금 생각은 어때요?" 하고 물었다.

오브라이언 간호사가 말했다.

"만일 그녀한테서 모르핀이 나온다면 누가 그 병을 훔쳤는지, 그것이 어디에 쓰였는지 거의 의심할 여지가 없을 거예요—하지만, 그녀한테 모르핀이 있다는 게 증명이 될 때까지는 그녀가 그 노부인을 똑같은 길로 보냈다고는 믿지 않겠어요."

포와로가 말했다.

"엘리노어 칼리슬이 메리 제러드를 죽였다는 것에 대해서는 조금도 의심할 여지가 없다고 봅니까?"

"제 생각으로는, 그건 조금도 의문의 여지가 없는 것 같아요! 그밖에 누가 그럴 만한 이유나 생각을 하겠어요?"

"그게 문제입니다." 포와로가 말했다.

오브라이언 간호사는 열성적으로 계속 말해 나갔다.

"그날 밤 노부인이 말하려고 애를 쓰고, 엘리노어 양이 노부인에게 모든 것을 원하시는 대로 잘 처리하겠다고 약속할 때 제가 그 자리에 있었답니다. 그리고 언젠가 계단을 내려오면서 메리의 뒷모습을 쳐다보고 있는 그녀의 얼굴에서 사악한 증오의 표정을 본 적이 있죠. 그 순간 그녀의 가슴 속에는 살인에 대한 생각이 싹트고 있었던 거라고요."

포와로가 말했다.

"엘리노어 칼리슬 양이 웰먼 부인을 살해했다면, 그 이유는 무엇일까요?"

"왜냐고요? 돈 때문이죠. 자그마치 20만 파운드예요. 그것이 그녀가 받은 액수죠. 그 때문에 저지른 거예요—만일 그녀가 한 짓이라면. 그녀는 두려움이라고는 조금도 없는 대담하고 영리한 아가씨니까 머리도 잘 쓰겠죠."

에르퀼 포와로가 말했다.

"만일 웰먼 부인이 살아서 유언장을 만들었다면, 그분은 재산을 어떤 식으로 남겼으리라고 생각합니까?"

"아, 그건 제가 말할 게 못 되죠."

말은 그렇게 했지만, 오브라이언 간호사는 무심코 튀어나오려는 말을 꾹 참는 기색이 역력했다.

"하지만, 제 생각엔 노부인의 전 재산이 메리 제러드에게 갔을 것 같아요."

"왜죠?" 에르퀼 포와로가 물었다.

그 단순한 말 한마디가 오브라이언 간호사를 꽤 당황하게 만든 것 같았다.

"왜라니요? 지금 그 이유를 묻고 계신 거예요? 글쎄요, 그냥 그렇게 되었을 것 같아요."

포와로는 나지막한 목소리로 말했다.

"어떤 사람들은 메리 제러드가 아주 영리하게 머리를 써서, 노부인이 혈육의 정을 잊어버릴 정도로 비위를 잘 맞추어 주었다고 생각할지도 모릅니다."

"그렇게 말하는 사람들도 있긴 있겠죠."

오브라이언 간호사가 천천히 입을 열었다.

"메리 제러드는 영리하고 교활했나요?" 포와로가 물었다.

오브라이언 간호사는 좀더 천천히 말했다.

"그녀에 대해 그런 생각은 하지 않겠어요……. 그녀가 하는 행동은 모두 지극히 자연스러워서 교활하다는 생각은 안 들었어요. 그녀는 그런 사람이 아니었어요. 그리고 그런 일들이 절대로 소문이 안 나는 이유가 종종 있죠."

에르퀼 포와로는 상냥하게 말했다.

"당신은 무척 생각이 깊은 분인 것 같습니다, 오브라이언 간호사."

"전 저하고 관련된 일이 아니면 말을 잘 안 하는 사람이에요."

그녀를 아주 주의 깊게 지켜보며 포와로가 계속했다.

“당신과 홉킨스 간호사는 세상에 밝히지 않는 편이 오히려 더 좋은 일들이 있다는 것에 동의하셨죠?”

오브라이언 간호사가 말했다.

“그런 말씀은 왜 하시는 거죠?”

포와로는 재빨리 말했다.

“그 죄하고는 아무런 관계도 없는 일입니다. 내 말은, 다른 문제를 의미하는 거요.”

오브라이언 간호사는 머리를 끄덕이며 말했다.

“진흙을 파헤쳐 옛날이야기를 들추어내 보았자 무슨 소용이 있겠어요. 그리고 그분은 추문이라고는 조금도 없이 모든 사람이 존경하고 우러러보는 가운데 죽은 점잖은 노부인이었어요.”

에르큘 포와로는 동의한다는 듯 고개를 끄덕이며 조심스럽게 말했다.

“당신 말대로 웰먼 부인은 메이든스퍼드에서는 상당히 존경을 받았죠.”

대화는 뜻밖에도 역전이 되었으나, 그는 놀란다거나 당황하는 기색을 드러내지 않았다.

오브라이언 간호사가 계속했다.

“게다가 그건 너무 오래전 일이었어요. 까맣게 잊힌 이야기죠. 저는 로맨스에 대해선 너그러운 편으로, 예나 지금이나 항상 아내를 정신병원에 입원시켜 둔 남편이 일생 동안 죽음밖에는 그를 해방시켜 줄 수 없는 상태에 매여 있기란 정말 고통스러운 일이라고 말해 왔죠.”

포와로는 한층 더 당황해서는 무의식적으로 중얼거렸다.

“예, 그렇고 말고요…….”

오브라이언 간호사가 말했다.

“홉킨스 간호사가 자기 편지와 제 것이, 어떻게 엇갈렸는지 당신에게 말하던가요?”

포와로는 정직하게 대답했다.

“그 얘기는 하지 않더군요.”

“그건 우연의 일치였어요. 하지만, 항상 그런 식이죠! 한번 어떤 이름을 들으면, 하루나 이틀 뒤에 그것을 뜻밖에도 다시 접하게 되고, 그런 일이 계속 되풀이되죠. 제가 피아노 위에서 그것과 똑같은 사진을 보게 된 것도 그렇고, 같은 순간에 홉킨스가 그 의사의 가정부로부터 그것에 관해 모두 듣고 있었던 것도 그래요.”

“그건 정말 재미있는 일이로군요.” 포와로가 말했다.

그는 시험 삼아 이렇게 말했다.

“메리 제러드도—그것에 대해 알고 있었습니까?”

오브라이언 간호사가 말했다.

“누가 그녀에게 말했겠어요? 저도 안 했고—홉킨스도 안 했어요. 말해서 그 녀에게 좋을 게 뭐가 있겠어요.”

그녀는 빨간 머리카락을 쓸어 올리며 차분하게 그를 응시했다.

포와로는 한숨을 쉬며, “정말 그랬겠군요.” 하고 맞장구쳤다.

제11장

엘리노어 칼리슬······.

그들을 떼어놓은 탁자를 가로질러 포와로는 그녀를 요모조모 살펴보았다.

그들은 단둘이 있었고, 유리벽을 통해 간수가 그들을 감시했다.

포와로는 그녀의 얼굴이 각이 진 하얀 이마에 귀와 코의 생김새가 정교한, 민감하고 지적인 얼굴임을 알 수 있었다. 섬세한 윤곽에 교양과 자제력, 그리고—또, 그 어떤 것, 상당한 열정을 지닌 자신만만하고 감수성이 예민한 아가씨였다.

그가 말했다.

"나는 에르큘 포와로입니다. 피터 로드 박사의 요청으로 여기에 왔소. 그는 내가 당신을 도울 수 있다고 생각하고 있죠."

엘리노어 칼리슬이 말했다.

"피터 로드······."

그녀는 과거의 어떤 기억들을 회상해 보기라도 하는 듯한 어조였다. 그녀는 잠시 생각에 잠긴 채 미소 짓더니 격식을 차리고서, "그분은 친절하긴 하지만, 저는 당신이 할 수 있는 일이 있을 것 같지가 않아요." 하고 말했다.

에르큘 포와로가 말했다.

"내가 하는 질문에 대답해 주겠소?"

그녀는 한숨을 쉬며 말했다.

"저를 믿어 주세요. 정말이지, 묻지 않는 게 더 좋을 것 같아요. 저는 훌륭한 변호를 받고 있어요. 세든 씨는 정말 친절하세요. 제 변호를 아주 유명한 변호사가 맡아 주도록 마음을 써주셨거든요."

"그는 나만큼 유명하지는 않습니다!" 포와로가 말했다.

엘리노어는 피곤한 기색을 드러내며 말했다.

"그분은 대단한 명성을 지니고 있어요."

"범죄자들을 변호하는 쪽으로는 그렇죠. 그러나 나는—, 무죄를 증명하는 것으로 대단한 명성을 지니고 있습니다."

그녀는 마침내 눈을 크게 떴다—선명하고 아름다운 푸른 눈이었다. 그녀는 포와로의 눈을 똑바로 바라보며 말했다.

"당신은 제가 결백하다는 것을 믿으세요?"

"당신은 결백한가요?" 에르퀼 포와로가 말했다.

엘리노어는 약간 빈정거리는 듯한 미소를 띠며 말했다.

"그게 당신이 질문하시는 방법인가요? 그건 예라고 대답하기에 너무 쉬운 질문이잖아요?"

그는 갑자기, "지금 당신은 굉장히 피곤하죠?" 하고 물었다.

그녀는 눈을 커다랗게 뜨고 대답했다.

"예, 그래요. 다른 무엇보다도 어떻게 그걸 아셨어요?"

"나는 알고 있소." 에르퀼 포와로가 말했다.

엘리노어가 말했다.

"빨리……, 끝났으면 좋겠어요."

포와로는 잠시 동안 아무 말 없이 그녀를 바라보다가 입을 열었다.

"당신의, 사촌을 만났었죠. 편의상 그를 그렇게 불러도 될까요? 로더릭 웰먼 씨 말입니다."

하얗고 자신만만하던 얼굴이 서서히 붉게 물들었다. 그때 그는 자신의 질문 중 한 가지는 이미 해답을 얻었음을 깨달았다.

그녀는 약간 떨리는 듯한 목소리로 말했다.

"로디를 만나셨어요?"

포와로가 말했다.

"그는 당신을 위해 그가 할 수 있는 모든 것을 다하고 있더군요."

"알고 있어요."

그녀의 목소리는 활기에 차 있었고 부드러웠다.

“그는 부유합니까, 가난합니까?” 포와로가 물었다.

“로디요? 그가 가진 돈은 그다지 많지 않아요.”

“그럼, 그에게 낭비벽이 있습니까?”

그녀는 거의 멍한 상태로 말했다.

“우리 둘은 아무도 그것이 문제 된다고 생각지 않았어요. 우리는 언젠가는……”

그녀는 말을 멈췄다.

포와로가 재빨리 말했다.

“당신들은 유산을 기대하고 있었군요? 이해할 수 있습니다.” 그가 계속했다.

“당신 고모의 시체에 대한 검시 결과를 아마 들었겠죠? 그분은 모르핀으로 죽었습니다.”

엘리노어 칼리슬은 냉정하게, “저는 고모를 죽이지 않았어요.” 하고 말했다.

“그럼, 그분 스스로 목숨을 끊도록 도와준 것은 아닙니까?”

“제가 도와주다니, 무슨―, 오, 알겠어요. 아뇨, 그러지 않았어요.”

“당신의 고모가 유언장을 만들지 않았다는 사실을 알고 있었습니까?”

“아뇨, 전혀 생각지도 못했어요.”

그녀의 목소리는 이제 단조롭고―활기가 없었다. 대답은 기계적이었고 무관심했다.

포와로가 말했다.

“그럼, 당신은 유언장을 만들어 놓았나요?”

“예.”

“로드 박사가 당신에게 그것에 관해 얘기한 날 만들었습니까?”

“예.”

다시 얼굴 가득히 피어오르는 홍조의 물결.

포와로가 말했다.

“당신은 재산을 어떤 식으로 남겼습니까, 칼리슬 양?”

엘리노어는 침착하게, “저는 전 재산을 로디에게―로더릭 웰먼에게 남겼어요” 하고 말했다.

포와로가 말했다.

“그가 그 사실을 알고 있습니까?”

“아뇨, 모르고 있어요.” 그녀가 재빨리 말했다.

“그와 함께 그것을 의논하지 않았나요?”

“안 했어요. 그랬다간 그는 굉장히 당황했을 것이고, 또 제가 하는 행동을 무척 싫어했을 거예요.”

“그밖에 또 누가 그 유언장 내용을 알고 있습니까?”

“세든 씨뿐이에요—그리고 아마 그의 직원들도 알고 있겠죠.”

“세든 씨가 당신의 유언장을 작성해 주었습니까?”

“예. 제가 그분에게 그날 저녁때 편지를 썼죠—로드 박사가 제게 그 애길 들려준 날 저녁에 말이에요.”

“당신이 직접 편지를 부쳤습니까?”

“아뇨, 집에 있는 우편함에 다른 편지들과 함께 넣었어요.”

“그러면 당신은 그것을 써서 봉투에 넣고 봉해 우표를 붙인 뒤 곧바로 넣은 겁니까? 곰곰이 생각해 보느라 잠시라도 멈추지는 않았습니까? 그것을 다시 읽어 보기 위해서?”

엘리노어는 그를 빤히 쳐다보며 말했다.

“그래요, 그것을 다시 읽어 보았지요. 그리고 우표를 찾으려고 나갔어요. 우표를 가지고 돌아왔을 때, 다시 한 번 정확하게 썼나 확인하려고 편지를 다시 읽어 보았을 뿐이에요.”

“그 방에 당신 말고 누가 또 있었나요?”

“로디밖에 없었어요.”

“그는 당신이 무엇을 하고 있는지 알고 있었습니까?”

“이미 말씀드렸잖아요—아니라고.”

“당신이 그 방에서 나갔을 때 누군가가 그 편지를 읽어 볼 수도 있었겠죠?”

“모르겠어요……. 하인들 말씀이세요? 제가 방을 비운 동안, 그들이 우연히 들어갔었다면 그랬을 수도 있겠죠.”

“그럼, 로더릭 웰먼 씨가 거기에 들어가기 전에?”

“그렇죠.”

포와로가 말했다.

“그럼, 그도 역시 그것을 읽어 볼 수 있었겠군요?”

엘리노어는 또렷하고 경멸 어린 투로 말했다.

“포와로 씨, 당신이 제 ‘사촌’이라고 부르는 그 사람은 남의 편지 따위나 읽는 그런 사람이 아니라는 것을 저는 분명히 말하고 싶군요.”

포와로가 말했다.

“그것이 널리 인정된 사실이라는 것은 이미 알고 있습니다. 그러나 당신은 ‘하지 않을’ 일을 하는 사람이 얼마나 많은지 알게 되면 깜짝 놀랄 겁니다.”

엘리노어는 어깨를 으쓱해 보였다.

포와로는 지나가는 투로 말했다.

“메리 제러드를 죽여야겠다는 생각이 처음 든 때가 바로 그날이었습니까?”

또 한 번 엘리노어 칼리슬의 얼굴에 이글거리는 홍조가 퍼졌다. 이번에는 불타는 듯한 물결이었다.

“피터 로드가 당신에게 그렇게 말하던가요?” 그녀가 물었다.

포와로는 온화하게 말했다.

“그때였죠? 당신이 창문을 들여다보다가 메리가 유언장을 만들고 있는 것을 알았을 때 말입니다. 만일 메리 제러드가 죽는다면, 그건 얼마나 우스울 것이며 얼마나 편리할까 하는 생각이 떠오른 것이 그때가 아니었습니까—.”

엘리노어는 절망에 빠진 듯 나지막한 목소리로, “그가 알고 있었군요—그가 나를 보고서는 알아차렸군요……” 하고 말했다.

“로드 박사는 굉장히 많이 알고 있던데요. 그는 바보가 아닙니다. 빨간 머리에 주근깨가 난 얼굴을 지닌 그 젊은이는요.” 포와로가 말했다.

엘리노어는 나지막한 목소리로 말했다.

“정말 그가 당신을……, 저를 도와주기 위해 보냈나요?”

“정말입니다, 마드모아젤.”

그녀는 한숨을 쉬며 말했다.

“이해가 안 가요. 저는 조금도 이해할 수가 없어요.”

포와로가 말했다.

“들어봐요, 칼리슬 양. 메리 제러드가 살해되던 날 일어났던 일에 대해서 빠짐없이 나한테 죄다 말해 주셔야 합니다. 당신이 어디를 갔으며, 무엇을 했고, 그리고 무슨 생각을 했는지까지 모두 다 알고 싶습니다.”

그녀는 그를 빤히 쳐다보았다. 순간 그녀의 입가에 어떤 이상한 미소가 잠깐 떠올랐다.

“당신은 정말 믿을 수 없을 정도로 지극히 단순한 사람이군요. 제가 당신에게 거짓말하기가 얼마나 쉬운지 생각해 보진 않으셨나요?”

에르퀼 포와로는 침착하게, “그런 건 문제 되지 않아요.” 하고 말했다.

그녀는 당황했다.

“문제가 안 된다고요?”

“안 되죠. 거짓말은 말이오, 마드모아젤, 듣는 사람에게 진실 이상의 일을 해준답니다. 때때로 그 이상을 말해 주기도 하죠. 자, 이제 시작하죠. 당신은 가정부인 비숍 부인을 만났습니다. 그녀는 당신을 도와주고 싶어 했지만, 당신은 거절해 버렸어요. 왜죠?”

“저는 혼자 있고 싶었어요.”

“왜요?”

“왜냐고요? 저는―, 생각을 하고 싶었기 때문이에요.”

“생각을 하고 싶었다고요―좋습니다. 그러고 나서는 무엇을 했습니까?”

엘리노어는 턱을 반항적으로 치켜들며 말했다.

“샌드위치에 바를 페이스트를 좀 샀어요.”

“두 병?”

“예.”

“그리고 나서 당신은 헌터버리 저택으로 갔습니다. 거기에서 무엇을 했습니까?”

“고모의 방에 올라가서 물건을 정리하기 시작했어요.”

“거기서 뭐 발견한 것은 없었나요?”

"발견이요?" 그녀는 얼굴을 찌푸렸다.

"옷, 오래된 편지들, 사진들, 보석류 등이었어요."

"비밀스러운 것은 없었습니까?" 포와로가 말했다.

"비밀스러운 것이라뇨? 무슨 말씀이신지 모르겠어요."

"그럼 넘어가죠. 그다음에는?"

엘리노어가 말했다.

"식기실로 가서 샌드위치를 만들었죠……."

포와로는 부드럽게, "그러고는 무슨 생각을 했습니까?" 하고 말했다.

그녀는 갑자기 눈에 빛을 발하며 말했다.

"저와 이름이 같은 어퀴테인의 엘리노어에 대해 생각했어요."

"잘 알았습니다." 포와로가 말했다.

"그러세요?"

"오, 그래요. 나는 그 이야기를 알고 있죠. 그녀는 페어 로자먼드에게 단검과 독약 한 컵을 주며 선택하라고 했죠. 결국 로자먼드는 독약을 선택하게 되었고……."

엘리노어는 아무 말도 하지 않았다. 그녀의 얼굴이 약간 창백해졌다.

포와로가 말했다.

"그렇지만 아마 이번에는 아무런 선택도 없었죠. 계속하세요, 마드모아젤, 그다음엔?"

엘리노어가 말했다.

"저는 샌드위치를 접시에 준비해 두고 별채로 내려갔어요. 메리뿐만 아니라 홉킨스 간호사도 거기에 있었어요. 저는 그들에게 집에 샌드위치를 좀 만들어 놓았다고 말했죠."

포와로는 그녀를 주시하며 부드럽게 말했다.

"예. 그리고 당신들은 모두 함께 그 집으로 올라갔죠?"

"예. 우리는……, 응접실에서 샌드위치를 먹었어요."

포와로는 한결같이 부드러운 어조로 말했다.

"예, 예─. 여전히 그 꿈속에서, 그러고 난 다음……."

"그러고 난 다음?" 그녀는 눈을 크게 떴다.

"저는 그녀를 두고 나왔어요—창문 곁에 서 있는 것을 보고 전 식기실로 갔죠. 당신 말씀대로 여전히 꿈속에서였어요……. 간호사는 거기에서 얼굴을 씻고 있었죠. 저는 그녀에게 페이스트 병을 주었어요."

"예—좋아요. 그런 뒤 무슨 일이 있었죠? 당신은 그다음에 무슨 생각을 했습니까?"

엘리노어는 꿈꾸듯이 말했다.

"간호사는 손목에 어떤 자국이 있었어요. 제가 그 얘기를 했더니 그녀는 별채 장미 덩굴에 난 가시에 찔렸다고 하더군요. 별채 장미 덩굴……, 로디와 저는 언젠가 싸움을 했었죠—오래전이었어요. 장미 전쟁에 관해서요. 저는 '랭커스터'였고, 그는 '요크'였답니다. 그는 하얀 장미를 좋아했어요. 저는 그것은 현실적이 아니라고 말했죠—향기도 없다고요! 저는 크고 검으며 벨벳 같은 여름의 상큼한 향취가 나는 붉은 장미를 좋아했어요. 우리는 정말 바보같이 싸웠죠. 바로 그런 생각들이 제게 떠올랐어요—거기 식기실에서요. 그리고, 무엇인가 무너져 내렸어요. 제 가슴속에 있던 그 사악한 증오가요—그것이 사라졌어요. 우리가 어렸을 때 어땠는가를 기억하는 동안에요. 저는 메리를 더 이상 미워하지 않았어요. 저는 그녀가 죽기를 바라지도 않았어요……."

그녀는 말을 멈췄다.

"그런데 나중에 우리가 응접실에 돌아와 보니 그녀는 이미 죽어가고 있었어요……."

그녀는 말을 멈추며 한숨을 내쉬었다. 포와로는 매우 주의 깊게 그녀를 바라보고 있었다.

그녀는 얼굴을 붉히며 말했다.

"당신은, 또다시ㅡ, 제가 메리 제러드를 살해했느냐고 물으시겠어요?"

포와로는 일어서서 재빨리 말했다.

"이제 더 이상 아무것도 묻지 않겠습니다. 알고 싶지 않은 일들도 있지요……."

제12장

1

로드 박사는 요청받은 대로 역에서 기차가 도착하기만을 기다렸다.

에르큘 포와로가 드디어 내렸다. 그는 굉장히 런던화된 것 같았고, 끝이 뾰족한 에나멜가죽 구두를 신고 있었다.

피터 로드는 마음을 졸이며 그의 얼굴을 유심히 바라보았으나, 에르큘 포와로는 아무런 내색도 하지 않았다.

피터 로드가 말했다.

"저는 당신의 질문에 대한 대답을 얻어내려고 최선을 다했습니다. 첫째, 메리 제러드는 7월 10일 런던을 향해 이곳을 떠났습니다. 둘째, 저는 가정부를 둔 적이 없습니다―킥킥 웃기를 잘하는 처녀 두 명이 살림을 하고 있죠. 저는 당신이 분명히 랜섬 씨(저의 전임자)의 가정부였던 슬래터리 부인을 말하는 거라고 생각합니다. 좋으시다면, 오늘 오전에 당신을 그리로 모실 수도 있습니다. 저는 그녀가 집에 있도록 해놓았어요."

포와로가 말했다.

"좋소, 그녀를 먼저 만나보는 게 좋을 것 같군요."

"당신은 헌터버리 저택에 가보고 싶다고 하셨는데, 제가 함께 가 드릴 수 있습니다. 당신이 왜 진작 그곳에 가보시지 않았는지 모르겠어요. 당신이 전에 여기 오셨을 때도 왜 안 가보셨는지 알 수가 없군요. 제 생각에는 이런 사건을 맡았을 경우, 제일 먼저 사건이 발생한 곳을 찾아가 보는 것이 당연한 것 같은데."

머리를 한쪽으로 약간 기울인 채, "왜 그렇습니까?" 하고 에르큘 포와로가 물었다.

"왜냐고요?" 피터 로드는 그 질문에 좀 당황했다.

“보통 그렇게 하지 않습니까?”

에르큘 포와로가 말했다.

“교과서를 가지고 탐정 연습이나 하자는 게 아니오! 자기 자신의 타고난 지능을 사용하면 되는 거지.”

피터 로드가 말했다.

“당신은 거기서 중요한 실마리를 찾아내게 될지도 모릅니다.”

포와로는 한숨을 내쉬며 말했다.

“당신은 추리소설을 너무 많이 읽었군. 이 지방 경찰은 아주 훌륭합니다. 그들은 그 집과 주변을 샅샅이 뒤졌을 게 분명해요.”

“엘리노어 칼리슬에게 불리한 증거는 찾아냈지만—그녀에게 유리한 증거는 하나도 찾아내지 못했어요.”

포와로가 한탄하며 말했다.

“이보시오, 경찰은 괴물이 아니오! 엘리노어 칼리슬은 사건이 그녀에게 불리한 것으로—그것도 아주 강력한 사건으로 입증되었고, 또한 충분한 증거가 있었기 때문에 구속된 거요. 경찰이 이미 다 조사한 곳을 내가 조사해 봤자 무슨 소용이 있겠소?”

“하지만, 당신은 지금 거기에 가보길 원하시잖습니까?”

피터 로드가 반박했다.

에르큘 포와로가 머리를 끄덕이며 말했다.

“그렇소—지금은 그것이 필요하니까. 지금은 정확하게 무엇을 내가 찾고 있는지 알고 있거든. 사람은 눈을 사용하기 이전에 두뇌의 세포들을 가지고 이해를 해야만 해요.”

“그렇다면 당신은, 무엇인가—아직도 거기에 남아 있을지도 모른다고 생각하시는군요?”

포와로는 부드럽게 말했다.

“그렇소—. 나는 뭔가를 찾아낼 것 같은 생각이 듭니다.”

“엘리노어의 무죄를 증명할 것 말입니까?”

“아, 나는 그렇게 말하지는 않았소.”

피터 로드는 갑자기 말을 멈췄다.

"그럼, 아직도 그녀가 유죄라고 생각하신다는 말씀인가요?"

포와로는 엄숙하게 말했다.

"이보시오, 당신은 그 질문에 대한 대답을 얻기 전에 좀 기다려야만 합니다."

2

포와로는 창문이 정원을 향해 활짝 열린 쾌적한 정사각형의 방에서 의사와 함께 점심을 먹었다.

"슬래터리 부인한테서 만족할 만한 것이라도 얻어내셨나요?" 로드가 말했다.

포와로는 고개를 끄덕이며, "암—." 하고 말했다.

"그녀에게 무엇을 기대했었습니까?"

"잡담이었소. 지난날에 대한 이야기였지. 범죄 중에는 과거에 뿌리를 둔 것들이 많거든. 나는 이 사건도 그렇다고 생각합니다."

피터 로드가, "무슨 말씀을 하고 계신지 한마디도 이해할 수가 없군요." 하고 애타게 말했다.

포와로는 미소 지으며 약을 올리듯 말했다.

"이 생선, 정말로 맛이 있는데."

로드는 참지 못하고 마침내 입을 열었다.

"감히 말씀드리죠. 저는 오늘 아침 식사하기 전에 그걸 깨달았어요. 이것 보세요, 포와로 씨. 당신이 무엇을 생각하고 있는지 어디 제가 조금이라도 알겠습니까? 왜 저한테 숨기는 겁니까?"

포와로는 고개를 저었다.

"아직은 드러난 게 없기 때문이오. 엘리노어 칼리슬 외에는 아무도 메리 제러드를 살해할 이유가 없다는 사실에 자꾸만 우뚝 멈추곤 하니 말이오."

피터 로드가 말했다.

"그 사실을 그렇게 단정적으로 말할 수는 없습니다. 그녀는 얼마 정도 외국에 나가 있었다는 것을 기억하셔야 합니다."

"알아요, 안다고. 나는 벌써 그것도 조사해 보았소."

"독일에 다녀오셨나요?"

"직접 가진 않았지." 그는 약간 낄낄거리며 덧붙였다.

"나한테는 스파이들이 있거든!"

"그런 사람들을 믿을 수 있습니까?"

"있고말고. 나는 약간의 비용만 들이면 다른 사람을 시켜 전문적으로 조사할 수 있는 일을 가지고 복잡하게 이리 뛰고 저리 뛰고 하지는 않소. 분명히 말하지만, 이보시오, 나는 해결해야 할 문제들이 여러 가지 있어요. 나한테는 노련하고 쓸 만한 조수들이 몇 명 있지—그들 중 하나는 전직이 강도였던 사람도 있고 말이오."

"그 사람을 어디에 씁니까?"

"가장 최근에 그를 이용한 일은 웰먼 씨의 아파트를 샅샅이 조사하게 한 것이오."

"무엇을 찾으려고요?"

"사람은 항상 자기가 들은 말이 거짓말인지 아닌지를 정확하게 알고 싶어 하는 법이라오."

"웰먼이 당신에게 거짓말을 했습니까?"

"물론."

"또 누가 당신에게 거짓말을 했죠?"

"내 생각에는 모두 다. 오브라이언 간호사는 로맨틱하게, 홉킨스 간호사는 완강하게, 그리고 비숍 부인은 악의에 차서, 당신은—."

"이거야 원!"

피터 로드는 예의 없이 그의 말에 끼어들었다.

"설마 저도 당신에게 거짓말했다고 생각하시는 건 아니겠죠?"

"아직까지는—." 포와로가 인정했다.

로드 박사는 의자 뒤로 몸을 털썩 기대며 말했다.

"당신은 의심이 꽤나 많은 사람이군요, 포와로 씨." 그러고는 덧붙여 말했다.

“이제 일이 다 끝나셨으면, 헌터버리 저택을 향해 출발하는 게 어떨까요? 저는 그다음에 환자 몇 명을 봐야 하고, 그런 다음 수술도 있어서요.”

“당신 뜻이라면.”

그들은 뒤편의 차도 옆길로 들어섰다. 중간쯤 가다가 그들은 손수레를 끄는 키가 크고 잘생긴 젊은 친구 하나를 만났다. 그는 로드 박사에 대한 인사로 모자에 손을 댔다.

“잘 있었소, 홀릭. 이 사람은 정원사인 홀릭입니다, 포와로 씨. 그날 오전 여기서 일하고 있었죠.”

홀릭이 말했다.

“예, 그렇습니다, 선생님. 저는 그날 오전 엘리노어 양을 보고 이야기도 나눴었지요.”

“그녀가 당신한테 무슨 말을 했소?” 포와로가 물었다.

“그분이 이 집이 팔렸다고 말해서 저는 좀 당황했었죠, 선생님. 하지만, 엘리노어 양은 소머벌 소령에게 제 이야기를 해주겠다면서, 아마도 그분이 저를 계속 쓸 거라고 하시더군요—만일 그분이 저를 수석 정원사로는 너무 젊다고 생각하지만 않는다면요. 제가 이곳에서 스티븐슨 씨 밑에서 얼마나 훌륭하게 교육받았는지를 참작할 때 말이죠.”

로드 박사가 말했다.

“그녀는 평상시와 아주 똑같아 보이던가요, 홀릭?”

“예, 물론입니다. 다만 약간 흥분한 것으로 보였을 뿐이었어요—마치 마음속에 무엇인가 깊이 생각하고 있는 것처럼요.”

“당신은 메리 제러드를 알고 있었소?” 에르퀼 포와로가 말했다.

“오, 예, 선생님. 하지만, 그다지 잘 알지는 못했죠.”

포와로가 말했다.

“그녀를 어떻게 생각하시오?”

홀릭은 당황해 하며 말했다.

“뭘 말입니까, 선생님? 쳐다보는 것 말입니까?”

“아니, 내 말은, 그녀가 어떤 처녀였느냐는 것이오.”

"오, 글쎄요, 선생님. 그녀는 아주 훌륭한 처녀였죠 말하는 것도 훌륭했습니다. 자신에 대한 생각을 많이 하는 것 같았죠 아시겠지만, 돌아가신 웰먼 부인은 그녀를 무척 좋아하셨답니다. 그게 그녀의 아버지를 난폭하게 만들었죠. 그 양반은 그것을 못마땅해했으니까요."

"내가 들은 모든 것으로 미루어 보아, 그 사람은 성격이 원만하지는 않았던 것 같던데?" 포와로가 말했다.

"예, 정말 그랬습니다. 항상 투덜거리고 심술궂었죠 친절하게 말하는 걸 거의 못 봤어요."

"당신은 그날 아침 여기에 있었다고 했는데, 어디쯤에서 일하고 있었소?"

"대개 채소밭에서였죠, 선생님."

"거기에서는 집이 안 보입니까?"

"예, 선생님."

피터 로드가 말했다.

"누군가가 집으로 다가가서 식기실 창문으로 뛰어넘어 들어간다고 해도, 당신은 볼 수가 없었겠군?"

"예, 볼 수가 없죠"

"식사는 언제 하러 갔었소?" 피터 로드가 말했다.

"한 시에요."

"그럼, 혹시 어떤 사람이 어슬렁거린다거나, 또는 바깥에 차가 있었다거나, 뭐 그런 것을 보지 못했소?"

그 남자의 눈썹이 놀란 듯이 약간 솟아올랐다.

"뒷문 밖에요? 거기에는 박사님 차가 있었잖아요―다른 사람의 것도 아닌."

피터 로드가 소리쳤다.

"내 차가? 그건 내 차가 아니었소! 나는 그날 오전에 위든버리 방면에 있었는데. 두 시 이후까지 돌아오지 않았다고"

흘릭은 당황하는 것 같았다.

"저는 분명히 박사님 차라고 생각했는데요." 그는 미심쩍은 듯이 말했다.

피터 로드가 재빨리 말했다.

“오, 하지만 상관없는 일이오. 잘 있으시오, 홀릭.”

그와 포와로는 계속 나아갔다. 홀릭은 잠시 동안 그들의 뒤를 빤히 바라본 뒤, 천천히 하던 일을 계속했다.

피터 로드는 상냥하면서도 몹시 흥분해서 말했다.

“마침내—뭔가 찾아냈어요. 그날 오전 뒷골목에 서 있던 차가 누구 것이었을까요?”

“당신 차는 어디 제요?”

“포드 텐, 해록색(海鹿色; 초록과 청록의 중간 색)입니다. 아주 흔한 차죠.”

“그런데 그때 그곳에 세워둔 차가 당신 것이 아닌 게 분명합니까? 혹 날짜를 잘못 아는 건 아니오?”

“아닙니다, 확실합니다. 저는 위든버리에 나갔다가 늦게 돌아와서 점심을 급히 먹고 있는데, 그때 메리 제러드에 대한 전화가 걸려와서 달려왔거든요.”

포와로는 부드럽게 말했다.

“그렇다면 우리는 드디어 실체에 접근한 것 같소.”

피터 로드가 말했다.

“누군가가 그날 오전에 여기 있었던 겁니다. 엘리노어 칼리슬도, 메리 제러드도, 홉킨스 간호사도 아닌 제3의 인물이…….”

포와로가 말했다.

“이것 참 흥미로운데. 자, 한번 조사해 봅시다. 예를 들어서 어떤 남자가(혹은 여자가) 눈에 띄지 않게 집에 들어가고 싶었다면 어떻게 했을 것인가 알아보기로 합시다.”

차도를 따라가다가 중간쯤에 작은 길이 하나 갈라져 관목 숲으로 통하고 있었다. 그들은 그 길로 접어들었는데, 한 모퉁이에 이르러 피터 로드가 포와로의 팔을 잡고 창문 쪽을 가리켰다.

그가 말했다.

“저것이 엘리노어 칼리슬이 샌드위치를 만들고 있던 식기실의 창문입니다.”

포와로는 나지막한 목소리로 말했다.

“그럼, 이곳에서 누군가가 그녀가 샌드위치를 만들고 있는 모습을 볼 수 있었겠군. 그 창문은 열려 있었지, 내가 제대로 기억하는 거라면?”

피터 로드가 말했다.

“활짝 열려 있었죠. 무더운 날이었으니까요.”

에르큘 포와로는 생각에 잠긴 채 말했다.

“그럼, 누군가가 어떤 사람이 무슨 일을 하고 있는지 은밀히 지켜보고 싶었다면 이 근처가 가장 적당한 자리였겠군.”

두 사람은 주위를 둘러보았다. 피터 로드가 말했다.

“여기 자리가 하나 있군요. 이 관목들 뒤에요. 여기가 좀 짓밟혀 있습니다. 지금은 다시 자라났지만, 아주 분명히 알 수가 있어요.”

포와로가 그에게 다가가서 생각에 잠긴 채 이렇게 말했다.

“그래, 이 자리가 딱 좋군. 작은 길에서도 안 보이고, 관목 사이로 보면 창문이 잘 보이는군. 그런데 여기에 서 있는 친구는 무엇을 했을까? 아마도 담배를 피웠겠지?”

그들은 몸을 구부리고 땅을 조사하며 나뭇잎과 나뭇가지들을 헤쳤다.

갑자기 에르큘 포와로의 투덜거리는 소리가 들렸다.

피터 로드는 찾는 것을 그만두고 몸을 폈다.

“그게 뭡니까?”

“성냥갑이오. 땅속으로 푹 밟혀 짓뭉개진, 눅눅하고 썩은 빈 성냥갑.”

그는 아주 조심스럽게 그 물건을 주웠다. 그러고는 호주머니에서 꺼낸 편지지 위에 올려놓았다.

피터 로드가 말했다.

“외국 것인데요. 이런! 독일제로군요!”

에르큘 포와로가 말했다.

“메리 제러드가 독일에서 최근에 돌아왔지!”

피터 로드는 의기양양하게 말했다.

“이제 뭔가를 잡았군요! 당신도 그것을 부정할 수는 없을 겁니다.”

에르큘 포와로는 천천히, “어쩌면…….” 하고 말했다.

“집어치우세요, 정말. 이 부근에 있는 사람 중에 도대체 누가 외국 성냥을 가지고 있겠습니까?"

에르퀼 포와로가 말했다.

"알고 있소, 알고 있어요."

그는 당혹스러운 시선을 하고서 관목들 사이로 그 창문을 바라보았다.

"당신이 생각하는 것처럼 그리 간단하지가 않아요. 한 가지 큰 어려움이 있소. 그게 뭔지 알겠소?"

"뭔데요? 말해 주십시오."

포와로는 한숨을 쉬었다.

"당신 스스로 모르겠다면……, 좋아요, 계속해 봅시다."

그들은 헌터버리 저택으로 갔다. 피터 로드가 열쇠로 뒷문을 열었다.

그는 설거지하는 곳을 지나 부엌으로, 그리고 그곳을 지나 복도로 안내했는데, 복도의 한쪽에는 곁방이 있었고, 다른 한쪽엔 식기실이 있었다. 두 사람은 식기실을 둘러보았다.

거기에는 유리그릇과 사기그릇을 넣어두는 미닫이 유리문이 달린 평범한 찬장들이 있었다. 그리고 가스풍로와 주전자 두 개, 양철통, 개수대, 그리고 혼 응지로 된 설거지통이 있었다. 창문 앞에는 탁자가 하나 놓여 있었다.

피터 로드가 말했다.

"이 탁자가 엘리노어 칼리슬이 샌드위치를 잘랐던 곳입니다. 모르핀 상표 조각이 여기 싱크대 아래 바닥에 난 틈에서 발견되었습니다."

포와로는 생각에 잠긴 채 말했다.

"경찰은 찾아내는 데는 명수야. 하나도 놓치는 게 없지."

피터 로드는 격렬하게 말했다.

"엘리노어가 그 병에 손을 댔다는 증거는 없습니다! 분명히 누군가가 바깥에 있는 그 관목 숲에서 그녀를 지켜보고 있었어요. 그녀가 별채로 내려가자, 그는 기회가 왔다고 보고 몰래 들어와서 그 병의 마개를 뺀 뒤, 모르핀 알약 몇 개를 가루로 만들어서 맨 위의 샌드위치에 넣은 거예요. 그는 병의 상표가 조금 찢어져 그게 그 틈으로 날려 떨어진 줄은 미처 알아채지를 못했던 겁니다. 그러고는 급히 나와 차에 시동을 걸고 다시 가버린 거죠."

포와로가 한숨을 내쉬었다.

"당신은 아직도 모르고 있구면! 영리한 사람이 어떻게 그렇게 어리석을 수가 있는지 이상하군."

피터 로드는 화를 내며 물었다.

"그럼, 당신은 어떤 사람이 관목 숲에 서서 창문을 지켜보고 있었다는 것을 믿지 못하시겠다는 겁니까?"

포와로가 말했다.

"아니, 그거야 믿지……"

"그렇다면 그게 누구였든지 간에 우리는 찾아낸 거잖아요!"

포와로는 나지막한 목소리로 말했다.

"우리는 엉뚱하게도 멀리에서만 보려고 한 것 같소."

"뭐 짚이는 것이라도 있다는 뜻입니까?"

"아주 기막힌 생각이 하나 있지."

피터 로드가 천천히 말했다.

"그럼, 독일에서 조사한 당신의 부하가 이미 어떤 정보를 준 모양이로군요……"

에르퀼 포와로는 이마를 두드리며 말했다.

"이봐요, 그건 모두 여기에 들어 있소, 내 머릿속에 말이오. 자, 집을 대충 한번 훑어봅시다."

3

그들은 마침내 메리 제러드가 살해된 방에 들어섰다.

그 안에는 이상한 분위기가 감돌고 있었다. 옛 사건의 불길한 여운이 살아 있는 것 같았다. 피터 로드는 창문 하나를 열어젖혔다.

그는 약간 몸서리를 치며 말했다.

"이곳은 마치 무덤 같군요……"

포와로가 말했다.

“벽들이 말을 할 수 있다면……. 모두 여기에 있는데, 안 그렇소? 여기 이 집에 말이오—모든 사건의 발단부터.”

그는 멈췄다가 다시 부드럽게 말했다.

“메리 제러드가 죽은 것도 이 방에서였지.”

피터 로드가 말했다.

“그 두 사람은 그녀가 창문 옆 의자에 앉아 있는 것을 발견했습니다…….”

에르퀼 포와로는 생각에 잠긴 채 말했다.

“아름답고, 로맨틱한, 젊은 처녀가? 그녀가 술책을 써서 음모를 꾸몄다? 그녀는 우아함을 지닌 멋진 여성이었나? 상냥하고, 부드럽고, 음모라고는 전혀 생각도 안 해본 처녀였나, 인생을 시작하는 젊은이였을 뿐인가, 꽃과 같은 처녀였나……?”

피터 로드가 말했다.

“그녀가 어떤 사람이었든지 간에, 누군가가 그녀가 죽기를 바랐습니다.”

에르퀼 포와로는, “이상해…….” 하고 중얼거렸다.

로드는 그를 빤히 쳐다보았다.

“무슨 말씀이십니까?”

포와로는 고개를 저었다.

“아무것도 아니오.”

그는 정색하고 말했다.

“이제 집을 다 훑어보았소. 여기에서 볼 것은 다 보았소. 이제 별채로 내려가 봅시다.”

거기에서도 모든 것이 일목요연하게 정리되어 있었다. 방마다 먼지투성이였지만, 개인적인 물건은 말끔하게 치워져 있었다. 두 사람은 단지 몇 분밖에 머무르지 않았다. 그들이 밖으로 나왔을 때, 포와로는 시렁을 타고 올라가는 장미 덩굴의 잎사귀를 만져 보았다. 그것은 분홍색으로 향기로운 냄새를 풍기고 있었다.

그는 나지막하게 말했다.

“당신, 이 장미의 이름을 아시오? ‘제퍼린 드로인’이라고 하지요.”

피터 로드는 성급하게 말했다.

"그게 어떻다는 거예요?"

에르큘 포와로가 말했다.

"내가 엘리노어 칼리슬을 만났을 때, 그녀가 내게 장미에 대한 이야기를 들려주더군. 내가 빛을—햇빛이 아니라, 기차를 타고 가다가 터널 속에서 막 빠져나오려는 찰나에 보는 그런 어렴풋한 빛 말이오—보기 시작한 것은 그때였소. 밝은 빛은 아니지만, 밝은 빛에 대한 희망은 있지."

피터 로드는 퉁명스럽게 말했다.

"그녀가 뭐라고 했는데요?"

"그녀는 어린 시절에, 이 정원에서 놀 때 자기와 로더릭 웰먼이 어떻게 편을 나눴는가를 이야기했소. 그들은 서로 적이었는데, 이유는 그는 냉정하고 엄격한 요크의 하얀 장미를 더 좋아했고, 자기는 붉은 장미를 사랑했기 때문에 랭커스터의 붉은 장미 편에 섰다는 거요. 붉은 장미는 향기와 색깔과 정열과 따뜻함이 있다면서. 그런데 그게 바로 엘리노어 칼리슬과 로더릭 웰먼의 차이점이라오, 젊은이."

피터 로드가 말했다.

"그것으로 뭔가 설명이 되나요?"

"엘리노어 칼리슬을 설명해 주자—정열적이고 자신만만하고, 자기를 사랑할 수 없는 한 남자를 절망적으로 사랑했던 그녀를 말이오."

피터 로드가 말했다.

"저는 도무지 이해할 수가 없군요."

포와로가 말했다.

"하지만, 나는 이해할 수 있소. 나는 그들 둘 다를 이해해. 자, 우리 저 관목 숲에 있는 조그만 빈터로 다시 한 번 더 가봅시다."

그들은 말없이 그곳으로 갔다. 피터 로드의 주근깨가 난 얼굴은 당황하고 화가 난 것 같았다.

그들이 그 지점에 다다랐을 때, 포와로는 얼마 동안 움직이지 않고 서 있었고, 피터 로드는 그를 지켜보고 있었다.

그때 갑자기 조그만 탐정은 속 타는 듯이 한숨을 내쉬었다.

"아주 간단한 걸 그랬군. 이봐요, 당신 생각에 중대한 결함이 있다는 걸 모르겠소? 당신 말에 따르면, 독일에서 메리 제러드를 알았던 어떤 사람, 아마도 한 남자가 그녀를 살해하려는 의도로 이곳에 왔소. 하지만, 잘 봐요, 잘 보란 말이오! 정신의 눈으로 보지 못하겠거든, 육체의 두 눈을 사용해 보시오. 여기에서 뭐가 보이오, 창문 아니오? 그리고 그 창문에 있는, 한 아가씨이지. 샌드위치를 자르는 아가씨. 즉, 엘리노어 칼리슬이었소. 그런데 잠깐 이것을 생각해 보시오. 그 샌드위치를 메리 제러드에게 주리라는 것을 도대체 지켜보던 그 사람이 어떻게 알았겠소? 엘리노어 칼리슬 외에는 아무도 그것을 몰랐는데, 그녀 자신 외에는—아무도! 홉킨스도 몰랐고, 심지어 메리 제러드도 몰랐는데.

그래서 이야기는 이렇게 됩니다—만일 한 남자가 여기에서 지켜보고 서 있었다면, 그리고 그가 나중에 그 창문으로 넘어들어가 샌드위치를 건드렸다면? 그는 무엇을 생각하고 무엇을 믿었겠소? 그는, 그는 틀림없이 그 샌드위치는 엘리노어 칼리슬이 먹을 것이라고 생각했을 거요……."

제13장

포와로는 홉킨스 간호사네 집 문을 두드렸다. 그녀는 입에 하나 가득 빵을 넣은 채 문을 열어 주었다.

그녀는 날카롭게 말했다.

"아니, 포와로 씨, 이제는 또 무엇을 원하세요?"

"들어가도 될까요?"

홉킨스 간호사는 마지못해 하며 뒤로 물러서 포와로가 문지방을 넘게 해주었다. 홉킨스 간호사는 찻잔을 내놓았는데, 잠시 뒤 포와로는 새카만 차 한 잔을 좀 실망한 듯이 바라보고 있었다.

"방금 만든 거예요—진하고 맛있게 됐어요!" 홉킨스 간호사가 말했다.

포와로는 차를 조심스럽게 저은 뒤 용감하게 한 모금 마셨다.

그가 말했다.

"혹시 내가 여기에 왜 왔는지 알겠습니까?"

"모르겠어요, 전혀. 당신이 제게 말씀해 주시기 전에는. 저는 독심술사가 아니랍니다."

"나는 당신에게 진실을 요구하러 왔습니다."

홉킨스 간호사는 화를 내며 일어섰다.

"대체 그게 무슨 뜻인지 알고 싶군요? 저는 항상 정직하게 살아왔어요. 어떤 식으로든 속이지 않았다고요. 검시가 있었을 때도 잃어버린 모르핀 병 이야기를 했어요. 많은 사람이 제 입장이 된다면 그냥 버티고 앉아 아무 말도 하지 않았을 거예요. 왜냐하면 저는 가방을 아무렇게나 내버려둔 부주의함으로 문책받게 되어 있다는 것을 아주 잘 알고 있으니까요. 하지만, 그런 건 어떤 사람에게도 일어날 수 있는 일이잖겠어요! 저는 그것 때문에 욕을 먹었죠—그리고 그건 제 직업에 좋은 영향을 끼치지 못할 거라는 사실을 분명히 말씀드릴 수 있어요. 그래도 저는 아무렇지 않아요! 저는 그게 그 사건과 관련이 있다는 것을 알았고, 그래서 얘기한 거예요. 그러니까, 포와로 씨, 불쾌한 암시 같은 건 하지 마셨으면 고맙겠어요! 메리 제러드의 죽음에 관해서 제가 알고 있는 사실 그대로 말하지 않은 것은 하나도 없어요. 그러니 당신이 만일 달리 생각하신다면, 그것에 관해 상세히 알려 주셨으면 고맙겠군요! 저는 아무것도 숨기지 않았어요—아무것도! 저는 법정에 서서 그렇게 말할 준비도 되어 있어요."

포와로는 막지 않았다. 그는 화가 난 여자를 다루는 법을 아주 잘 알고 있었던 것이다. 그는 홉킨스 간호사가 확 타올랐다가 차차 진정되도록 내버려두었다. 그런 뒤 조용하고 부드럽게 이야기했다.

"나는 그 사건에 관해서 당신이 말하지 않은 게 있다고는 말하지 않았습니다."

"그럼, 그 말이 무엇을 의미하는 건지 알고 싶군요."

"나는 당신에게 진실을 말해 달라고 요구했죠—그 죽음이 아니라, 메리 제러드의 생애에 대해서요."

"오!" 홉킨스 간호사는 순간 당황한 기색을 보였다.

"그러니까 당신은 바로 그것을 알고 싶어 하신 거로군요! 하지만, 그건 그 사건과 아무런 상관이 없어요."

"상관이 있다고 말하지는 않았습니다. 나는 당신이 그녀에 대해 알고 있는 것을 죄다 얘기해 주진 않았다고 말했을 뿐입니다."

"그러면 왜 안 되나요—만일 그게 그 사건과 관련이 없다면요?"

포와로는 어깨를 움츠렸다.

"왜 그래야만 하죠?"

홉킨스 간호사는 홍당무처럼 얼굴을 붉히며 말했다.

"그렇게 하는 것이 일반적인 예의이기 때문이죠! 그들은 이제 모두 죽었어요—관련된 사람들은 모두요. 그러니 다른 사람들이 알 바가 아니죠!"

"그것이 단지 추측이라면—아마 상관할 게 못 되겠지만, 만일 당신이 진짜 사실을 알고 있다면, 그건 다릅니다."

홉킨스 간호사는 천천히 입을 열었다.

"저는 당신이 무슨 말씀을 하고 계신지 잘 이해할 수가 없군요……."

포와로가 말했다.

"좋습니다. 나는 오브라이언 간호사한테서 힌트를 얻은 뒤, 지난 20년간 일어났던 사건들에 대해서 아주 자세하게 기억하고 있는 슬래터리 부인을 만나 긴 이야기를 나눴습니다. 내가 알게 된 것을 정확하게 말해 주겠소. 자, 20년 전으로 거슬러 올라가서, 어떤 두 사람 사이에 연애 사건이 하나 있었습니다. 그들 중 하나가 웰먼 부인이었는데, 몇 년 동안 미망인으로 지내온 그녀는 깊고 정열적인 사랑에 빠질 수 있는 여자였습니다. 다른 쪽은 루이스 라이크로프트 경이라고 하는데, 완전히 미쳐 버린 아내를 가진 대단히 불행한 사람이었죠. 그 당시 법은 이혼할 수 없도록 되어 있었고, 라이크로프트 부인은 육체적으로는 굉장히 건강해서 90세까지는 거뜬히 살 정도였습니다. 그 두 사람은, 내 생각에 잠자리를 같이한 것도 같지만, 둘 다 분별력이 있고 신중해서 겉으로는 드러나지 않았죠. 그런 뒤 루이스 라이크로프트 경은 전쟁에서 전사했습니다."

"그래서요?" 홉킨스 간호사가 퉁명스럽게 말했다.

"그가 죽은 뒤에 아기가 태어났는데, 나는 그 아기가 메리 제러드였을 것 같습니다." 포와로가 말했다.

홉킨스 간호사가 말했다.

"당신은 다 알고 계신 것 같군요!"

포와로가 말했다.

"그건 내 생각일 뿐입니다. 하지만, 그게 사실이라는 확실한 증거를 당신이 가지고 있을 가능성이 있다는 거죠."

홉킨스 간호사는 얼굴을 찌푸린 채 잠시 동안 말없이 앉아 있다가 갑자기 일어서서 방을 가로질러 가더니 서랍을 하나 열고 봉투 한 장을 꺼냈다. 그녀는 그것을 포와로에게 주며 말했다.

"이것이 어떻게 제 손에 들어왔는가를 말씀드리겠어요. 그러니까 저는 저 나름대로 의심을 품고 있었죠. 한 가지 예를 든다면, 웰먼 부인이 그 처녀를 바라보는 태도 같은 데에서요. 그러던 차에 그 소문을 듣게 되었죠. 그리고 제 러드 노인이 병이 났을 때, 메리가 자기 딸이 아니라고 저한테 한 말도 있었고요.

그런데 메리가 죽은 뒤 제가 그 별채를 마저 정리하러 갔을 때, 서랍 속에서 제러드 노인의 물건과 섞여 있는 이 편지를 우연히 발견하게 된 거예요. 한번 읽어 보세요.”

포와로는 퇴색된 잉크로 아래와 같이 쓰인 글씨를 읽었다.

<메리에게—내가 죽은 뒤에 그녀에게 보내 주길>

포와로가 말했다.
“이것은 최근에 쓰인 게 아니군요.”
“그것을 쓴 사람은 제러드 노인이 아니에요.” 홉킨스 간호사가 설명했다.
“14년 전에 죽은 메리의 어머니가 쓴 거예요. 그녀는 이것을 메리에게 주려고 썼지만, 그 노인네가 자기 물건들 사이에 넣어 두었기 때문에 그녀는 그것을 볼 수가 없었어요—하지만, 저는 그녀가 그 편지를 못 본 것을 감사하게 생각해요! 만일 메리가 이 편지를 보았다면 죽을 때까지 얼굴을 들고 다니지 못했을 거예요. 그녀가 부끄러워할 이유는 하나도 없는데 말이에요.”
그녀는 멈추었다가 다시 말했다.
“그리고 그건 봉해져 있었는데, 당신에게 솔직히 고백하지만 저는 그것을 발견했을 때 그래서는 안 되는 줄 알면서도 뜯어서 그 자리에서 읽어 봤어요. 메리는 이미 죽고 없었으며, 저는 그 내용이 어떤 것이리라는 것을 어느 정도 짐작은 했지만, 그것이 다른 사람과 관련이 있으리라고는 보지 않았거든요. 하지만, 이상하게도 저는 그것을 없애버리고 싶지가 않더군요. 그냥 그렇게 하는 것이 옳을 것 같아서였죠. 자, 당신이 직접 읽어 보시는 게 좋겠어요.”
포와로는 모가 난 깨알 같은 글씨로 빽빽하게 쓰인 편지지를 꺼냈다.

나는 이것이 필요한 때가 있을 것 같아 여기에 진실을 적는 거란다.

나는 헌터버리 저택에서 사시는 웰먼 부인의 몸종이었는데, 마님은 나에게 아주 친절하게 대해 주셨지. 내가 어떤 남자의 애를 배게 되었을 때 마님은 나를 탓하지 않고 오히려 도와주시고 다시 마님 시중을 들도록 해주었단다. 그러나 아기는 죽고 말았어. 마님과 루이스 라이크로프트 경은 서로 좋아했지만 결혼할 수가 없었단다. 왜냐하면 그분에게는 이미 부인이 있었고, 그 부인은 가엾게도 정신병원에 입원 중이었거든. 그분은 훌륭한 신사이며, 웰먼 부인을 헌신적으로 사랑하셨단다. 그분이 돌아가시자, 마님은 나에게 곧바로 자기가 임신 중이라고 말씀하셨어. 그 뒤 마님은 스코틀랜드로 가면서 나를 데리고 가셨지. 아기는 거기에서 태어났어—아들로크리에서. 내가 위기에 처해 있을 때 나에 대한 일을 회피하고 훌쩍 떠나 버렸던 밥 제러드가 나에게 다시 편지를 썼을 무렵이었지. 우리는 결혼해서 별채에 살기로 합의를 보았는데, 그는 그 아기가 자신의 아기라고 생각하고 있었단다. 우리가 그곳에 살게 되면 웰먼 부인이 그 아이에게 관심을 갖는 것이 자연스럽게 보일 것이며, 마님은 그 애를 교육시켜 그 애가 세상에 나가 자리를 잡을 수 있도록 알아서 해주실 수가 있었던 것이지. 마님은 메리가 그 사실을 절대로 알아서는 안 된다고 생각하셨어. 웰먼 부인은 우리 둘에게 상당한 액수의 돈을 주셨단다. 하지만 나는 그것을 안 주셔도 마님을 도와 드렸을 거야. 나는 밥과 아주 행복하게 지냈지만 그는 메리를 결코 마음에 들어 하지 않았어. 나는 침묵을 지켰고 거기에 대한 얘기라면 일절 언급하지 않았단다. 하지만 내가 죽을 때를 생각해서 이것을 글로 적어두는 게 옳으리라 생각했단다.

엘리자 제러드
(본명 엘리자 라일리)

에르큘 포와로는 숨을 깊이 들이마시며 그 편지를 다시 접었다.
홉킨스 간호사가 걱정스러운 듯이 말했다.

"이제 어떻게 할 작정이세요? 그들은 모두 죽고 없어요! 이런 일들을 괜히 드러내 보았자 좋을 게 없잖아요. 이 지방에서는 모두 웰먼 부인을 존경했어요. 한마디도 그녀에게 불리한 말이라고는 없었죠. 이건 모두 지나간 일인데— 드러나게 되면 비참해질 거예요. 메리한테도 똑같죠. 그녀는 사랑스러운 처녀였어요. 누가 무엇 때문에 그녀가 사생아였다는 것을 알아야 하죠? 제 말은 죽은 사람들을 무덤 속에서 편안히 쉬도록 해두자는 거예요."

"살아 있는 사람도 생각해야죠." 포와로가 말했다.

홉킨스 간호사가 말했다.

"하지만, 이건 살인사건과는 아무런 상관도 없잖아요."

"어쩌면 그것과 아주 깊은 관련이 있을지도 모릅니다."

에르큘 포와로가 엄숙하게 말했다.

그는 입을 벌린 채 자기 뒤를 빤히 바라보는 홉킨스 간호사를 남겨 두고 그 집에서 나왔다.

그가 얼마간 걸었을 때 누군가가 그의 뒤를 쫓아 망설이며 걸어오고 있다는 것을 깨달았다. 그는 걸음을 멈추고 돌아보았다.

헌터버리 저택의 그 젊은 정원사인 홀릭이었다. 그는 몹시 당황해서는 손으로 모자를 빙글빙글 돌리고 있었다.

"실례합니다, 선생님. 잠깐 말씀 좀 드릴 수 있을까요?"

홀릭은 단숨에 말해 버렸다.

"물론이오. 무슨 말이오?"

홀릭은 훨씬 더 힘을 주며 그 모자를 만지작거렸다. 그는 시선을 피하며 고통스럽고 당황한 표정을 역력히 드러내고서 말했다.

"그 차에 대한 건데요."

"그날 오전 뒷문 밖에 있었다는 차 말이오?"

"예, 선생님. 로드 박사님은 오늘 오전에 그것이 그분 차가 아니었다고 말씀하셨지만—그것은 분명히 그분 차였습니다, 선생님."

"그것을 확신할 수 있소?"

"예, 선생님. 그 번호 때문입니다—그건 MSS 2022였어요. 마을 사람들도 그

번호를 알고 있는데, 우리는 그것을 항상 미스 투투라고 부르죠! 확신할 수 있습니다, 선생님.”

포와로는 살짝 미소를 지으며 이렇게 말했다.

“하지만, 로드 박사는 그날 오전 위든버리에 있었다고 하잖소?”

홀릭은 비통한 표정을 지으며 말했다.

“예, 선생님. 저도 들었어요. 하지만, 그건 그분 차였습니다, 선생님…… 맹세할 수 있습니다.”

포와로가 상냥하게 말했다.

“고맙소, 홀릭, 당신은 아주 정확히 일을 해주었소.”

제3부

1

　법정은 몹시 더운 건가? 아니면 몹시 추운 건가? 엘리노어 칼리슬은 확신할 수가 없었다. 때때로 그녀는 마치 열병에 걸린 것처럼 불타는 듯이 느끼다가, 바로 다음 순간에는 바르르 떨었다.

　그녀는 검사의 논고 끝부분을 듣지 못했다. 그녀는 과거로 되돌아가 있었다—그 모든 일들이 천천히 스쳐 지나갔다. 그 볼품없는 편지가 온 날부터, 양의 탈을 쓴 경찰관이 끔찍할 정도로 유창하게 말하던 순간까지.

　“엘리노어 캐서린 칼리슬이죠. 지난 7월 27일 메리 제러드에게 독약을 먹여 살해한 혐의로 여기 당신에 대한 구속영장을 가지고 왔습니다. 그리고 분명히 경고해 두겠는데, 당신이 말하는 것은 무엇이든지 기록이 되어 재판할 때 증거로서 사용될 것입니다.”

　끔찍하고 무섭게, 유창하게도 흘러나오던 그 말……. 그녀는 매끄럽게 돌아가는, 기름이 잘 쳐진(비인간적이고 냉정한) 기계에 꽉 움켜잡힌 것 같았다. 그리고 이제 그녀는 세상의 소문이 자자한 가운데 피고석에 서 있는데, 비인격적이지도 비인간적이지도 않은 수많은 눈이 그녀를 보며 즐기고 있었다. 고소한 듯이……. 단지 배심원들만이 그녀를 쳐다보지 않았다. 거북한 듯 그들은 시선을 애써 피했다…….

　‘그것은, 곧 자기들이 무슨 말을 하게 될지 알고 있기 때문이야…….’ 하고 그녀는 생각했다.

2

　로드 박사가 증언하고 있었다. 이 피터 로드가—헌터버리에서 그렇게 친절하고 다정하게 대해 주었던 그 주근깨가 난 쾌활한 젊은 의사였지? 그는 지금 아주 뻣뻣했다. 엄격하고 직업적이었다. 그의 대답은 단조로웠다.

그는 헌터버리 저택에서 전화가 왔지만, 손을 쓰기에는 너무 늦은 상태였다. 메리 제러드는 그가 도착한 몇 분 뒤에 죽었으며, 증세로 봐서 잘 알려지지 않은 '전격성' 형태의 하나인 모르핀 중독 증세와 일치하는 죽음이었다고 말했다.

에드윈 벌머 경이 일어나 반대 심문을 했다.

"당신은 고 웰먼 부인의 주치의였습니까?"

"그렇습니다."

"지난 6월 당신이 헌터버리를 방문한 동안, 당신은 피고와 메리 제러드가 함께 있는 것을 본 적이 있습니까?"

"여러 번 있었습니다."

"메리 제러드에 대한 피고의 태도를 어떻게 말하시겠습니까?"

"더할 나위 없이 쾌활하고 자연스러웠습니다."

에드윈 벌머 경은 약간 경멸적인 미소를 띠며 말했다.

"우리가 그렇게 많이 들어왔던, 그 '질투하는 증오'의 기색 같은 것은 전혀 못 보았습니까?"

피터 로드는 턱을 붙이고 단호하게 말했다.

"예."

'하지만, 그는 보았어—그는 보았어……. 그는 나를 위해서 지금 거짓말을 하는 거야……. 그는 알고 있었어.' 엘리노어는 생각했다.

피터 로드 다음에는 경찰의사 차례였다. 그의 증언은 꽤 길고 좀더 상세했다. 그 죽음은 '전격성' 종류의 하나인 모르핀 중독 때문이다. 그는 그 용어를 자세하게 설명하겠지. 약간 즐기면서 그는 그렇게 했다. 모르핀 중독으로 인한 사망은 여러 가지 다른 형태로 발생할 수 있다. 가장 흔히 볼 수 있는 것으로는 격렬한 흥분기를 거친 다음 졸음이 오고 혼수상태에 빠지며, 동공이 수축하는 증세를 보인다. 그리 흔하지 않은 또 다른 형태는 '전격성'이라는 이름을 가진 것으로, 이때는 아주 짧은 시간 내에—약 10분 내로 깊은 잠에 빠지게 되며, 동공은 보통 팽창된다……

3

재판이 휴정 되었다가 다시 개정되었다. 전문가의 의학적 증언이 얼마간 진행되었다. 유명한 분석화학자인 앨런 가시아 박사는 학문적인 용어를 마음껏 구사하며, 위 속에 들어 있던 내용물에 대해 신나는 듯이 이야기했다. 빵, 생선, 페이스트, 모르핀……. 좀더 학문적인 용어들과 여러 가지 소수점들. 사망자가 먹은 양은 4그레인으로 추산되었고, 치사량은 1그레인(0.0648g) 정도라는 것이었다.

에드윈 경은 여전히 기분 좋게 일어섰다.

"나는 그것을 아주 확실히 해두고 싶습니다. 당신은 그 위에서 빵, 버터, 생선, 페이스트, 차, 그리고 모르핀 외에는 아무것도 발견하지 못했는데, 다른 식료품은 전혀 없었습니까?"

"없었습니다."

"다시 말해서, 사망자는 어느 정도의 상당한 시간 동안에는 샌드위치와 차 이외에는 아무것도 먹지 않았다는 거로군요?"

"그렇습니다."

"모르핀이 특별히 어느 매개물로 공급되었는지를 보여 주는 것이 있었습니까?"

"잘 이해가 안 가는군요."

"질문을 간략하게 해 드리죠. 생선 페이스트나 빵, 또는 빵에 발라진 버터, 또는 차, 차에 첨가된 우유 중 모르핀은 어디에도 들어 있을 수 있었습니까?"

"물론이죠."

"모르핀이 다른 어떤 매개물도 아닌 생선 페이스트에 들어 있었다는 특별한 증거는 없었죠?"

"예."

"그렇다면 실제로 모르핀은 따로—다시 말해서, 어떤 매개물 속에 넣지 않고 복용되었을 수도 있었겠군요? 그것은 알약 형태로 그냥 삼켜질 수도 있었습니까?"

"그렇습니다, 물론."

에드윈 경이 앉았다.

새뮤얼 경이 재심문했다.

"그렇지만 당신은 모르핀이 어떤 방법으로 복용되었든지 간에 나머지 음식물이나 음료수와 동시에 복용 되었다고 생각하시지요?"

"예."

"감사합니다."

4

브릴 경위는 기계적으로 유창하게 선서했다. 그는 경찰답고 둔하게 증언석에 서서 경험에서 얻은 여유로 증거를 술술 이야기했다.

"그 집에 불려갔습니다……피고는 '생선 페이스트가 상했던 게 분명해요' 하고 말했습니다……전술한 사항을 살펴보고자……생선 페이스트 한 병은 씻겨서 식기실의 배수대 위에 놓여 있었고, 다른 한 병은 반쯤 차 있는 채…… 식기실을 더 조사해 보았더니……."

"무엇을 찾아냈습니까?"

"탁자 뒤의 마룻바닥 사이에 난 틈에서 조그만 종잇조각을 찾았습니다."

증거물이 배심원에게 제출되었다.

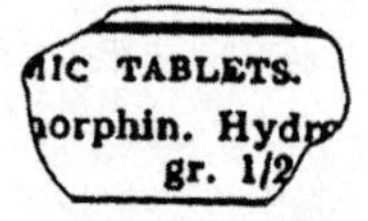

"그게 무엇이라고 봅니까?"

"인쇄된 상표의 찢긴 조각이죠—모르핀이 든 유리통에 사용되는 것과 같은 것입니다."

변호사가 느긋하게 여유를 보이며 일어섰다.

"당신은 이 조각을 바닥에 난 틈에서 발견했습니까?"

"예."

"상표 일부분이라고요?"

"예."

"상표의 나머지 부분도 찾아냈습니까?"

"아뇨."

"그럼, 상표가 부착된 통이나 유리병은 찾아냈습니까?"

"아뇨."

"당신이 그 종잇조각을 발견했을 때 그것의 상태가 어땠습니까? 깨끗했나요, 더러웠나요?"

"그건 아주 새것이었습니다."

"아주 새것이라니, 무슨 뜻입니까?"

"바닥에 있던 먼지가 조금 묻어 있긴 했지만, 아주 깨끗했습니다."

"오랫동안 거기에 있었던 것이 아니었겠군요?"

"예, 아주 최근에 거기로 들어간 겁니다."

"그렇다면 더 일찍도 아니고—당신이 그것을 발견한 바로 그날 그것이 그리로 들어갔다는 겁니까?"

"예."

에드윈 경은 투덜거리며 앉았다.

5

홉킨스 간호사가 불그스름한 얼굴에 독선적인 태도로 증인석에 섰다. 하지만, 엘리노어에게는 홉킨스 간호사가 브릴 경위만큼 소름 끼치지는 않는다는 생각이 들었다. 브릴 경위의 잔인함은 사람을 마비시킬 정도였다. 그는 정말 확실히 거대한 기계의 한 부분이었다. 하지만, 홉킨스 간호사는 인간적인 열정과 편견을 지니고 있었다.

"당신의 이름은 제시 홉킨스입니까?"

"예."

"당신은 공인 구역 간호사이며, 헌터버리 로즈 커티지에 거주하고 있습니까?"

"예."

"지난 6월 28일 당신은 어디 있었습니까?"

"헌터버리 저택에 있었어요."

"와달라는 요청을 받았습니까?"

"예. 웰먼 부인이 두 번째로 발작을 일으켰었죠. 저는 다른 간호사를 구할 때까지 오브라이언 간호사를 돕기 위해 갔었어요."

"조그만 가방을 가지고 갔습니까?"

"예."

"그 안에 무엇이 들어 있었는지 배심원에게 말씀해 주시죠"

"붕대, 연고, 주사기, 그리고 약품 몇 가지가 들어 있었어요. 모르핀 하이드로클로라이드 한 병을 포함해서요."

"그건 어떤 용도로 거기에 있었습니까?"

"마을에 있는 환자 한 명이 아침저녁으로 모르핀 주사를 맞아야 했어요."

"그 병에는 어떤 내용물이 들어 있습니까?"

"스무 개의 알약이 있는데, 알약 하나가 모르핀 하이드로클로라이드 2분의 1그레인이었습니다."

"당신은 그 가방을 어떻게 했습니까?"

"홀에 내려놓았어요."

"그것이 28일 저녁때였습니다. 그 가방을 다음에 들여다본 게 언제였죠?"

"다음 날 아침 9시경, 제가 그 집을 떠날 준비를 하고 있을 때였습니다."

"그때 뭔가 없어진 거라도 있었습니까?"

"모르핀 병이 없어졌어요."

"분실했다는 이야기를 했습니까?"

"환자를 담당하는 오브라이언 간호사에게 말했습니다."

"그 가방은 사람들이 늘 왔다 갔다 하는 홀에 있었단 말이죠?"

"예."

새뮤얼 경은 멈췄다가 다시 말했다.

"당신은 죽은 메리 제러드라는 처녀와 가깝게 알고 지냈습니까?"

"예."

"당신은 그녀를 어떻게 보십니까?"

"그녀는 아주 사랑스러운 처녀였어요—그리고 착했고요."

"성격은 명랑한 편이었습니까?"

"아주 명랑했죠."

"그녀에게 당신이 아는 걱정거리는 없었나요?"

"없었습니다."

"그녀가 죽을 당시, 그녀를 걱정스럽게 만든다거나 그녀의 앞날에 나쁜 영향을 미칠 만한 요인 같은 것은 없었습니까?"

"없었습니다."

"그럼, 그녀는 스스로 목숨을 끊을 이유는 없었겠군요?"

"아무런 이유도 없었죠."

그 저주스러운 이야기는 쉬지 않고 계속되었다. 홉킨스 간호사가 어떻게 별채에서 메리와 동행하게 되었으며, 엘리노어의 출현과 그녀의 흥분한 태도, 샌드위치를 먹으러 오라는 이야기, 그리고 그 접시를 메리에게 제일 먼저 내민 이야기 등을 했다. 그리고 엘리노어가 깨끗이 설거지를 해놓자고 했으며, 홉킨스 간호사에게 2층으로 함께 올라가서 옷을 고르는 일을 도와 달라고 했다는 것이다.

에드윈 벌머 경이 자주 끼어들어 이의를 제기했다.

'그래, 그건 모두 사실이야—그리고 그녀는 그것을 믿고 있어. 그녀는 내가 한 짓이라고 확신하고 있는 거야. 그리고 그녀가 하는 말은 모두 사실이야—그게 바로 끔찍한 거지. 모두 사실이니까.' 엘리노어는 생각했다.

그녀는 법정을 건너다보다가 자기를 주의 깊게—거의 친절하게, 주시하는 에르큘 포와로의 얼굴을 흘끗 쳐다보았다. 너무나 낯익은 눈길로 그녀를 보는……

상표 조각이 붙어 있는 마분지 한 장이 증인에게 넘겨졌다.

"이게 뭔지 알고 있습니까?"

"상표 조각이죠."

"배심원에게 무슨 상표인지 말할 수 있겠소?"

"예, 이건 피하 정제통에서 떨어진 상표의 한 부분입니다. 모르핀 정제 2분의 1그레인이라는 건데—, 제가 잃어버린 것과 똑같아요."

"그것을 확신합니까?"

"예, 확신해요. 그건 제 통에서 떨어져 나간 겁니다."

판사가 말했다.

"그것이 당신이 잃어버린 통의 상표라고 할 수 있는 근거라도 있습니까?"

"아뇨, 판사님. 하지만, 그건 같은 것임이 틀림없어요."

"아니, 당신은 그것이 아주 비슷하다고밖에 말할 수 없는 게 아니오?"

"저, 예, 그런 뜻이었어요."

재판이 휴정 되었다.

제2장

1

다음 날이었다.

에드윈 벌머 경이 일어서서 반대 심문을 하고 있었다. 그는 이제 조금도 온화하지 않았다. 그가 날카롭게 말했다.

"우리가 누누이 들어왔던 그 가방 말이오, 그것은 6월 28일 밤새도록 헌터버리 홀에 있었습니까?"

"예." 홉킨스 간호사가 대답했다.

"그건 좀 부주의한 처사가 아닙니까?"

홉킨스 간호사는 얼굴을 붉혔다.

"예, 그런 것 같아요."

"당신은 위험한 약품을 누구라도 손댈 수 있는 곳에 아무렇게나 내버려두는 버릇이 있습니까?"

"아뇨, 그렇지 않아요."

"오! 그래요? 하지만, 이번 경우엔 그렇게 했잖소?"

"예."

"그러므로 사실은 그 집에 있던 사람은 누구나 원하기만 했다면 모르핀을 손에 넣을 수 있었던 게 아니오?"

"그런 것 같아요."

"그런 것 같은 게 아닙니다. 그런 거죠, 안 그렇습니까?"

"저—, 그래요."

"그것을 손에 넣을 수 있었던 사람은 칼리슬 양뿐만이 아니었죠? 하인 중 누구라도 할 수 있었소. 로드 박사, 로더릭 웰먼 씨, 또는 오브라이언 간호사, 메리 제러드도 할 수 있었소."

"그런 것 같아요—그래요."

"그렇죠?"

"예."

"당신의 그 가방에 모르핀이 들어 있다는 사실을 다들 알고 있었죠?"

"모르겠어요."

"그러면 그것을 누구한테든 말했었소?"

"아뇨."

"그렇다면 칼리슬 양은 거기에 모르핀이 있다는 것을 전혀 몰랐을 수도 있겠군요?"

"그녀가 뒤져 보았을 수도 있죠."

"그건 극히 불가능한 일이 아닙니까?"

"그건 모르는 일이라고 생각해요."

"그 모르핀에 대해서는 칼리슬 양보다 더 잘 알고 있을 법한 사람들이 있었습니다. 예를 들어 로드 박사가 그렇죠. 그는 알고 있었을 겁니다. 당신은 그의 지시에 따라 모르핀을 투약하는 게 아닙니까?"

"그야 그렇죠."

"메리 제러드도 거기에 모르핀이 들어 있다는 것을 알고 있었겠군요?"

"아뇨, 그녀는 몰랐어요."

"그녀는 당신의 집에 자주 가지 않았습니까?"

"그다지 자주는 아니었어요."

"내 말은 그녀가 당신 집에 꽤 자주 갔었다는 것이고, 그러니까 그 집에 있는 모든 사람 중에서 당신 가방 속에 모르핀이 들어 있다는 것을 알고 있었을 가능성이 가장 크다는 겁니다."

"저는 그렇게 생각지 않아요."

에드윈 경은 잠깐 멈추었다.

"당신은 모르핀이 없어졌다는 것을 그날 아침에 오브라이언 간호사에게 말했습니까?"

"예."

"당신이 실제로 한 말은, '모르핀을 집에다 두고 왔나 봐. 그것을 가지러 돌아가 봐야겠어.'가 아니었나요?"

"아뇨, 저는 그런 말을 하지 않았어요."

"그 모르핀을 당신 집에 있는 벽난로 선반 위에 두었다는 말을 하지 않았다고요?"

"글쎄요, 저는 모르핀을 찾을 수 없어서 아마도 그런 모양이라고 생각했죠."

"아니, 당신은 모르핀을 어떻게 했는지 실제로는 모르고 있었잖습니까!"

"아뇨, 알고 있었어요. 저는 모르핀을 가방 안에 넣어 두었어요."

"그렇다면 왜 6월 29일 아침에는 모르핀을 집에 두고 왔을지도 모른다고 했습니까?"

"그랬을지도 모른다고 생각했기 때문이에요."

"당신은 정말 부주의한 여자로군요."

"그렇지 않아요."

"당신은 가끔 좀 부정확하게 말하지 않습니까?"

"아뇨, 안 그래요. 저는 아주 신중하게 말하고 있어요."

"당신은 7월 27일—메리 제러드가 죽은 날 장미 덩굴에 찔렸다는 말을 했죠?"

"그게 그것과 무슨 상관이 있는지 모르겠군요!"

판사가 말했다.

"그것이 관계가 있소, 에드윈 경?"

"예. 판사님, 그것은 변호에 필수적인 부분입니다. 저는 그 진술이 거짓말이었다는 것을 증명하기 위해 증인들을 부를 생각입니다."

에드윈 경이 다시 말했다.

"당신은 그래도 7월 27일 장미 덩굴에 손목이 찔렸다고 말하겠습니까?"

"예, 그랬어요."

홉킨스 간호사는 자못 도전적인 태도를 보였다.

"언제 그렇게 되었죠?"

"7월 27일 오전 별채를 나와 헌터버리 저택으로 올라가기 직전이에요."

에드윈 경은 의심스러운 표정으로 말했다.

"그게 어떤 장미 나무였죠?"

"별채 바로 밖에 덩굴이 오른 분홍색 꽃이 핀 것이었어요."

"틀림없죠?"

"정말 틀림없어요."

에드윈 경은 멈췄다가 다시 물었다.

"당신은 6월 28일 헌터버리로 갈 때 가방에 모르핀이 들어 있었다고 말한 것을 고수하겠습니까?"

"그래요. 저는 모르핀을 가지고 갔어요."

"이제 곧 오브라이언 간호사가 증인석으로 나와 당신이 모르핀을 아마 집에 두고 왔을 거라는 말을 했다고 증언한다면?"

"모르핀은 제 가방에 들어 있었어요. 저는 그것을 확신해요."

에드윈 경이 한숨을 쉬었다.

"당신은 모르핀이 사라졌는데도 전혀 불안해하지 않았습니까?"

"불안하지, 않았어요, 예."

"오, 그럼 당신은 위험한 약품이 그렇게 많이 사라졌는데도 아주 태평했군요?"

"저는 그 당시에는 누가 모르핀을 훔쳐갔으리라고는 생각지 않았거든요."

"알았습니다. 당신은 모르핀을 어떻게 했는지 그때 당장은 기억할 수가 없었던 거죠?"

"천만에요. 모르핀은 그 가방 안에 있었어요."

"2분의 1그레인짜리 알약이 스무 개면—모르핀이 10그레인이라는 건데, 그만큼이면 사람 여러 명을 죽이고도 남을 양이 아닙니까? 그런데도 당신은 불안하지도 않고, 심지어 잃어버렸다는 것을 공식적으로 보고하지도 않았다는 말이죠?"

"저는 괜찮을 줄 알았어요."

"내 생각으로는, 만일 그 모르핀이 정말 그런 식으로 없어진 거라면, 당신은 양심적인 사람으로서 모르핀을 잃어버린 사실을 공식적으로 보고하지 않을 수 없었을 텐데요.”

홉킨스 간호사는 몹시 당황해서는 얼굴을 붉히며 말했다.

“저는 그렇게 하지는 않았어요.”

“그건 당신이 업무를 소홀히 한 죄라고 할 수 있지 않을까요? 당신은 책임을 아주 진지하게 받아들이지 않는 것 같군요. 당신은 종종 위험한 약품들을 잃어버립니까?”

“전에는 한 번도 그런 적이 없었어요.”

몇 분간 그런 식으로 계속되었다. 홉킨스 간호사는 당황하여 계속 앞뒤가 맞지 않는 말만 늘어놓고 있었다. 에드윈 경의 노련함에 간단히 걸려들고 말았던 것이다.

“7월 6일 목요일, 죽은 메리 제러드라는 처녀가 유언장을 만들었다는 게 사실입니까?”

“예.”

“그녀는 왜 그렇게 했습니까?”

“그녀가 그렇게 하는 것이 적절하다고 생각했기 때문이에요. 그래서 만든 거예요.”

“그녀가 자기의 장래에 대해서 우울하고 불안을 느꼈기 때문이 아니라고 확신합니까?”

“말도 안 되는 소리예요.”

“그렇지만 그녀의 마음속에 죽음에 대한 생각이 자리 잡고 있었기 때문에— 그런 일에 신경을 쓰게 된 것으로 보이는데요.”

“천만에요. 그녀는 다만 그렇게 하는 것이 적절하다고 생각했을 뿐이에요.”

“이것이 그 유언장입니까? 메리 제러드가 서명하고, 과자가게 점원들인 에밀리 빅스와 로저 웨이드가 입회하여, 그녀가 죽을 때 소유한 전 재산을 엘리자 라일리의 여동생인 메리 라일리에게 남긴다고 되어 있습니까?”

“맞아요.”

그것은 배심원에게 제출되었다.

“당신이 아는 바로는, 메리 제러드에게 물려줄 재산이 있었습니까?”

“그때는 없었어요.”

“그렇다면 곧 생기기로 되어 있었나요?”

“예.”

“2천 파운드라는 상당한 액수의 돈을 칼리슬 양이 메리에게 주기로 되어 있었죠?”

“예.”

“칼리슬 양이 그렇게 할 의무는 없었죠? 그건 그녀의 관대한 행동에서 비롯된 게 아닙니까?”

“예, 그녀는 자기의 자유 의지로 그렇게 했어요.”

“그렇지만 얘기된 바대로 그녀가 메리 제러드가 미워했다면, 그녀는 자유 의지로 거액의 돈을 그녀에게 주지는 않았을 텐데요?”

“그럴지도 모르죠.”

“그 대답은 무슨 뜻입니까?”

“아무 뜻도 없어요.”

“좋습니다. 자, 메리 제러드와 로더릭 웰먼 씨에 대해 마을에서 떠돌던 소문을 들은 적이 있겠죠?”

“그는 그녀에게 빠져 있었어요.”

“그것에 대한 증거라도 있습니까?”

“저는 그것을 다만 알고 있었을 뿐이에요.”

“오—, 당신은 ‘그것을 다만 아는 것뿐’이군요. 그건 배심원들을 그다지 이해시킬 만한 말이 못 될 것 같은데. 당신은 언젠가, 메리는 그가 엘리노어 양과 약혼했기 때문에 그와 아무런 관계를 맺지 않을 것이며, 그녀가 런던에서도 그에게 똑같은 말을 했다는 얘기를 했습니까?”

“그건 그녀가 저에게 한 말이었어요.”

새뮤얼 어텐버리 경이 재심문했다.

“메리 제러드가 이 유언장을 만드느라고 당신과 얘기하고 있을 때, 피고가 창문을 통해 안을 들여다보았습니까?”

“예, 그랬어요.”

“그녀는 무슨 말을 했습니까?”

“그녀는, ‘그러니까 당신이 유언장을 만들고 있다고요, 메리? 그것참 재미있군요.’ 하고 말했어요. 그러고는 소리 내어 웃었죠. 웃고 또 웃었어요. 그리고 제 생각으로는……” 그 증인은 심술궂게 말했다.

“그 생각이 그녀의 머릿속에 떠오른 것은 그 순간이었다고 여겨져요. 메리를 죽이겠다는 생각 말이에요! 그녀는 바로 그 순간에 살의를 품게 되었던 거예요.”

판사가 날카롭게 말했다.

“당신에게 물어보는 말에만 대답하시오. 대답의 마지막 부분은 삭제될 것이오.”

‘정말 이상해. 진실을 말하고 있는데, 그것을 삭제해 버리겠다니……’

엘리노어는 생각했다.

그녀는 미친 듯이 크게 한번 웃고 싶었다.

2

오브라이언 간호사가 증인석에 섰다.

“6월 29일 아침에 홉킨스 간호사가 당신에게 무슨 말을 했습니까?”

“예. 그녀는 가방에 있던 모르핀 하이드로클로라이드 한 통이 없어졌다고 했어요.”

“그때 당신은 어떻게 했습니까?”

“그녀가 그것을 찾는 것을 도와주었습니다.”

“그런데 찾을 수 없었습니까?”

“예.”

“당신이 알기로도 그 가방이 밤새도록 그 홀에 있었습니까?”

“그랬어요.”

“웰먼 부인이 죽을 당시에—즉, 6월 28일에서 29일 사이에 웰먼 씨와 피고는 둘 다 그 집에 머무르고 있었습니까?”

“예.”

“6월 29일—웰먼 부인이 죽은 다음 날 일어났던 일을 우리에게 말해 주겠소?”

“저는 로더릭 웰먼 씨가 메리 제러드와 함께 있는 것을 보았어요. 그는 사랑한다고 말하며 그녀에게 키스하려고 했어요.”

“그는 그 당시 피고와 약혼한 상태였습니까?”

“예.”

“그다음엔 어떻게 되었습니까?”

“메리는 그에게 부끄러운 줄 알라고, 당신은 엘리노어 양과 약혼한 상태가 아니냐고 말했습니다.”

“당신이 생각하기에, 피고의 메리 제러드에 대한 감정은 어떠했습니까?”

“그녀는 메리를 몹시 미워했어요. 그녀는 메리를 죽여 버렸으면 좋겠다는 시선으로 그녀의 뒷모습을 쳐다보았어요.”

에드윈 경이 벌떡 일어섰다.

‘저 사람들은 왜 그걸로 말다툼하는 거지? 그게 무슨 상관이 있어?’

엘리노어가 생각했다.

에드윈 벌머 경이 반대 심문했다.

“홉킨스 간호사가 모르핀을 집에 두고 왔을 것 같다고 말한 게 사실이 아닙니까?”

“글쎄요, 그건 이렇게 된 거예요. 그러니까—.”

“질문에 답변해 주시오. 그녀는 모르핀을 아마 집에 두고 온 것 같다는 말을 하지 않았습니까?”

“했어요.”

“그녀는 그 당시에 그것에 관해 정말 걱정을 하진 않았잖습니까?”

“예, 그때는 안 했어요.”

“그녀가 모르핀을 집에 놔두고 왔다고 생각했기 때문이겠죠. 그래서 그녀는 전혀 불안해하지 않았던 겁니다.”

“하지만, 그녀는 누군가가 그것을 훔쳐갔으리라고 상상할 수는 없었잖아요?”

"그렇죠. 메리 제러드가 모르핀으로 죽게 되리라고는 상상도 못했을 테니까
요."

판사가 끼어들었다.

"에드윈 경, 그 문제에 대해서는 이미 끝났다고 보는데요."

"판사님의 뜻이라면."

"그럼, 메리 제러드에 대한 피고의 태도에 관해서인데, 그들 사이에 어느 때
건 말다툼은 없었습니까?"

"예, 말다툼한 적은 없었어요."

"칼리슬 양은 메리 제러드에게 항상 아주 쾌활하게 대했습니까?"

"예. 그녀는 그런 식으로 대했어요."

"예―, 예, 예. 하지만, 우리는 그런 종류의 일을 증거로 삼을 수는 없죠. 당
신은 아일랜드인이라고 생각되는군요?"

"그래요."

"그런데 아일랜드인들은 상상력이 좀 왕성한 편이죠?"

오브라이언 간호사는 흥분한 목소리로, "제가 당신에게 말한 것은 모두 사
실이에요." 하고 외쳤다.

3

식료품 가게의 애버트가 어리둥절해하며 증인석에 섰다―자신감이 없는 태
도로(그러나 자기의 중요성에 약간은 감격하고 있었다). 그의 증언은 간단했다.
생선 페이스트 두 병을 사갔다는 이야기와, 피고가 '생선 페이스트는 식중독을
많이 일으키잖아요?'라고 했던 것. 그녀는 좀 흥분한 것도 같았고, 이상해 보
이기도 했다는 것뿐이었다.

반대 심문은 없었다.

1

모두(冒頭; 말이나 글의 첫머리) 변론

"배심원 여러분, 저는 피고에게 불리한 사실은 없다고 말씀드리고 싶습니다.

증명의 책임이 검찰에 있는데, 지금까지 제가 보기로는(그리고 여러분도 그렇게 보실 줄 믿습니다만), 그들은 아무것도 정확하게 증명해 내지 못했습니다! 검찰의 주장은 엘리노어 칼리슬이 모르핀을 손에 넣은 다음(그런데 모르핀은 그 집에 있던 다른 사람들도 모두 똑같이 훔칠 기회가 있었으며, 또 그것이 그 집에 있기나 했는지도 상당히 의심이 갑니다), 메리 제러드를 독살했다는 것입니다.

여기에서 검찰은 단지 기회라는 것에만 의존하고 있습니다. 그쪽에서는 동기를 증명하려고 노력했지만, 그건 할 수 없는 일이었다는 것을 말씀드리고 싶습니다. 왜냐하면, 배심원 여러분, 거기에는 동기가 없었으니까요!

검찰은 깨진 약혼에 대해서 말했습니다. 제가 여러분에게 묻겠습니다—깨진 약혼이라니요! 약혼이 깨졌다는 게 살인의 이유가 된다면, 왜 매일같이 살인사건들이 일어나지 않는 거죠? 게다가 이 약혼은, 주의해 주십시오, 깊은 사랑에 의한 것이 아니었습니다. 그것은 주로 집안 내의 이유로 이루어진 약혼이었습니다. 칼리슬 양과 웰먼 씨는 함께 성장했고 그들은 항상 서로 좋아했기 때문에, 점차로 다정하게 애착을 갖게 된 겁니다. 하지만, 저는 그것이 기껏해야 아주 미적지근한 관계였다는 것을 증명할 생각입니다."

(오, 로다—로디. 미적지근한 관계였다고?)

"더구나, 이 약혼은 웰먼 씨가 아니라, 피고가 깼습니다. 저는 여러분에게 엘리노어 칼리슬과 로더릭 웰먼 사이의 약혼은 대체로 웰먼 부인을 즐겁게 해주기 위해 이루어졌다는 것을 말씀드리고 싶습니다. 그녀가 죽자, 양쪽 모두

그들의 감정이 결혼생활에 들어가는 게 옳다고 할 만큼 충분히 강하지 않다는
것을 깨달았습니다. 하지만, 그들은 좋은 친구로 남아 있었죠. 게다가 고모한
테서 재산을 물려받은 엘리노어 칼리슬은 천성적으로 친절해서, 메리 제러드
에게 상당한 액수의 돈을 주기로 계획하고 있었습니다. 그런데 이런 아가씨에
게 살인죄를 뒤집어씌우다니요! 그건 너무나도 터무니없는 일입니다.

엘리노어 칼리슬에게 불리한 게 있다면 오직 한 가지, 그 독살이 발생한 상
황뿐입니다. 검찰은 이렇게 말했습니다. 엘리노어 칼리슬 외에는 아무도 메리
제러드를 죽일 수 없었다고 말입니다. 그렇게 해서라도 그들은 있음직한 동기
를 찾아야만 했습니다. 그러나 제가 이미 여러분에게 말씀드렸다시피, 거기에
는 동기가 없었기 때문에 그들은 아무것도 찾을 수가 없었습니다.

자, 엘리노어 칼리슬 외에는 아무도 메리 제러드를 죽일 수 없었다는 것이
사실입니까? 아뇨, 그렇지 않습니다. 메리 제러드가 자살했을 가능성도 있습니
다. 엘리노어 칼리슬이 그 집을 나와 별채에 있는 동안 다른 사람이 샌드위치
에 손댔을 가능성도 있습니다. 그리고 제3의 가능성도 있습니다.

기본적인 증거법상으로 볼 때, 가능성이 있고 증거와 일치하는 다른 가설이
있다고 생각되면 피고는 석방되어야 합니다. 저는 여러분에게 메리 제러드를
독살할 똑같은 기회를 얻었을 뿐만 아니라, 그렇게 할 만한 훨씬 더 그럴듯한
동기를 가진 인물이 있다는 것을 보여 드릴 생각입니다.

저는 여러분께 모르핀에 쉽게 접근할 수 있었고, 또 메리 제러드를 죽일 만
한 아주 좋은 동기를 지닌 사람이 있다는 것을 보여 드리기 위해 증인을 소환
할 생각이며, 그 사람이 그렇게 하는 데 똑같이 좋은 기회를 얻었다는 것도
보여 드릴 수 있습니다. 기회라는 것 외에는 피고에게 불리한 증거가 아무것
도 없고, 또 다른 사람에게는 기회라는 증거뿐만 아니라, 압도적인 동기도 있
다는 것이 분명한데도 피고에게 유죄를 선언할 배심원은 세상에서 한 분도 없
으리라는 말씀을 드리고 싶군요.

저는 또한 검찰이 소환한 증인 가운데 고의로 위증한 사람이 있다는 것을
보여 드리기 위해 증인들을 소환할 생각입니다. 그러나 제일 먼저 피고를 불
러서, 그녀가 자기 자신의 이야기를 하도록 하여 스스로 그녀에 대한 고소가

얼마나 근거가 없는가를 아실 수 있도록 하겠습니다.”

2

그녀는 선서를 막 끝내고 나지막한 목소리로 에드윈 경의 질문에 대답하고 있었다. 판사는 몸을 앞으로 내밀었다. 그는 그녀에게 좀더 크게 말하라고 했다…….

에드윈 경은 부드럽게 격려하듯이 말하고 있었다—모두 그녀가 대답을 연습해 둔 질문이었다.

“당신은 로더릭 웰먼을 좋아했나요?”

“무척 좋아했어요. 그는 제게 친오빠같이도 대했고, 사촌같이도 대했어요. 그러나 저는 그를 항상 사촌으로 생각하고 있었죠.”

그 약혼은 그냥 떠밀려 이루어졌으며……, 자신의 전 생애를 아는 사람과 결혼한다는 것도 아주 바람직한 일이었기 때문에…….

“열정적인 관계라고 할 정도는 아니었겠군요?”

(열정적? 오, 로디…….)

“글쎄요, 아니었어요. 당신도 아시다시피 우리는 서로 너무 잘 알고 있었기 때문에…….”

“웰먼 부인이 돌아가시고 나서 당신들 사이에 약간 긴장된 감정이 있었습니까?”

“예, 그랬어요.”

“그것은 무엇 때문이었습니까?”

“어느 정도는 돈 때문이었다고 생각해요.”

“돈?”

“예, 로더릭은 무척 난처해했어요. 그는 사람들이 돈 때문에 저와 결혼한다고 생각할지 모른다는 것이었죠…….”

“약혼이 깨진 것은 메리 제러드 때문이 아니었습니까?”

“저는 로더릭이 그녀에게 약간 호감을 느끼고 있다고 생각했지만, 그것이 심각한 정도라고는 보지 않았어요.”

“만일 그랬다면 당신은 몹시 흥분하지 않았을까요?”

“오, 아뇨. 저는 다만 좀 안 어울린다고만 생각했을 거예요.”

“자, 칼리슬 양. 당신은 6월 28일 홉킨스 간호사의 가방에서 모르핀 병을 꺼냈습니까, 꺼내지 않았습니까?”

“꺼내지 않았어요.”

“어느 때건 당신은 모르핀을 가진 적이 있었습니까?”

“한 번도 없었어요.”

“당신은 고모가 유언장을 만들지 않았다는 사실을 알고 있었나요?”

“아뇨. 저는 그것을 알고는 굉장히 놀랐어요.”

“당신은 고모가 돌아가신 6월 28일 밤에 고모가 당신에게 어떤 말을 전하려 했다고 생각했습니까?”

“저는 고모가 메리 제러드를 위한 조항을 만들어 두지 않았기 때문에 그렇게 하고 싶어 하시는 걸로 이해했어요.”

“그럼, 고모의 소망을 실행하기 위해서 당신은 그 처녀에게 일정 금액을 준비했습니까?”

“예. 전 로라 고모가 바라시던 대로 실행하고 싶었어요. 또, 저는 메리가 제 고모에게 보여 준 친절함에 감사하고 있었어요.”

“7월 26일 당신은 런던에서 메이든스퍼드로 내려와 킹스 암스 여인숙에서 묵고 있었습니까?”

“예.”

“당신이 내려온 목적은 무엇이었습니까?”

“저는 그 집에 대한 매매 제의를 받았는데, 그것을 산 사람이 가능한 한 빨리 이사하고 싶어 했어요. 그래서 고모의 개인적인 물건을 모두 정리하고 물건들을 대강 정돈해 두어야 했어요.”

“당신은 7월 27일 헌터버리 저택으로 가는 길에 식품을 샀습니까?”

“예. 저는 마을로 되돌아가는 것보다 거기서 간단하게 점심을 먹는 게 더 편하리라 생각했거든요.”

"그런 다음 집으로 가서 고모의 물건들을 정리했습니까?"

"예."

"그럼, 그다음에는요?"

"식기실로 내려와서 샌드위치를 좀 만들었어요. 그러고는 별채로 내려가서 그 구역 간호사와 메리 제러드를 집으로 불렀습니다."

"왜 그렇게 했죠?"

"저는 그들이 땀을 뻘뻘 흘리며 마을로 내려갔다가 다시 별채로 걸어 돌아오는 수고를 덜어 주고 싶었어요."

"그건 사실상 당신 편에서는 자연스럽고 친절한 행동이었습니다. 그들은 그 제의를 받아들였나요?"

"예. 그들은 저와 함께 집으로 걸어 올라왔어요."

"당신이 만든 샌드위치는 어디에 있었습니까?"

"저는 그것을 접시에 담아 식기실에 두었습니다."

"창문은 열려 있었나요?"

"예."

"당신이 없는 동안 누군가가 식기실에 들어갈 수도 있었겠군요?"

"그렇죠."

"당신이 샌드위치를 자르는 동안 누군가가 밖에서 당신을 지켜보았다면, 그들은 무슨 생각을 했겠습니까?"

"제가 간단히 점심을 먹으려고 준비 중이라고 생각했겠죠."

"그들은 누군가와 점심을 나눠 먹게 되리라는 것을 알 수 없었겠죠?"

"예. 저는 제가 만든 음식의 양을 보고서야 두 사람을 불러야겠다는 생각을 했거든요."

"그럼, 만일 누군가가 당신이 없는 동안 그 집에 들어와서 샌드위치 중 하나에 모르핀을 넣었다면, 그들이 독살하려 한 사람은 당신이 아니었을까요?"

"글쎄요, 예, 그랬겠죠."

"당신들은 집에 돌아와서 무슨 일을 했었습니까?"

"우리는 응접실에 들어갔어요. 저는 샌드위치를 가져와서 그 두 사람에게 건네주었습니다.”

“당신은 그들과 함께 뭔가를 마셨습니까?”

“저는 물을 마셨어요. 탁자에 맥주가 있었지만, 홉킨스 간호사와 메리는 차를 더 좋아했어요. 홉킨스 간호사는 식기실에 가서 차를 만들었죠. 그녀가 그것을 쟁반에 들고 오자 메리가 따랐어요.”

“당신은 조금이라도 마셨습니까?”

“아니요.”

“메리 제러드와 홉킨스 간호사는 둘 다 마셨다는 거죠?”

“예.”

“그다음에 무슨 일이 있었습니까?”

“홉킨스 간호사가 나가서 가스풍로를 껐어요.”

“당신과 메리 제러드 둘이 있도록 남겨두고요?”

“예.”

“그다음엔 어떻게 되었습니까?”

“몇 분 뒤 저는 쟁반과 샌드위치 접시를 식기실로 가져갔어요. 홉킨스 간호사가 거기에 있어서, 우리는 함께 설거지를 했죠.”

“홉킨스 간호사는 그 당시에 소매를 걷어 올리고 있었습니까?”

“예. 그녀가 그릇을 씻고, 저는 물기를 닦았어요.”

“당신은 그녀의 손목에 있는 자국을 보고 무슨 말을 했나요?”

“저는 그녀에게 어디에 찔렸느냐고 물었어요.”

“그녀가 뭐라고 대답하던가요?”

“그녀는, ‘별채 밖에 있는 장미 덩굴의 가시에 찔렸어요. 곧 빼내야겠어요.’ 하고 말했어요.”

“그 당시에 그녀의 태도는 어떠했습니까?”

“그녀는 무척 더워했었던 것 같아요. 땀을 흘리고 있었고, 안색도 이상했거든요.”

“그다음에는?”

“우린 2층으로 올라갔는데, 그녀는 저를 도와 고모의 물건을 정리했습니다.”

“다시 아래층에 내려간 게 언제였습니까?”

“한 시간 뒤였을 거예요.”

“그때 메리 제러드는 어디에 있었습니까?”

“그녀는 응접실에 앉아 있었어요. 숨소리가 아주 이상했고, 혼수상태에 빠져 있었어요. 저는 홉킨스 간호사의 지시대로 의사에게 전화를 걸었어요. 하지만, 그가 도착하자마자 그녀는 죽었어요.”

에드윈 경은 극적으로 어깨를 으쓱해 보였다.

“칼리슬 양, 당신이 메리 제러드를 죽였습니까?”

(그게 당신의 신호죠! 머리를 들고, 눈을 똑바로.)

“아니요!”

3

새뮤얼 어텐버리 경.

심장이 마구 뛰었다. 자, 이제 그녀는 적의 동정이나 자비를 바랄 뿐이다! 더 이상 상냥함도 없고, 그녀가 대답할 수 있는 질문도 더 이상 없다!

그러나 그는 아주 부드럽게 시작했다.

“당신은, 우리에게 말했다시피 로더릭 웰먼 씨와 결혼하려고 했죠?”

“예.”

“당신은 그를 좋아했습니까?”

“무척 좋아했어요.”

“내가 보기에는, 당신은 로더릭 웰먼을 깊이 사랑했으며, 메리 제러드에 대한 그의 사랑을 굉장히 질투했던 것 같은데요?”

“아니에요.”

(‘아니에요’라는 소리가 적당히 분개한 것처럼 들렸을까?)

새뮤얼 경은 위협하듯이 말했다.

“당신은 로더릭 웰먼이 당신에게 돌아오리라는 희망에서, 고의로 메리 제러드를 없앨 계획을 세우지 않았습니까?”

“절대로 그렇지 않아요.”

(경멸적으로—약간 지친 듯이. 그것이 더 나았어)

질문이 계속되었다. 마치 꿈을 꾸고 있는 것 같았다—나쁜 꿈, 악몽……

질문, 또 질문……끔찍하고 불쾌한 질문들. 그중 몇몇은 그녀가 예상했던 것들이고, 몇몇은 그녀가 미처 생각지도 못했던 것들이었다…….

그녀는 항상 자기 입장을 기억하려고 노력했다.

“그래요, 저는 그녀를 미워했어요……예, 저는 그녀가 죽기를 바랐어요…… 예, 샌드위치를 자르는 동안 줄곧 저는 그녀의 죽음을 눈앞에 떠올리곤 했어 요…….” 하고 말하고 싶은 것을 단 한 번도 허용하지 않았다.

침착하고 냉정한 태도로, 가능한 한 간결하고 열정 없이 대답하기 위하 여……지지 않으려고 싸우며……철두철미하게…….

이제 끝이다…….

유대인 같은 코를 가진 그 끔찍한 남자가 앉아 있었다. 그리고 친절하고 상 냥한 목소리로 에드윈 벌머 경이 몇 가지 질문을 더 했다. 반대 심문하는 동 안 끼쳤을지도 모르는 나쁜 인상을 제거하기 위해 준비된 쉽고 기분 좋은 질 문들.

그녀는 다시 피고석으로 돌아왔다. 그리고 궁금한 듯이 배심원들을 바라보 았다.

4

로디.

약간 놀란 듯한 표정에 증오심으로 가득 찬 로디가 거기에 서 있었다. 로디 는, 어쩐지 진실하게 보이지 않았다. 그러나 아무것도 진실하지 못했다.

모든 것이 무섭게 소용돌이치고 있었다. 검은색인지 흰색인지, 꼭대기인지 바닥인지, 그리고 동쪽인지 서쪽인지……. 그리고 나는 엘리노어 칼리슬이 아 니다. 나는 ‘피고’이다. 그리고 그들이 나를 교수형에 처하든, 석방시켜 주든, 이젠 아무것도 옛날과 똑같지 않을 것이다.

만일 무엇인가—단 한 가지 붙잡고 늘어질 제정신만이라도 있다면…….

(아마 주근깨가 나고 평소와 똑같은 놀라운 태도를 보인 피터 로드의 얼굴이리라…….)

에드윈 경이 이제 어디까지 갔을까?

"당신에 대한 칼리슬 양의 감정 상태가 어떠했는지 말해 주겠습니까?"

로디는 정확한 목소리로 대답했다.

"그녀는 저한테 깊은 애착은 갖고 있었지만, 열정적으로 저를 사랑한 것은 아니었습니다."

"당신은 약혼을 만족스럽게 생각했습니까?"

"오, 물론입니다. 우리는 공통점이 매우 많았어요."

"웰먼 씨, 약혼이 정확하게 왜 깨졌는지 배심원들에게 말해 주시겠습니까?"

"글쎄요, 웰먼 부인이 돌아가신 뒤, 우리는 약간의 충격을 받았던 것 같습니다. 저는 무일푼인 상태에서 부유한 여자와 결혼한다는 것이 마음에 들지 않았어요. 사실상 그 약혼은 쌍방의 합의에 따라 취소된 겁니다. 우리는 둘 다 해방된 거죠."

"그럼, 당신은 메리 제러드와 어떤 관계였는지 말해 주시겠습니까?"

(오, 로디, 가엾은 로디. 당신은 이 모든 것을 얼마나 증오하고 있을까!)

"저는 그녀가 매우 아름답다고 생각했습니다."

"그녀를 사랑했습니까?"

"단지 조금만요."

"당신이 그녀를 마지막으로 본 때가 언제였습니까?"

"글쎄요, 7월 5일이나 6일이었을 겁니다."

에드윈 경은 냉혹한 목소리로 말했다.

"그 뒤에도 그녀를 보았을 텐데요?"

"아뇨, 저는 외국에 나가 있었습니다—베네치아와 달마티아에요."

"영국에 돌아온 것이 언제였습니까?"

"전보를 받았을 때였는데, 그러니까—8월 1일이 틀림없습니다."

"그렇지만 당신은 실제로 7월 25일 영국에 있었던 걸로 아는데요."

“아닙니다.”

“자, 그럼, 웰먼 씨. 당신은 맹세했다는 것을 기억하십시오. 당신의 여권에는 당신이 7월 25일 영국으로 돌아왔다가 27일 밤에 다시 떠난 것으로 되어 있는데, 그게 사실이 아닙니까?”

에드윈 경의 목소리는 은근히 위협적인 어조를 띠었다.

엘리노어는 얼굴을 찌푸리며, 갑자기 현실을 직면하게 되었다.

변호사는 왜 자기편 증인을 위협하는 거지?

로더릭은 좀 창백해졌다. 그는 잠깐 말을 멈추었다가 다시 입을 열었다.

“자―, 예, 그렇습니다.”

“당신은 25일, 런던에 있는 메리 제러드의 하숙집으로 가서 그녀를 만났죠?”

“예, 그렇습니다.”

“그녀에게 당신과 결혼해 달라고 했습니까?”

“어―, 어―, 예.”

“그때 그녀는 뭐라고 대답을 했습니까?”

“거절했습니다.”

“당신은 부자가 아니죠, 웰먼 씨?”

“예.”

“그리고 빚이 좀 많은 편이죠?”

“그건 당신이 알 바가 아니잖습니까?”

“당신은 칼리슬 양이 그녀가 죽을 경우, 당신에게 전 재산을 물려주도록 했다는 사실을 모르고 있었습니까?”

“그건 금시초문입니다.”

“당신은 7월 27일 오전에 메이든스퍼드에 있었습니까?”

“아뇨.”

에드윈 경이 앉았다.

검사가 말했다.

“당신이 보는 견해로는 피고가 당신을 열렬히 사랑하고 있지 않았다고 말했습니다.”

“그렇습니다.”

“당신은 기사도적인 정신을 지닌 남성이군요, 웰먼 씨?”

“무슨 말씀이신지 모르겠군요.”

“만일 한 여자가 당신을 열렬히 사랑하는데 당신이 그녀를 사랑하지 않는다면, 당신은 그 사실을 감출 의무가 있다고 느끼겠죠?”

“절대 그렇지 않습니다.”

“당신은 어느 학교에 다녔습니까, 웰먼 씨?”

“이튼입니다.”

새뮤얼 경은 조용히 미소를 띤 채, “이것으로 끝입니다.” 하고 말했다.

5

앨프리드 제임스 워그레이브

“당신은 장미 재배자로 버크스 군은 엠스워스에 살고 있습니까?”

“예.”

“당신은 10월 20일 메이든스퍼드로 가서 헌터버리 저택의 별채에서 자라고 있는 장미 나무를 살펴보았습니까?”

“그렇습니다.”

“그 나무를 설명해 주시겠습니까?”

“그것은 덩굴 장미로—제피린 드로인이라는 종류입니다. 아름다운 향기가 나는 분홍색 꽃이 피죠. 가시는 없고요.”

“지금 설명한 장미 나무에 찔리는 것은 불가능하겠죠?”

“전혀 불가능한 일이죠. 그건 가시가 없는 나무이니까요.”

반대 심문은 없었다.

6

“당신은 제임스 아서 리틀데일이죠. 당신은 자격증이 있는 약제사로, ‘젠킨스 앤드 헤일'이라는 도매 약국에서 일하고 있죠?"

"그렇습니다."

"그럼, 이 종잇조각이 무엇인지 말해 주시겠습니까?"

그 증거물이 그에게 넘겨졌다.

"그것은 우리 상표 중 하나입니다."

"어떤 종류의 상표입니까?"

"저희가 피하 정제통에 붙이는 상표입니다."

"이 상표가 붙는 통 안에 정확하게 어떤 약품이 들어 있었는지 여기에서도 충분히 말할 수 있습니까?"

"예. 그 통에는 20분의 1그레인짜리 아포모르핀 하이드로클로라이드(Apomorphine Hydrochloride)라는 피하 정제가 들어 있었다는 것을 분명히 말씀드립니다."

"모르핀(Morphine) 하이드로클로라이드가 아니고요?"

"예, 그것이었을 리가 없습니다."

"왜 그렇죠?"

"그런 통에는 모르핀이라는 단어가 대문자 'M'으로 쓰여 있습니다. 여기 있는 'm'이라는 글자 끝은, 제 확대경으로 보면 대문자 'M'이 아니라 소문자 'm'의 끝부분이라는 것을 쉽게 알 수 있습니다."

"배심원들에게 확대경으로 그것을 관찰하게 해주십시오. 당신이 말하는 것을 설명해줄 상표들을 여기에 가지고 오셨나요?"

그 상표들이 배심원들에게 제출되었다.

에드윈 경이 계속했다.

"당신은 이것이 아포모르핀 하이드로클로라이드 통에서 나왔다고 말했죠? 그런데 아포모르핀 하이드로클로라이드가 정확하게 무엇입니까?"

"그 구조식은 $C_{17}H_{17}NO_2$입니다. 그것은 밀봉한 용기에서 모르핀을 묽은 염산으로 가열하여 비누화시켜 조제한 모르핀의 유도체입니다. 모르핀에서 물한 분자가 빠진 거죠."

"아포모르핀의 고유 성질은 무엇입니까?"

리틀데일은 침착하게 말했다.

"아포모르핀은 가장 효과가 빠르고 가장 강력한 구토제로 알려졌습니다. 2~3분 내로 작용하죠."

"그럼, 만일 어떤 사람이 모르핀을 치사량만큼 삼키고 나서 2~3분 내에 약간의 아포모르핀을 피하에 주사한다면 어떤 결과가 나오겠습니까?"

"거의 즉시 구토를 유발하여 모르핀을 신체 조직에서 방출시킬 겁니다."

"그러니까 만일 두 사람이 모르핀이 들어 있는 샌드위치나 차를 나눠 먹은 다음, 그중 한 사람이 약간의 아포모르핀을 피하에 바로 주사했다면 어떤 결과가 나오겠습니까?"

"그 아포모르핀을 맞은 사람은 모르핀과 함께 먹은 음식이나 음료수를 토해낼 겁니다."

"그리고 그 사람은 아무런 유해한 결과를 겪지 않습니까?"

"예."

법정이 갑자기 흥분으로 술렁거리자 판사가 조용히 하라고 명령했다.

7

"당신은 아밀리아 메리 세들리로, 보통 뉴질랜드의 오클랜드 시 부냄바 찰스가(街) 17번지에 거주하고 있죠?"

"예."

"당신은 드래퍼 부인을 알고 있습니까?"

"예. 제가 그녀를 안 지 20년 이상이 되었습니다."

"그럼, 그녀의 결혼 전 이름을 알고 있습니까?"

"예. 저는 그녀의 결혼식에도 갔었죠. 그녀의 이름은 메리 라일리였어요."

"그녀는 뉴질랜드 태생입니까?"

"아뇨, 그녀는 영국에서 출생했습니다."

"당신은 이 재판이 시작될 때부터 시종 여기 있었습니까?"

"예, 그랬습니다."

"이 메리 라일리, 또는 드래퍼를 법정에서 보았나요?"

"예."

"그녀는 어디에 있었나요?"

"이 자리에서 증언을 하고 있었습니다."

"어떤 이름으로?"

"제시 홉킨스로요."

"그럼, 이 제시 홉킨스가 당신이 메리 라일리나 드래퍼로 아는 여자라는 것이 틀림없습니까?"

"그건 의심할 여지가 없습니다."

법정 뒤쪽에서 약간의 동요가 있었다.

"당신이 메리 드래퍼를 마지막으로 본 것이 언제였습니까?"

"5년 전이었습니다. 그때 그녀는 영국으로 갔거든요."

에드윈 경은 인사를 하며 말했다.

"당신 차례입니다."

새뮤얼 경은 약간 당황한 얼굴로 일어섰다.

"혹시, 세들리 부인, 잘못 보신 게 아닌지 모르겠군요."

"저는 잘못 보지 않았어요."

"우연히 비슷한 모습에 착각했을지도 모르잖습니까."

"저는 메리 드래퍼를 아주 잘 알고 있어요."

"홉킨스 간호사는 공인 구역 간호사입니다."

"메리 드래퍼는 결혼 전에 병원 간호사였어요."

"당신은 지금 검찰 증인을 위증죄로 고발하고 있다는 것을 모르십니까?"

"저는 무엇을 말하고 있는지 알아요."

8

"에드워드 존 마셜, 당신은 오클랜드 시에서 몇 년간 살다가 지금은 데포드 시의 렌가(街) 14번지에 거주하고 있습니까?"

“그렇습니다.”

“당신은 메리 드래퍼를 알고 있나요?”

“뉴질랜드에서 몇 년 동안 그녀와 알고 지냈었죠.”

“당신은 오늘 법정에서 그녀를 보았습니까?”

“보았습니다. 그녀는 자신을 홉킨스라고 부르더군요. 하지만, 분명히 드래퍼 부인이었습니다.”

판사가 머리를 들었다. 그는 카랑카랑하고 명확한 목소리로 나지막하게 말했다.

“제시 홉킨스라는 증인을 소환하는 것이 좋을 것 같소.”

잠시 침묵이 흐른 뒤, 누군가가 투덜거리는 소리가 들렸다.

“판사님, 제시 홉킨스는 이미 몇 분 전에 법정을 떠났습니다.”

9

“에르퀼 포와로.”

에르퀼 포와로가 증인석에 서서 맹세한 뒤, 머리를 한쪽으로 약간 기울인 채 콧수염을 비비 꼬며 기다렸다. 그는 이름과 주소와 직업을 밝혔다.

“포와로 씨, 이 편지를 알아보시겠습니까?”

“물론이죠.”

“그것이 어떻게 해서 당신의 수중에 들어갔습니까?”

“그건 홉킨스라는 구역 간호사가 나한테 준 겁니다.”

에드윈 경이 말했다.

“판사님께서 허락해 주신다면, 제가 이것을 소리 내어 읽고 난 다음에 배심원들에게 제출하겠습니다.”

1

최종 변론

"배심원 여러분, 이제 책임은 여러분에게 달렸습니다. 엘리노어 칼리슬이 법정에서 자유롭게 나가도 되는지의 여부를 말할 사람은 바로 여러분입니다. 만일 여러분이 이미 그 증언들을 들으셨음에도 불구하고 엘리노어 칼리슬이 메리 제러드를 독살했다는 사실을 확신하신다면, 그녀에게 유죄를 선고하는 것이 여러분의 의무입니다.

그러나 만일 똑같이 강력한 증거가 있는 것으로 보인다면, 그리고 그것이 어쩌면 다른 사람에게 훨씬 더 불리해 보이는 증거라면, 그때는 더 이상 애쓸 필요없이 피고를 자유롭게 해주는 것이 여러분의 의무입니다.

여러분은 지금쯤 이 사건의 사실들이 처음에 드러난 모습과는 아주 다르다는 것을 깨달으셨을 겁니다.

이제 에르큘 포와로 씨가 극적인 증거를 제출한 다음에, 저는 그 메리 제러드라는 처녀가 로라 웰먼의 사생아였다는 것이 조금도 의심할 여지가 없는 사실임을 증명하려고 다른 증인들을 소환했습니다. 재판장님이 여러분께 분명히 가르쳐 주시겠지만, 사실로 보아 웰먼 부인과 가장 가까운 친족은 그녀의 조카인 엘리노어 칼리슬이 아니라, 당연히 메리 제러드라는 그녀의 사생아가 됩니다. 그러므로 웰먼 부인이 죽었을 때 메리 제러드는 막대한 유산을 상속받게 되죠. 이것이 바로 이 사건의 급소입니다. 20만 파운드에 달하는 금액을 메리 제러드가 상속받게 됩니다. 그러나 그녀 자신은 그 사실을 깨닫지 못하고 있었죠. 그녀는 또한 홉킨스라는 여자의 정체를 전혀 모르고 있었습니다.

여러분은 혹시 메리 라일리, 또는 드래퍼가 이름을 홉킨스로 바꾼 데는 아주 합법적인 이유가 있었을지도 모른다고 생각하실지 모르겠습니다. 그렇다면 그녀는 그 이유가 무엇인지 왜 앞으로 나와 설명하지 않습니까?

우리가 알고 있는 사실은 이렇습니다. 즉, 홉킨스 간호사가 부추겨 메리 제러드는 자기가 가진 전 재산을 '엘리자 라일리의 여동생인 메리 라일리'에게 남긴다는 유언장을 썼다는 것입니다. 홉킨스 간호사는 그녀의 직업상 모르핀과 아포모르핀에 쉽게 접근할 수 있었으며, 그 성질에 대해서도 잘 알고 있었다는 사실을 우리는 알고 있습니다. 게다가 홉킨스 간호사가 가시도 없는 장미 나무의 가시에 손목을 찔렸다고 한 말은 진실이 아니었음이 입증되었습니다. 만일 그녀가 주사 바늘로 막 생긴 자국을 급히 변명하고 싶었던 게 아니라면, 무슨 이유 때문에 그런 거짓말을 했을까요? 그리고 피고가 식기실에서 홉킨스 간호사와 만났을 때 그녀가 아파 보였으며, 얼굴은 몹시 상기되어 있었다고 진술한 것을 기억하십시오—만일 그녀가 심하게 아프고 난 직후였다면 충분히 이해가 가는 사실이죠.

다른 문제를 하나 더 말씀드리겠습니다. 만일 웰먼 부인이 하루만 더 살아 있었다면 그녀는 유언장을 만들었을 겁니다. 그리고 아마 메리 제러드를 위한 적당한 조항을 만들기는 했겠지만, 그녀에게 전 재산을 남기지는 않았을 겁니다. 왜냐하면 웰먼 부인은 인정받지 못한 딸이 다른 인생의 영역에 남아 있는 게 더 행복한 것이라고 믿었기 때문이죠.

다른 사람에게 불리한 증거를 말하는 것은 제가 할 일이 아닙니다. 저는 다만 다른 사람도 똑같은 기회가 있었으며, 살인할 만한 훨씬 더 강력한 동기가 있었다는 것을 말씀드리는 것뿐입니다.

그런 관점에서 볼 때, 배심원 여러분, 저는 엘리노어 칼리슬에 대한 소송은 실패로 끝났다는 것을 말씀드리고 싶습니다……"

2

베딩필드 판사의 판결

"……여러분은 이 여성이 7월 27일 메리 제러드에게 치사량의 모르핀을 먹게 했다는 것을 완전히 확신해야 합니다. 만일 지금 여러분이 확신하지 못한다면 피고를 석방해야만 합니다.

　기소자 측은 메리 제러드에게 독약을 투여할 기회가 있었던 사람은 피고밖에 없다고 주장했습니다. 피고 측은 다른 대안들이 있다는 것을 증명하려고 노력했습니다. 메리 제러드가 자살했다는 가설이 나왔습니다만, 그러한 가설을 뒷받침해줄 만한 증거는 단 한 가지, 메리 제러드가 죽기 바로 전에 유언장을 만들었다는 사실뿐입니다.

　그녀가 우울해했다거나 불행했다거나 스스로 목숨을 끊었을 것 같은 심정이었다는 증거는 조금도 없습니다. 또, 엘리노어 칼리슬이 별채에 있는 동안 누군가가 식기실로 들어가서 샌드위치에 모르핀을 넣었다는 가설도 있습니다. 그럴 경우, 그 독약은 엘리노어 칼리슬의 목숨을 노린 것이어서 메리 제러드는 실수로 죽은 것이죠. 피고 측이 내놓은 세 번째 대안은 모르핀을 투약할 만한 똑같은 기회를 얻은 다른 사람이 있으며, 그럴 경우 독약은 샌드위치가 아닌 차에 들어 있었다는 겁니다. 그 가설을 뒷받침하기 위해 피고 측은 리틀 데일이라는 증인을 소환했는데, 그는 식기실에서 발견된 종잇조각은 아주 강력한 구토제인 아포모르핀 하이드로클로라이드 정제가 들어 있는 병에 부착된 상표의 일부분이라고 입증했습니다. 그 두 가지 유형의 상표 견본은 이미 여러분에게 제출되었습니다. 본인의 견해로는, 경찰은 그 조각의 원본을 좀더 세심하게 점검해 보지도 않은 상태에서 그것이 모르핀의 상표라는 결론으로 비약시킴으로써 엄청난 실수를 저지른 것 같습니다.

　홉킨스라는 증인은 별채에 있는 장미 나무에 손목이 찔렸다고 진술했습니다. 증인 워그레이브 씨가 나무를 조사한 바로는 그 나무에는 가시가 없다고 합니다. 여러분은 홉킨스 간호사의 손목에 난 상처자국이 어떻게 해서 생겼으며, 그녀가 그것에 대해 왜 거짓말을 해야 했는지를 결정해야 합니다……

　만일 기소자 측에서 피고 외에는 아무도 그 죄를 범하지 않았다고 이해시켰다면, 여러분은 피고가 유죄라는 것을 발견해야 합니다.

　하지만 만일, 피고 측이 제시한 그 대안이 가능한 일이고, 또 증거와 일치된다면 피고는 석방되어야 합니다.

　본인은 여러분이 오직 여러분 앞에 제시된 증거만을 검토하여, 용기 있고 주의 깊게 평결을 내려 주시라고 부탁드립니다.”

3

엘리노어가 법정으로 다시 불려 나왔다.
배심원들이 줄지어 들어왔다.
“배심원 여러분, 여러분은 여러분의 평결에 대하여 의견을 같이합니까?”
“예.”
“법정에 있는 피고를 향해 그녀가 유죄인지 무죄인지 말씀하십시오.”
“무죄입니다.”

제5장

그들은 옆문으로 그녀를 데리고 나갔다.

그녀는 자기를 환영하고 있는 얼굴들을 알아차렸다.

로디……커다란 콧수염을 가진 탐정…….

그러나 그녀가 몸을 돌린 쪽은 피터 로드였다.

"저는 떠나고 싶어요……."

그녀는 이제 그와 함께 부드럽게 달리는 다임러 차를 타고 빠른 속도로 런던을 빠져나가고 있었다.

그는 그녀에게 아무 말도 하지 않았다. 그녀는 축복받은 침묵 속에 앉아 있었다.

매 순간순간이 그녀를 점점 더 멀리 데려가고 있었다.

새로운 생활…….

그녀는 그것을 원했다…….

새로운 생활.

그녀가 갑자기 입을 열었다.

"나―, 나는 조용한 곳으로 가고 싶어요. 아무도 모르는 곳으로……."

피터 로드가 조용하게 말했다.

"그건 모두 준비되어 있습니다. 당신은 지금 요양소로 가고 있어요. 조용한 곳이죠. 아무도 당신을 괴롭히거나 붙잡지 않을 겁니다."

그녀는 한숨을 내쉬며 말했다.

"예, 그게 바로 내가 원하는 거예요……."

그는 의사이기 때문에 이해하는 것이라고 그녀는 생각했다. 그는 알고 있었고―그래서 그녀를 괴롭히지 않았다. 너무나 행복하고 평화로운 가운데 여기 그와 함께, 모든 것을 떨쳐 버리고, 런던을 벗어나, 안전한 곳으로…….

그녀는 잊고 싶었다—모든 것을……. 아무것도 이제 더 이상 진실한 것이라고는 없었다. 그 이전의 생활과, 그 이전의 감정과 함께 모든 것이 사라지고 자취를 감춰 버렸다. 그녀는 새롭고 낯선 무방비상태의 인간으로, 아주 미숙하고 경험이 없이 모든 것을 다시 시작하고 있었다. 몹시 불안하고 걱정스러웠다.

그러나 피터 로드와 함께 있다는 것이 위안이 되었다…….

그들은 이제 런던을 벗어나 교외를 지나고 있었다.

이윽고 그녀가 입을 열었다.

"그건 모두 당신이……, 모두 당신 덕택이었어요."

피터 로드가 말했다.

"에르퀼 포와로 덕택입니다. 그 사람은 마술사 같아요!"

그러나 엘리노어는 고개를 저으며 완강하게 말했다.

"당신이었어요. 당신이 그를 붙잡고 그렇게 하도록 만든 거예요!"

피터가 씩 웃었다.

"확실히 내가 그에게 그렇게 하도록은 했죠……."

엘리노어가 말했다.

"내가 저지르지 않았다는 것을 당신은 알고 있었나요, 아니면 확신할 수 없었나요?"

피터는 솔직하게 말했다.

"사실 나는 확신하지는 못했습니다."

엘리노어가 말했다.

"그래서 나도 처음엔 하마터면 '유죄'가 맞다고 말할 뻔했죠. 왜냐하면 당신도 알겠지만, 나는 그런 생각을 했었거든요……. 내가 그 집 밖에서 웃었던 그날 나는 정말 그런 생각을 했었단 말이에요."

"예, 알고 있습니다." 피터가 말했다.

그녀는 이상한 듯이 고개를 갸웃한 채 말했다.

"지금은 그게 너무 이상해 보여요……. 마치 나를 사로잡고 떠나지 않는 생각 같았죠. 그 페이스트를 사서 샌드위치를 자르던 날, 나는 혼자 이런 생각을 꾸며 보았어요. '내가 여기에 독약을 섞어 놓았으니까, 그녀가 먹으면 죽게 될 거야—그러면 로디가 나한테 돌아오겠지.' 하고 말이에요."

피터 로드가 말했다.

"그런 생각을 일부러 해보는 것이 사람들에게 도움이 되기도 하죠. 그건 그리 나쁜 일은 아닙니다. 공상 속에서 분풀이하는 거니까요. 우리가 땀을 흘려 몸에서 독소를 제거하는 것과 같은 일이죠."

엘리노어가 말했다.

"예, 맞아요! 왜냐하면 그게 사라져 버렸거든요—갑자기요! 사악한 마음 말이에요! 그녀가 별채 밖에 있는 장미 나무를 언급했을 때, 그 모든 게, 정상적으로 다시 돌아왔죠……."

그녀는 갑자기 몸서리를 치며 말했다.

"그 뒤 우리가 응접실에 돌아와 메리가 죽어 있는 것을, 아니, 죽어가는 것을 보았을 때—나는 이런 느낌이 들었어요. 살인을 생각하는 것과 저지르는 것 사이에는 얼마나 큰 차이가 있는 걸까……, 하고요."

피터 로드가 말했다.

"천지 차이죠!"

"예. 하지만 정말 그런가요?"

"물론입니다! 살인을 생각하는 것만으로는 실제로 어떤 해를 끼치지 않습니다. 사람들은 그것에 대해 어리석은 생각을 하고 있어요. 즉, 그들은 그것이 살인을 계획하는 것과 똑같다고 생각하지요! 하지만, 그렇지가 않습니다. 살인을 아주 오래 생각하다 보면, 갑자기 그 사악함에서 빠져나와 그게 정말 너무 어리석은 짓이라는 것을 느끼게 되거든요!"

엘리노어는, "오 당신은 정말 위안이 되는 사람이군요……." 하고 외쳤다.

피터 로드는 좀 앞뒤가 안 맞게 말했다.

"천만에요. 단지 상식일 뿐이죠"

엘리노어는 갑자기 눈물을 글썽이며 말했다.

"가끔, 법정에서 당신을 쳐다보았어요. 그렇게 하면 용기가 나더군요. 당신은 너무—너무나 평범해 보였는데."

그러더니 그녀는 웃었다.

“무례한 말을 했군요!”

그가 말했다.

“이해합니다. 악몽 같은 상황에 있을 때는 평범한 것이 유일한 희망이죠. 그래요, 평범한 것이 가장 훌륭해요. 나는 항상 그렇게 생각해 왔습니다.”

그녀는 그 차에 탄 뒤 처음으로 고개를 돌려 그를 바라보았다. 그의 얼굴을 보는 것이 마음의 평정을 찾게 해주었던 것이다. 로디의 얼굴은 항상 그녀를 아프게 했다. 그러나 지금, 그녀는 고통과 기쁨이 뒤섞인 쓰라린 아픔을 조금도 느끼지 않다. 그녀는 따스하고 편안함을 느꼈다.

‘그의 얼굴은 얼마나 다정한가, 다정하고 익살스러운가—그리고, 위안이 되고…….’

그들은 계속 달렸다.

마침내 어떤 문에 도달해서, 그 위로 꼬불꼬불 구부러진 차도를 통해 언덕 옆에 자리 잡은 조용한 하얀 집에 도착했다.

그가 말했다.

“여기에 있으면 아주 안전할 겁니다. 아무도 당신을 괴롭히지 않을 거예요.”

그녀는 감정에 끌려 그의 팔을 잡으며 말했다.

“나—나를 만나러 오시겠어요?”

“물론입니다.”

“자주?”

피터 로드가 말했다.

“당신이 원할 때마다 오겠습니다.”

그녀가 말했다.

“자주 와주세요. 자주, 자주…….”

에르퀼 포와로가 말했다.

"그래, 이보시오. 당신은 사람들이 말하는 거짓말이 진실과 똑같이 쓸모가 있다는 것을 알겠소?"

"사람들이 모두 당신에게 거짓말을 했습니까?" 피터 로드가 말했다.

에르퀼 포와로가 머리를 끄덕였다.

"오, 물론! 이런저런 이유로 말이오. 진실이 의무였고, 그것에 대해 양심적으로 고민한 사람이 하나 있었는데—그 사람이 나를 가장 당황하게 한 사람이었다오!"

"엘리노어로군요!" 피터 로드가 중얼거렸다.

"맞았소. 증거는 그녀를 유죄 쪽으로 가리키고 있었지. 게다가 그녀도 자신의 예민하고 까다로운 양심 때문에 그러한 가정을 전혀 부인하려고 하지 않았소. 그것을 원한 자신을 자책하며, 만일 그 편지가 아니었다면, 그녀는 혐오스럽고 치사한 싸움을 포기하고 자기가 저지르지도 않은 죄에 대해 법정에서 유죄라고 할 뻔했습니다."

피터 로드는 분통이 터지는 듯이 한숨을 쉬었다.

"믿을 수 없군요."

포와로가 고개를 저었다.

"아니, 그렇지가 않소. 그녀는 스스로 유죄 판결을 내린 겁니다—그녀는 보통 사람들이 적용하는 것보다 더 가혹한 기준으로 자기 자신을 재판했기 때문이지!"

피터 로드는 생각에 잠긴 채 말했다.

"예, 그녀는 그런 사람이에요."

"내가 조사를 시작하던 순간부터 엘리노어 칼리슬이 그 사건에서 유죄일 가능성은 항상 유력했지. 그러나 나는 당신에 대한 내 의무를 이행하여, 다른 사람에게도 아주 불리한 사실이 있음을 입증할 수 있다는 것을 알았소"

"홉킨스 간호사?"

"첫 번째는 아니었지. 로더릭 웰먼이 내 관심을 끈 첫 번째 인물이었소. 그의 경우에도 거짓말이 출발점이었거든. 그는 내게 7월 9일 영국을 떠나 8월 1일 돌아왔다고 했소. 그러나 홉킨스 간호사가 우연히 메리 제러드가 로더릭을 거절한 이야기를 했단 말이오. 웰먼은 메이든스퍼드에서도 구애하고 '그녀가 런던에서 그를 보았을 때 다시' 구애했다는 겁니다. 메리 제러드는, 당신이 내게 알려 주었듯이 7월 10일 런던으로 갔소―로더릭 웰먼이 영국을 떠난 그 다음 날이지. 그렇다면 메리 제러드는 런던에서 로더릭 웰먼과 언제 만났을까?

내가 내 친구 중 소매치기를 시켜서 웰먼의 여권을 조사해 보았더니, 그는 7월 25일에서 27일까지 영국에 있었더군. 그러니까 그는 그 점에 관해 거짓말을 한 것이지. 나는 엘리노어 칼리슬이 샌드위치를 접시에 담아 식기실에 두고 별채로 내려가 있었던 그 시간을 항상 염두에 두고 있었소. 그러나 그럴 경우, 죽이려고 했던 희생자는 메리가 아니라 분명히 엘리노어라는 것을 처음부터 깨달았지. 로더릭 웰먼이 엘리노어 칼리슬을 죽일 만한 동기가 있었을까? 있었지. 아주 그럴듯한 동기가. 그녀는 전 재산을 그에게 남긴다는 유언장을 만들어 두었거든. 그리고 교묘하게 질문을 하여 로더릭 웰먼이 그 사실을 알고 있을 수도 있다는 것을 알아냈소"

피터 로드가 말했다.

"그런데 왜 당신은 그가 무죄라고 결정했습니까?"

"또 다른 거짓말 때문이었소. 역시 너무나 어리석고 한심하고 하찮기 짝이 없는 거짓말이었지. 홉킨스 간호사는 장미 나무에 손목이 긁혀 가시가 들어갔다고 말했소. 그런데 내가 가서 장미 나무를 보았더니, 거기에는 가시라곤 하나도 없는 거야. 따라서 홉킨스 간호사가 거짓말을 했다는 게 너무나 명백했자―그 거짓말은 너무 어리석고 무의미해 보였기 때문에 나는 그녀에게 관심의 초점을 맞추게 되었다오. 그래서 나는 홉킨스 간호사를 의심하기 시작했지.

그때까지만 해도 그녀는 아주 믿을 만한 증인이었소. 처음부터 끝까지 일관성이 있었고, 피고에 대한 강한 편견도 죽은 처녀에 대한 그녀의 애정에서 아주 당연히 생길 수 있는 거니까. 그렇지만 이제 그 어리석고 무의미한 작은 거짓말을 염두에 두고, 나는 홉킨스 간호사와 그녀의 증언을 아주 신중하게 생각해본 다음, 전에는 미처 알아보지 못했던 어떤 것을 깨닫게 되었다오. 그건 홉킨스 간호사가 메리 제러드에 대한 어떤 것을 알고 있었는데, 그녀는 그것이 밝혀질까 봐 굉장히 두려워하고 있었다는 사실이었소."

피터 로드가 깜짝 놀라며 말했다.

"저는 그 반대인 줄 알았는데요."

"겉으로 보기에는 그렇지. 그녀는 자기가 어떤 것을 알고 있어도 말하지 않는 사람이라는 듯이 아주 훌륭한 연기를 했거든! 그러나 나는 그것을 주의 깊게 검토해 보고 그녀가 그 문제에 관해서 한 말은 모두 완전히 반대의 목적으로 했다는 것을 깨닫게 되었소. 오브라이언 간호사와 이야기를 나누어 보니 그런 믿음이 확실해지더군. 홉킨스는 오브라이언 간호사가 그 사실을 깨닫지 못하도록 한 채 그녀를 아주 솜씨 있게 이용한 거요.

홉킨스 간호사가 그녀 나름대로 계략을 꾸미고 있다는 것이 그때 분명해졌지. 나는 그녀와 로더릭 웰먼이 한 두 가지 거짓말을 비교해 보았소. 그것 중 어느 쪽이 순수한 변명일 수 있을까? 로더릭의 경우, 나는 즉시 그렇다는 대답을 얻었소. 로더릭 웰먼은 아주 감수성이 강한 사람이오. 외국에 머물러 있겠다던 계획을 지키지 못하고 살며시 돌아와 자기와는 전혀 상관없는 그 처녀를 귀찮게 할 수밖에 없었다는 것을 인정하자니 그의 자존심이 너무 상했던 거지. 그가 살인 현장 근처에 있었다거나 그것에 대해 알고 있었다는 의심이 없으니까, 그는 가장 편한 방법을 취하여 자기가 영국에 왔었다는 사실을 무시하고, 그 살인 소식이 그에게 전해진 8월 1일 돌아왔다고만 진술함으로써 불쾌한 일을 피해 보자는 거였소(정말 특이한 버릇이야!).

홉킨스 간호사에 대해서는, 그녀의 거짓말에 대한 순수한 변명이 있을 수 있을까? 나는 그것을 생각하면 할수록 점점 더 이상한 것 같았소. 홉킨스 간호사는 손목에 상처가 생긴 것을 왜 거짓말할 필요성이 있었을까? 그 상처의 의미가 무엇이었을까?

나는 나 자신에게 질문하기 시작했소. 도둑맞은 모르핀이 누구 것이었나? 홉킨스 간호사. 웰먼 부인에게 누가 모르핀을 투약할 수 있었나? 홉킨스 간호사. 좋아, 그런데 왜 그것이 없어졌다는 것에 주의를 환기시킨 거지? 만일 홉킨스 간호사가 범인이라면 그것에 대한 단 한 가지 대답이 있을 수 있었소. 또 하나의 살인, 즉 메리 제러드를 살해하겠다는 계획이 이미 세워져 있었고, 그 속죄양도 선택되었는데, 그 속죄양한테 모르핀을 손에 넣을 기회가 있었다는 것이 분명히 드러나야 했기 때문이라오.

그러자 다른 일들이 맞아들어가더군. 엘리노어에게 보낸 익명의 편지 말이오. 그건 엘리노어와 메리 사이에 나쁜 감정을 불러일으키려고 쓴 것이었소. 엘리노어를 내려오게 해서 웰먼 부인에 대한 메리의 영향을 싫어하게 만들자는 생각이었던 게 분명하지. 로더릭 웰먼이 메리를 열정적으로 사랑하게 된 사실은, 물론 전혀 예상하지 못했던 상황이지만, 홉킨스 간호사는 그것도 재빨리 알아차렸지. 이렇게 해서 속죄양인 엘리노어에 대해 완벽한 동기가 성립된 겁니다.

그렇지만 그 두 가지 죄를 범하게 된 이유가 무엇이었을까? 홉킨스 간호사가 어떤 동기로 메리 제러드를 살해했을까? 나는 한 줄기의 빛을—오, 나는 아주 희미한 한 가닥 빛을 보기 시작했소. 홉킨스 간호사는 메리에게 커다란 영향력을 미치고 있었는데, 그녀가 영향력을 이용한 방법 중 하나가 메리에게 유언장을 만들게끔 권유한 일이었다오. 하지만, 그 유언장은 홉킨스 간호사에게 유용한 것이 못 되었지. 그건 뉴질랜드에 사는 메리의 이모에게 이로울 뿐이었지. 그런데 그때 마을에 있는 어떤 사람이 내게 우연히 한 말이 기억났소. 그 이모도 병원 간호사였다는 겁니다.

그 희미한 빛이 점점 선명해졌던 것이오. 그 형태가—그 사건에 대한 계획이, 모습을 드러내고 있었지. 다음 단계는 수월했소. 나는 홉킨스 간호사를 한 번 더 방문했소. 우리는 둘 다 희극을 아주 근사하게 연기했지. 결국 그녀는 처음부터 말하려고 마음먹고 있던 것을 내가 설득하니까 그냥 털어놓더군! 그녀가 의도했던 것보다 조금 더 빨리 말한 것뿐이지! 그러나 그 기회가 너무 좋아서 그녀는 참을 수가 없었던 거요. 게다가 그 사실은 언젠가는 밝혀져야 했으니까. 그래서 그녀는 아주 그럴듯하게 마지못해 하며 그 편지를 내밀더군. 그러고 난 다음에는, 이보시오, 더 이상 추측이 필요 없었다오. 나는 알아낸 거지! 그 편지가 그녀를 폭로해 버린 거요.”

피터 로드는 얼굴을 찌푸리며 말했다.

“어떻게요?”

“젊은이! 그 편지에 쓰인 표제는 ‘메리에게—내가 죽은 뒤에 그녀에게 보내 주길’이라고 되어 있었소. 그러나 내용의 요지는 메리 제러드가 그 사실을 모르게 해야 한다는 것을 아주 명백히 했소. 또, ‘전해 주길’이 아니라 ‘보내 주길’이라는 단어도 설명해 주고 있었지. 즉, 그 편지는 메리 제러드한테 쓴 것이 아니라, 다른 메리한테 쓴 것이었소. 엘리자 라일리가 그 사실을 써보낸 사람은 뉴질랜드에 있는 메리 라일리라는 그녀의 여동생이었던 거요. 홉킨스 간호사는 메리 제러드가 죽은 뒤에 별채에서 그 편지를 발견한 게 아니오. 그건 몇 년 동안 그녀가 간직하고 있었던 거지. 그녀의 언니가 죽은 뒤, 그녀가 있던 뉴질랜드로 보내져서 거기서 받은 거라오.” 그는 잠깐 멈췄다.

“마음의 눈으로 일단 진실을 보고 나면 그 나머지는 쉽지. 그렇게 해서 비행기 여행의 신속함으로 뉴질랜드에서 메리 드래퍼를 잘 알고 있는 증인 두 명이 법정에 참석할 수 있었던 거요.”

피터 로드가 말했다.

“만일 당신의 생각이 틀려서 홉킨스와 메리 드래퍼가 실제로 완전히 다른 두 사람이었더라면요?”

포와로가 냉정하게 말했다.

“나는 절대 틀리지 않소!”

피터 로드가 웃었다.

에르큘 포와로가 계속해서 말했다.

“이봐요, 우리는 지금 메리 라일리, 아니 드래퍼라는 여자에 대해서 상당히 알고 있어요. 뉴질랜드 경찰은 유죄를 증명하기 위한 충분한 증거를 입수할 순 없었지만, 그녀가 갑자기 그 나라를 떠났을 때 그들은 꽤 오랫동안 그녀를 지켜보고 있었던 상태였소. 그녀의 환자 중 '사랑하는 간호사 라일리' 앞으로 꽤 넉넉한 유산을 남긴 노부인이 있었는데, 그녀의 죽음이 담당의사에게는 좀 의심스러웠던 것이지. 메리 드래퍼의 남편은 그녀한테 유리하게 상당한 액수의 생명보험에 들었는데, 그의 죽음은 갑작스럽고 까닭을 알 수 없었다는 겁니다. 그러나 그녀한테는 불행하게도, 남편이 보험회사에 보낼 수표를 떼어 놓고서 깜박 잊고 부치지 않았다는군. 그녀 때문에 죽은 사람이 또 있을지도 모르지. 아무튼 그녀가 냉혹하고 비양심적이라는 것만은 확실해.

그녀의 언니가 쓴 편지가 그녀를 꽤 유혹했을 가능성은 충분히 상상할 수 있는 일이지. 그녀는 뉴질랜드에 계속 붙어 있기가 곤란해지자 이 나라로 와서 홉킨스(병원에 있을 때 그녀의 동료였는데 외국에서 죽은 사람이라오)라는 이름으로 자기 직업을 계속했지. 메이든스퍼드가 그녀의 목표였다오. 그녀는 어쩌면 협박을 해볼까 생각했을지도 모르지. 그러나 웰먼 부인은 협박에 넘어갈 여자가 아니었기 때문에 라일리 간호사는, 아니 홉킨스 간호사는 아주 현명하게도 그런 일을 시도하지 않았지요. 두말할 것도 없이 그녀는 조사해 보고 나서 웰먼 부인이 굉장한 부자라는 것을 알아냈을 것이고, 웰먼 부인이 우연히 한 말에서 노부인이 유언장을 만들지 않았다는 사실도 알게 되었을지 모르지.

그리하여 6월의 그날 저녁, 오브라이언 간호사가 그녀에게 웰먼 부인이 변호사를 찾고 있다는 이야기를 했을 때, 홉킨스 간호사는 망설이지 않았던 거요. 웰먼 부인은 사생아가 자기의 재산을 상속받도록 유언장을 만들지 않은 채 죽어야 했던 거요. 홉킨스 간호사는 이미 메리 제러드와 친하게 사귀어 두어서 그녀에 대한 막대한 영향력을 획득해 둔 터였지. 이제 그녀가 해야 할 일은 그 처녀를 설득해서 자기 이모에게 전 재산을 남긴다는 유언장을 만들도록 하는 것이었소. 그리고 그녀는 그 유언장의 내용을 아주 주의 깊게 불어넣어 주었지. 친족 관계에 대한 언급이 없이 다만 '고(故) 엘리자 라일리의 여동생, 메리 라일리'라고만 쓰게 한 겁니다. 일단 서명을 했으니까, 메리 제러드도 운이 다한 거지. 그 여자는 적당한 기회가 오길 기다리고만 있었소.

그녀는 내 생각에 아포모르핀을 사용하여 자신의 알리바이를 확실하게 만들기로 해서 범행의 방법을 이미 계획해 두었던 같소 그녀는 엘리노어와 메리를 자기 집으로 데려올 생각을 하고 있었을지도 모르지. 하지만, 엘리노어가 별채에 내려와 그들 둘에게 올라와서 샌드위치를 먹자고 했을 때, 그녀는 완벽한 기회가 생겼다는 것을 단번에 깨달은 겁니다. 상황이 그렇게 되었으니 엘리노어는 사실상 유죄 선고를 받은 거나 다름없었지.”

피터 로드가 천천히 말했다.

“당신이 아니었다면—그녀는 유죄 선고를 받았을 겁니다.”

에르큘 포와로가 재빨리 말했다.

“아니오, 젊은이, 그녀가 생명의 은인으로 감사해야 할 사람은 당신이오.”

“저요? 저는 아무것도 한 일이 없는데요. 제가 노력한 거라고는……”

그는 말을 멈췄다.

에르큘 포와로가 슬며시 미소 지었다.

“그렇고말고, 당신은 무척 열심히 노력했지, 안 그렇소? 당신은 내가 아무 곳에서도 정보를 얻지 못하는 것처럼 보였기에 초조했지. 그리고 당신도 역시 그녀가 범인일지 모른다고 두려워했지. 그래서 대단히 무례하게도 당신 또한 나한테 거짓말을 했던 거요! 그러나, 이봐요, 당신은 그 점에 있어서는 별로 영리하지 못했소. 내가 충고하겠는데, 앞으로는 홍역이나 백일해 같은 것에나 충실하고 범죄 탐지는 간섭하지 마시오.”

피터 로드가 얼굴을 붉혔다.

“줄곧……, 알고 계셨습니까?”

포와로는 호되게 꾸짖는 듯이 말했다.

“당신은 나를 관목숲 속에 있는 한 빈터로 이끈 다음, 나에게 당신이 거기다 갖다놓은 독일제 성냥갑을 찾도록 도와주었소! 유치한 짓이지!”

피터 로드는 주춤했다. 그는 신음하듯이 말했다.

“얼마든지 욕하십시오!”

포와로가 계속했다.

“당신은 정원사와 이야기하며 그가 길에 당신 차가 있는 것을 보았다고 말하도록 유도했지. 그리고 그때 당신 차가 아니었던 척한 거요. 그런 다음 내가 그날 오전 어떤 낯선 사람이 거기 있었던 게 분명하다고 깨닫는가 확인하기 위해 나를 살펴본 거지.”

“제가 지독한 바보였습니다.” 피터 로드가 말했다.

“그날 오전에 당신은 헌터버리에서 뭘 하고 있었소?”

피터 로드는 얼굴을 붉혔다.

“그건 정말 바보 같은 짓이었어요. 저ㅡ, 저는 그녀가 내려왔다는 소리를 들었죠. 그래서 그녀를 볼 수 있을까 하고 그 집으로 갔던 겁니다. 그녀에게 말을 하려고 했던 것이 아니라, 저, 저는 단자ㅡ, 음, 그녀가 보고 싶어서요. 관목 숲에 난 작은 길에서 저는 그녀가 식기실에서 버터 바른 빵을 자르는 모습을 보았죠ㅡ.”

“샬럿과 그 웨더라는 시인 같군. 계속하시오, 젊은이.”

“오, 말씀드릴 것도 없습니다. 저는 다만 그 관목 숲으로 살짝 들어가서 그녀가 나갈 때까지 그녀를 지켜보며 서 있었을 뿐인걸요.”

포와로가 부드럽게 말했다.

“당신은 엘리노어 칼리슬을 처음 본 순간부터 사랑하게 되었군?”

긴 침묵이 흘렀다.

“그런 것 같습니다.” 그러고 나서 피터 로드는 약간 겸연쩍어하며 말했다.

“오, 하지만, 그녀와 로더릭 웰먼은 앞으로 영원히 행복하게 살게 되리라고 생각합니다.”

“이봐요, 절대로 그렇게 되지는 않을 것이오!”

“왜 안 된다는 거죠? 그녀는 그에게 메리 제러드 문제를 용서할 텐데요. 그의 편에서 보면 무모하게 열중한 것이었을 뿐인걸요.”

에르큘 포와로가 말했다.

“문제는 그보다 더 심각하다오. 때때로 과거와 미래 사이에는 깊은 틈이 생기게 마련이지. 죽음의 그림자가 뒤덮인 골짜기를 걸어가다가 거기에서 벗어나 햇빛으로 나오면ㅡ그때는, 이봐요, 새로운 생활이 시작되는 거요…… 과거는 도움이 안 되는 거라오.”

그는 잠깐 침묵을 지키다 다시 입을 열었다.

"새로운 생활……, 그게 바로 엘리노어 칼리슬이 지금 시작하는 거요—그리고 그녀에게 그 생활을 준 사람은 바로 당신이오."

"아닙니다."

"맞소. 나에게 억지 부리며 당신이 요구하는 대로 하게 만든 것은 당신의 굳은 결의이며, 당신의 건방진 생각이었어. 자, 솔직히 인정하시오. 그녀가 감사해야 할 사람은 당신이오, 그렇지 않소?"

피터 로드가 천천히 말했다.

"예, 그녀는 아주 고마워하고 있어요—지금……, 그녀는 나에게 자기를 보러, 자주 와달라고 하더군요."

"그래, 그녀는 당신을 필요로 하고 있소."

피터 로드는 격렬하게 말했다.

"그녀가, 그를 필요로 하는 만큼은 아닙니다."

에르큘 포와로는 고개를 저었다.

"그녀는 결코 로더릭 웰먼을 필요로 하고 있었던 것이 아니라오. 그녀는 그를 사랑했지, 물론. 그러나 불행하게—심지어는 절망적으로 사랑한 거지."

피터 로드는 단호하고 엄격한 얼굴로 냉엄하게 말했다.

"그녀는 저를 결코 그처럼 사랑하지는 않을 겁니다."

에르큘 포와로가 부드럽게 말했다.

"아마 그렇겠지. 하지만, 그녀에게는 당신이 필요해요, 젊은이. 그녀가 더불어 세상을 다시 시작할 수 있는 사람은 당신뿐이기 때문이오."

피터 로드는 아무 말도 하지 않았다.

에르큘 포와로는 아주 조용한 목소리로 나지막하게 말했다.

"사실대로 받아들일 수는 없겠소? 물론 그녀는 로더릭 웰먼을 사랑했지. 그러면 좀 어떻소? 당신과 함께라면, 그녀는 행복할 수 있는 걸……."

<끝>

《삼나무 관(Sad Cypress, 1940)》은 애거서 크리스티의 36번째 작품이며 27번째 장편소설이다. 이 작품은 영국의 타임스지의 문예 부록에, 《서재의 시체》와 함께 1940년대의 대표작으로 꼽힌 바 있다.

이 작품의 원명 《Sad Cypress(슬픈 삼나무)》는 세익스피어의 작품 중에서 나오는 대사에서 따온 것이다.

Come away, come away, death,
And in sad cypress let me be laid;
Fly away, fly away, breath;
I am slain by a fair cruel maid.
My shroud of white, stuck all with yew
O prepare it;
My part of death no one so true;
Did share it.

이 작품은 애거서 크리스티의 작품 중에서는 보기 드문 법정물로서, 마치 얼스탠리 가드너의 작품인 '변호사 페리 메이슨' 시리즈와 같은 맛을 풍긴다. 법정물에서 최대의 하이라이트는 역시 마지막에 변호인 측이 제시하는 역전의 증거물이다. 그러나 이 증거물 역시 처음부터 미리 독자들한테 제시되어야 한다.

한편, 1920년 애거서 크리스티의 처녀작 《스타일즈 저택의 죽음》에서 첫 등장한 에르큘 포와로는 이미 그때 60대 후반에 들어선 상태이니, 그보다 20년 뒤에 발표된 이 《삼나무 관》에서는 80세가 훨씬 넘어섰다는 것을 알 수 있다. 하지만, 이렇게 파파 할아버지가 된 포와로의 탐정욕은 조금도 식지 않고 오히려 더 왕성해진 느낌이다.